国家出版基金项目
NATIONAL PUBLICATION FOUNDATION

近代散佚戲曲文獻集成・理論研究編

14

總主編　黃天驥

趙茗狂　輯錄

增補曲苑絲集

增補曲苑竹集

山西人民出版社
三晉出版社

圖書在版編目(CIP)數據

增補曲苑絲集・增補曲苑竹集 / 趙茗狂輯錄. —太原 : 山西人民出版社, 2018.3
(近代散佚戲曲文獻集成 / 黄天驥主編)
ISBN 978-7-203-10289-2
Ⅰ. ①增… Ⅱ. ①趙… Ⅲ. ①古代戲曲－文學理論－中國 Ⅳ. ①I207.37

中國版本圖書館CIP數據核字(2018)第017677號

增補曲苑絲集・增補曲苑竹集

主　　編　黄天驥
輯　　錄　趙茗狂
責任編輯　郭向南
復　　審　武　静
終　　審　員榮亮
裝幀設計　謝　成

出 版 者　山西出版傳媒集團・山西人民出版社　三晉出版社
地　　址　太原市建設南路21號
郵　　編　030012
發行營銷　0351-4922220　4955996　4956039
　　　　　0351-4922127(傳真)
天貓官網　http://sxrmcbs.tmall.com　0351-4922159(電話)
E-mail　sxskcb@163.com　發行部
　　　　　sxskcb@126.com　總編室
網　　址　www.sxskcb.com

經 銷 者　山西出版傳媒集團・山西人民出版社
承 印 廠　山西出版傳媒集團・山西新華印業有限公司

開　　本　787mm×1092mm　1/16
印　　張　21.75
字　　數　179千字
版　　次　2018年3月　第1版
印　　次　2018年3月　第1次印刷
書　　號　ISBN 978-7-203-10289-2
定　　價　109.00圓

《近代散佚戲曲文獻集成》編委會

出版工作委員會

出版説明

一、近代散佚戲曲文獻集成鉤沉、梳理、選取十九世紀末到二十世紀中葉，散佚而獨具特色、頗具研究價值的戲曲文獻進行整理出版，以填補學術界在近代戲曲史史料方面的缺失。

二、叢書主要採取影印的方式整理出版，爲便於學界研究之需要，以忠實於原稿爲宗旨，對排版方式、原書内容的缺損、錯譌等均不做修復，在不影響内容的情況下僅對頁面的污損做了處理。

三、叢書作爲影印文獻，序言、附注、插頁皆予以保留，最大限度地保持原本原貌：單黑印刷的保持單黑色，彩色印刷的以原來的色彩進行印刷。

四、叢書分爲「理論研究編」「戲曲史料編」「名家文獻編」「曲譜和唱本編」四大編七十册。

五、「理論研究編」主要選取了近代重要的戲曲研究名家絶版多年的重要著作。其中，或有部分重要經典著作後期有再版，如王國維先生的宋元戲曲考，我們選擇早期稀見之「正音學會校本」版，原貌出版。

六、「戲曲史料編」則對史材、檔案、傳記等史料進行了整理。「名家文獻編」對著名戲曲表演藝術家的文獻進行了集中整理，包括海外版史料、報紙雜誌或期刊的專刊、各種個人專集等。這些史料或散於海外、或沉於故紙堆，因極富時代特色且具有原真性，又長期遊離於主流學術研究視野之外，因而其研究價值較爲突出。爲保持文獻原真性，對於期刊圖書廣告頁予以保留。

七、「曲譜和唱本編」主要對戲曲的曲譜和唱本進行了整理。曲譜和唱本是戲曲藝術傳承、演變、發展的主要載體之一，近代的曲譜和唱本很多是當時演出的戲本，故不少史料具有民間性，對於戲目發展的原生狀態具有很高的研究價值，如小唱本，因非常零散，多年來幾乎未見整理出版。

八、因叢書主要採用影印的方式，故海外出版的外文版未進行翻譯，維持海外原版之狀態，適合較高層次的讀者閱讀、研究。

九、叢書中，因原版的零散或者底本的其他狀況不便於影印的戲曲藝術散論叢編採取了重新錄入的方式進行排版，由本項目組進行了點校、審讀。

十、對於篇幅較小的原本書目，叢書進行了合編出版；對於合編册數爲兩册的，保持了原始書名；對於合編册數爲三册以上的，則按整理的類別，重新編訂書名。

十一、所選版本的頁碼標註，在保持原始頁碼的同時，重新編排了新頁碼；對於兩册以上合册出版的書目，做了目錄，便於讀者查找閱讀。

十二、爲保證叢書體例一致，序言、出版説明、版權頁等附文，皆採用了中文繁體編排。

鑒於編者水平有限，有不當之處，敬請方家指正，又因出版時間所限，定有諸多不足之處，亦請廣大讀者海涵。

總序一

黃天驥

戲曲，是我國在世界藝壇上獨樹一幟的綜合性藝術。如果從金元時期戲曲趨於成熟的階段算起，歷經明清兩代，到晚清民國時期，它已經走過了近七百年的道路，發揮過重大的社會影響。

戲曲，包括雜劇、傳奇乃至花部小戲等體裁，在不同的歷史時期，其內容、形式，不斷地變化融合，也經歷過好幾個不同的發展階段。進入晚清民國時期，隨着我國歷史和社會出現翻天覆地的變化，戲曲進入了非常獨特的歷史時期。對於中國文化和研究中國戲曲史而言，這是具有特別意義並且非常值得注意的歷史時期。

我國戲曲，元代以雜劇爲主流，明清兩代，劇壇以傳奇爲主，也兼演雜劇。但到了清代乾隆年間，朝廷經常在爲皇帝、皇太后祝壽的全國性節日，引進各種地方戲班，進入北京會演。以此爲契機，徽班以其精彩的表演和它易於爲群衆接受的特質，在京城落地生根，影響日益擴大。它融合了其他唱腔，形成了後來被稱爲「京劇」的新劇種。這時候，各處的地方戲，風起雲湧。至於曾在舞臺上流行的雜劇、傳奇，即使在某些方面結合時代的潮流，有所革新，但終究敵不過以徽班爲代表的清新、活躍、更接地氣的地方戲。愈到後來，屬於「雅部」的雜劇、傳奇，漸漸無人問津，走向衰落。從此，「花部」終於戰勝了「雅部」，中國的劇壇，經歷了一次重大的變化。

從晚清到民國，隨着政治經濟的變革，西方各種思潮包括文藝思潮，也陸續湧入古老的天朝。我國戲曲領域，與中國人民反帝反封建的鬥爭相聯繫，與資產階級政治運動相適應，也出現了深刻的改良活動。以京劇爲例，劇壇上呈現出與元明清三代不同的面貌和特點。

從金元以至明清，我國戲曲經過長期的創造、沉澱，在劇本創作上，特別在唱、做、念、打等表演技巧方面，都在不斷地完善。乾嘉以來，商業興旺，中心城市如北京、上海一帶，市場繁榮，觀衆日多，審美要求也日益提高。加以宫廷的大力提倡，各個地方戲種有了交流借鑒、互相影響、共同提高的機會。以京劇爲代表的「花部」，特別在表演藝術方面，日臻成熟，達到了中國戲曲史上的高峰。那時候，戲班衆多，名角迭出。咸豐、道光年間，京師出現以演老生見長的程長庚、余三勝、張二奎。這三傑，被稱爲「三鼎甲」。後來又出現譚鑫培、汪桂芬、孫菊仙三位傑出的老生演員，被稱爲「後三鼎甲」。他們的做派唱工，或如黄鐘大吕，慷慨沉雄；或如雁嘯長空，悲涼蒼勁。他們風格各異，而其共同之點：品行端正，敬業不懈，嚴肅地對待藝術創造。因此，他們被藝術界公認爲偶像，也受到廣大觀衆的尊敬。

到民國初年，觀衆喜愛老生的熱忱，逐漸轉换爲對旦角的追捧。當時京劇湧現出四大男旦。梅蘭芳以俊美的容姿，唱、做、念、打已達爐火純青的表演技藝，讓觀衆如癡如醉。程硯秋擅演悲劇，以青衣應工，幽韻哀情，如泣如訴，唱到劇中的悽楚之處，讓觀者感同身受。荀慧生則表情多變，做派風流活潑，有第一花旦的美譽。尚小雲嗓音圓亮高朗，在串演女性角色中透露着英勃之氣，他尤擅演刀馬旦，在旦角中自成一派。那時候，「梅、程、荀、尚」，紅透了中國劇壇。

可以説，清末民初，是中國戲曲發展的高潮時期，尤其是在表演技巧方面，更是發展到藝術的頂峰。這一點，和戲曲在繼承傳統的基礎上，在新舊交替的時代，審美觀念出現變化，演員們在劇本内容和演技方面，爲適應社會的需要，積極地醖釀有所變化、有所革新有關。當舊的政治體制被推翻，崇尚個性的潮流湧入劇壇，「四大名旦」們，也就不斷刷新劇目，即使演出傳統舊劇，也注意作適當的改造，注意程式的創新，甚至懂得追求人物形象的個性化。於是，整個清末和民國的劇壇，出現了讓人耳目一新的局面。

在這階段，藝壇上有一個現象，很值得我們注意，這就是圍遶着名角，出現了一批在文學上或在藝術上很有造詣的追隨者。他們不是戲迷或跟班，而是對名角有着很大影響力的藝術顧問或參謀，在戲班中，他們在很大程度上起着導演、編劇兼評論家的作用。像齊如山、羅癭公、陳墨香等人，他們文化根基深厚，社會經驗豐富，對新思潮有所瞭解。他們的加入，對清末民初戲曲走向高潮，產生了積極的作用。

由於有一批高水平的文化人，經常與名角們長期深入地接觸，瞭解名角們的生活，熟識演員們藝術創造的過程，也和當時的優伶界一起沉浮。他們用文字把舞臺上下種種見聞記錄下來，從不同的角度描述當時劇壇發展的足跡，這就給後人研究清末民初的劇壇，留下了極有價值的文獻。本叢書的「戲曲史料編」，便是力圖完整地搜集這一時期劇壇有關史料，方便研究者對當時劇壇有詳盡的認識，也爲人們進一步深入研究提供線索。

進入清中葉以後，我國戲曲表演，實際上已推行「演員中心制」，無論是京滬劇壇乃至各處地方戲，從戲班體制乃至舞臺演出，均以演員爲中心。越到清末民初，名角的作用越是壓倒一切。這樣的現象，在我國戲曲史上並不多見，也可以視爲戲曲表演發展到最高階段所呈現的獨特面貌。

由於演員表演的成就成了這一時期戲曲發展的標識，爲此，本叢書編選「名家文獻編」，輯錄了梅蘭芳、譚鑫培、周信芳等十一位藝術大師的文獻，其中包括演出報告、影集、雜誌、臨時特刊等文獻，以及社會各界對他們的述評和研究文章等等。通過此編，讀者既可以認識、學習一個個名角各自的表演特色、各自的藝術成就，也可以從總體上，綜合觀察這一歷史時期戲曲發展的趨向。

這套叢書，還列有「理論研究編」。

本來，從金元時代開始，戲曲已趨成熟，成爲人民大衆喜聞樂見的藝術形式，許多文人雅士，也參與到劇本的創作中，寫出了不少膾炙人口的名劇，被視爲「驅梨園領袖，總編修師首，捻雜劇班頭」的關漢卿，甚至還粉墨登場。但是，在戲曲理論方面，卻鮮有人認真思考。除了明末清初的李笠翁，寫了閒情偶寄，算是比較全面地總結戲曲劇本的創作和表演經驗的規律以外，幾百年來，即使是關心戲曲的名家，也衹作些蜻蜓點水式的評點，或者在書信中和朋友們發表些零星的想法，至多是在劇本的序跋中，涉及對劇本創作的思考。可以說，從古以來，我們傳統長於形象思維卻疏於邏輯思維的慣性，使古代戲劇家對戲曲缺乏系統性、學理性和歷史性的思考。

近代以來，國運日衰。隨着西方列强在軍事、經濟、文化方面的進入，我國不少精英人物，不得不考慮國家向何處去的問題。思想界和學術界的許多學者，往往在不同程度上，和西方學術有所接觸，直接或間接受到西方文化的影響，思維方式也有所改變。同時，他們也看到，與城市商業繁榮的局面相聯繫，包括戲曲在內的通俗文化，日益受到廣大群衆的歡迎，特別是戲曲的表演藝術突飛猛進，其影響甚至超出了國門。這種種因素，讓許多有識之士，再不把戲曲視爲不登大雅之堂的「小道」。這一來，戲曲理論的研究，逐漸爲學術界人士所關注。從王國維開始，學者們已把戲曲研究作爲一門專業性的學問。進入二十世紀的四五十年代，戲曲理論研究更成爲顯學。

當然，在清末民初，戲曲理論研究剛剛起步，但也取得了令人矚目的成果。後來，在抗日戰爭期間，在烽火連天、顛沛流離的日子裏，有些學者還孜孜不倦地進行戲曲研究，努力從理論上探索中華民族文化瑰寶的奧妙。有些學者追根溯源，探索戲曲發生發展的過程；有些則研究戲曲在不同時代的表現和特點，或者研究我國戲曲的形態；有人廣泛搜集和考索劇本劇目；有人致力於曲韻的研究；有人還注意對地方戲的論述，等等。可以說，清末以及民國時期的戲曲理論研究者，完全打破了傳統曲學評點飣餖支離破碎的方式，他們從不同角度，對戲曲藝術作系統性的研究，邁出了新的一步。即使有些地方，還待深入探討，但已爲後來的研究者打下了基礎。「篳路藍縷，以啟山林」，在我國戲曲研究學術史上，這一時期的學者功不可没。其中，有些論著，具有經典性，直到今天，依然是戲曲理論研究者必讀的文獻。爲此，本叢書設置「理論研究編」，努力搜集讀者不易看到甚至已經絕版的論著，意在既保存珍稀資料，又爲學者們開展對這一階段劇壇的研究，提供更全面的幫助。

經過多年的努力，近代散佚戲曲文獻集成叢書終於面世。這套叢書的出版，填補了近代戲曲學術史的空白，對推進今天戲曲創作、表演和理論研究，也很有價值。特推介，是爲序。

二〇一五年六月十二日於中山大學中文堂

「理論研究編」序

董上德

進入二十一世紀之後，在人們的視野中，晚清民國是一個較爲特殊的歷史階段，説「近」不近，説「遠」不遠，很多東西，如昔日雲煙，漸漸淡出，甚至杳無蹤影；有些東西，卻如陳年老酒，香醇如故，至今值得珍惜。

就以晚清民國的戲曲研究而言，在當時算是一門很「新」的學問；而在今天看來，它既屬於藝術學的範疇，也進入文學的疆域，還旁涉其他相關的學科，如音韻學、方言學、民俗學乃至當今正在盛行的「非遺學」，等等，可謂門庭廣大，五花八門。戲曲研究的演進軌跡是一件頗堪玩味的事情。

説起來很有意思，晚清民國之前，可没有人會將研究戲曲看作是學問的。在以「經學」爲正宗的古代學問體系裏，戲曲作爲古代社會的「亞文化」，不可能進入主流意識形態。與所謂的「大傳統」相對而言，戲曲屬於「小傳統」，不登大雅之堂，研究戲曲的成果，似乎不配稱爲學問。故而，雖然自元代以來出現過録鬼簿 中原音韻 太和正音譜 曲律 閒情偶寄等今天可稱之爲「戲曲學」的著作，可它們不會被封建時代的官方認可爲著述，像四庫全書這類官修叢書也不會將它們收録進去。

到了晚清民國時期，情形出現重大轉折，有兩種情形值得關注：其一，西方的民俗學、民間文學研究（如德國格林兄弟對童話的收集、整理與研究等已開一代學術風氣）借由日本學界的模仿、消化而漸漸爲東方社會所知，善於及時跟蹤世界學術動態的日本學者，可謂得風氣之先，其民俗學及民間文學視野催生出一些啓發人心、值得借鑒的研究成果。曾經受到中國儒家文化影響的日本學界，自明治維新以來不再囿於儒學，而呈現出「開新」的進境，這會影響到逐漸與日本學界多有交往的中國學人；受到新的學術風氣的影響，中國學人不甘人後，貼合中國的實際情形，翻了一個筋斗，躍出經學的掌心，做出了古人没有做出來的新學問。其二，更爲重要的是，隨着具有劃時代意義的「五四」新文化運動的興起，中國學人有了自己的批判意識，重新認知古代的文化遺産，不再只盯住「大傳統」，而將「小傳統」裏的戲曲、小説、民間説唱等納入研究視野，這一批過去的「地攤貨」終於正式地入了知識分子的法眼，對它們的研究也逐漸可以見諸學術刊物或報紙副刊，甚至一些大學破天荒地開出戲曲研究、小説研究的課程，可以説，中國學術的「大環境」也發生了前所未有的改變。

在巨大的學術轉型過程中，某些人物、某些著作起到了十分重要的垂範作用。如著名學者王國維先生，他於一九一三年在日本完成了有史以來第一部戲曲史專著宋元戲曲史的初稿，標誌着戲曲研究正式成爲一門建構於學理基礎之上的學問。他在此書的序言裏稱：「非吾輩才力過於古人，實以古人未嘗爲此學故也。」此書的問世，可以看作是晚清以來、「五四」之前的一個學術事件，是近代中國學術變遷鏈條上不可忽視的一環。身處日本，做的是「中國學問」，而且是「新」的學問，王國維先生因之成爲晚清民國一位具有標桿意義的人物，其宋元戲曲史成爲現代戲曲學的開山之作。其後，「五四」新文化運動的領袖人物胡適、魯迅，還有受其影響的顧頡剛、鄭振鐸等人，他們對戲曲、小説這類「俗文學」的一系列研究成果，不管是出之以專著，還是出之以論文、雜文等形式，都一新國人的耳目，匯聚成一股啓人心智、重估民間文化價值的學術風氣。

不過，戲曲這一門學問，要真正建構起來可不簡單，並非若干位著名學者所能够「畢其功於一役」的，這還有待於無數後繼者多方面、多話題的探索。晚清民國的戲曲研究成果，初看起來顯得方方面面都有，正反映了戲曲研究的複雜性。

其實，戲曲只是一個很籠統的概念，其内裏含有極爲豐富的意蘊，存在多種面向，頭緒衆多。自宋元以來，其演出形態就歷經多變，從廟會到堂會，由廣場藝術漸變爲劇場藝術，既娱神又娱人，在較長的歷史時期裏，其祭祀功能與娱樂功能或兼顧並舉、交互扭結，或相互剝離、二者並存，情形甚爲複雜。更值得關注的是，戲曲演出，其在民衆日常生活裏所起到的作用和影響也並非單一，而是呈現出複合功能。站在今天的文化立場上看，設若没有了戲曲演出，我們的民族素質就會大不一樣。試想，站在廣場上或戲臺前觀看戲曲演出的人們，有多少是村夫農婦，有多少是大字不識的文盲，可他們到底並非没有文化，起碼他們是知道漢高祖、「劉、關、張」、秦王李世民的，這就是民間版的「歷史啓蒙」活教材；起碼他們是知道正德皇帝游龍戲鳳是荒唐混賬的，陳世美不認妻是天理難容的，法海和尚拆散白娘子夫婦是歹毒不人道的，這就是民間版的「價值哲學」活教材。如此等等，無不喻示着中國民間的確出現了一所又一所依循着年曆、神誕等時間節點而隨機形成的「教養學校」：臨時搭建或設於寺廟裏的舞臺就是課堂，連那些前去看戲的男女文盲們也成了學生，從而形成文盲不等於没有文化的「中國特色」。可以説，戲曲演出含有娱神、娱人以及教化民衆等多種功能，顯示出中國戲曲舞臺以及戲曲作品的偉大作用與獨特影響。故此，晚清民國的學者們，換了一種眼光，不約而同地研究起過去人們大爲忽視的戲曲，而且角度各異，精彩紛呈。今天，重新閲讀他們的各式各樣的論著、論文，會驚異於他們的激情與專注，會佩服他們的耐心與細緻，更會獲知我們今天不一定能感受得到的特定時期的戲曲演出的樣貌；而話題之多樣、見解之尖新、材料之鮮活，也讓人開拓眼界、别有會心。

從存世文獻的角度看，晚清民國學者們的戲曲學論著、論文，除少數名著如王國維先生的宋元戲曲史、吴梅先生的中國戲曲概論等外，大多没有再版印行；原刊發於民國學術期刊上的與戲曲研究相關的論文、文章，更是難覓蹤影。不要説一般的讀者難以見到甚至並不知曉，就算是專業研究者也不易尋獲，要到圖書館查找，通常還不能外借，而且，並非所有圖書館都有收藏。這些論著、論文，往往散在於各地的公私收藏之中，使用起來極爲不便。於是，就有了收集、影印出版這一批「隱藏」了長達半個世紀以上的戲曲論著、論文之舉。

今天回過頭來看這一批話題衆多、形式不一的戲曲研究成果，輕輕撣去散落於書頁之上的歷史煙塵，我們依然可以認知到其中不可忽視的獨特價值，要而言之，約有如下數端：

第一，接續王國維的研究思路，將其相關研究加以細化，而又小中見大，顯示着戲曲學這一門學問的學術積累與學術推進過程。

宋元戲曲史作爲開山之作，具有無可爭議的典範性與權威性，最爲重要的是，王國維先生此書的框架大體呈現出「戲史溯源」「樂舞考原」「脚色探源」「劇本辨體」「劇目存佚辨析」「劇本文學研究」「雜劇、南戲區別對待」等内在的版塊，已經梳理出作爲一門學科的戲曲史論著的邏輯理路。這就爲後學奠定了該學科的學理基礎。當然，這一草創性的論著儘管體大思精，却也不無粗疏，受到材料的限制，有待補充、論证的地方亦屬不少，有些專題研究還有待「細化」，有意無意間，宋元戲曲史爲後學預留了不少可以進一步探研的空間。

於是，就出現了一些可以與王國維先生對話或補充其缺漏的論著，如在「戲史溯源」這一版塊，孫楷第的傀儡戲考原、董每戡的説「傀儡」（見説劇）、李家瑞的傀儡戲小史、華木的梅縣的傀儡戲等，以更爲豐富的史料、較爲縝密的分析做出了王國維先生尚未來得及細做的專題研究。宋元戲曲史第三章宋之小説雜戲專門談及「傀儡戲」，認爲傀儡戲起源甚早，大概在漢代已經有「作偶人以戲，善歌舞」的演出，歷經演化，到了宋代則成爲一項重要的文藝表演：「至宋而傀儡最盛，種類亦最繁……則宋時此戲，實與戲劇同時發達，其以敷衍故事爲主，且較勝於滑稽劇。此於戲劇之進步上，不能不注意者也。」這番話，言簡意賅，點到即止，但在「戲史溯源」的問題上卻是甚爲重要的。至於具體情形，還有待進一步考證。故而，孫楷第等先生的上述論著就顯得很有必要且甚有價值。

此外，在王國維研究思路的基礎上，試圖建構相對完整的「元劇學」（或可稱爲「元明雜劇學」），如賀昌群的元曲概論、孫楷第的也是園古今雜劇考、馮沅君的孤本元明雜劇鈔本題記與元雜劇與宋明小說的幾種稱謂古劇四考、鄭振鐸的元明以來雜劇總錄等；在王國維研究思路的基礎上，試圖建構相對完整的「南戲學」，如錢南揚的宋元南戲考與浙江的戲劇、宗志黃的宋元之南戲等。可以說，這一系列成果，一則說明王國維先生開示了正確的研究路徑，可謂功不可沒；一則說明王國維先生的宋元戲曲史畢竟處於「草創」階段，有待補充、斟酌甚至修訂的地方可謂不少。後繼者的勞作，一步一步，一點一滴，都不應被忽略。

第二，不再囿於王國維的研究框架，探索戲曲史上的另外一些重要問題，如地方戲研究，顯示着戲曲學作爲一門學問的開新與拓展。

宋元戲曲史局限於宋元，不及明清，這顯然是很大的欠缺，是一部不完整的中國戲曲史。何況，王國維先生是一位書齋裏的學者，平時不喜歡看戲，不去觀察舞臺，更不會專門去考察鄉間演劇。而自清中葉起，「花部」即地方戲，興盛不衰，深入人心，具有極大的藝術活力與潛力，是中國戲曲史極爲重要的組成部分。

有見及此，一些學者不辭辛勞，到民間去，收集地方戲曲的劇本，考察演出的實況，瞭解民衆的審美心理，寫出了功底扎實、資料豐富、見解獨到的論著，如黃芝岡的從秧歌到地方戲、揚鐸的漢劇叢談、鍾琴的越劇、玄然的花鼓戲、朱今的我鄉的目連戲、陳子展的花鼓戲無南北等。

尤其值得重視的是徐嘉瑞的雲南農村戲曲史，該書以雲南農村戲曲（包括舊燈劇與新燈劇）爲研究對象，

「把雲南現在流行的農村戲曲，做了一番搜集整理的工夫」，僅從該書附錄的雲南農村戲曲集（第一部爲「舊燈劇作品」，第二部爲「新燈劇作品」）可以看出，作者下了多大的功夫才能有此豐碩的收穫。而作者的研究思路也值得稱道，他説：「（雲南農村戲曲）是現在流行在民間的東西，和已經死去的元曲不同；它正在發展，正在變化，正在風行，對於努力通俗化運動的朋友，可以得許多參考的資料，可以從舊瓶中釀出許多新酒來。」（見該書導論）換言之，如今研究這些活態的戲曲，將之納入戲曲史研究的範疇，不僅着眼於過去，還着眼於現在。將戲曲史研究與田野調查有機地結合起來，是該書的鮮明特色。這絶對不是「學究」的思路，而是體現出真正懂行的戲劇研究者的胸襟與責任感，尤爲難得。這一類情形，在相關的其他論著中也有呈現，並非個別現象，我們在晚清民國的戲曲學者身上看到了十分可貴的學術品格。順帶可以提及，雲南農村戲曲史的一些記載頗具鮮活的史料價值，比如，説到一九三七年後雲南農村戲曲演出樣貌：「自抗戰以後，舊燈劇漸漸消滅，新燈劇大爲流行」；至一九四二年，抗戰已入第五週年，農村有不少宣傳抗戰的戲在上演，「登臺的脚色，是農村婦女的弟兄和丈夫，看戲的人，是生旦淨丑們的家屬」，他們不是職業演員，爲了激勵抗戰的精神，粉墨登臺；可以想見，那是烽火連天的歲月，那是民族危難的關頭，「學校疏散下鄉，有許多學校也把新舊燈劇改編成抗戰戲曲，所以男女學生有許多唱燈劇的了。有許多軍隊，住在鄉下，替人民種田、修路、挖溝、掃地，新春來了，軍人們唱燈劇給鄉村的農人看，因爲軍人多是從農村中來的！」（見該書結論）國難當頭，鼓舞士氣，民間戲曲起着不可小覷的作用；而學生的疏散下鄉、軍人的駐紮鄉間，成爲雲南抗戰期間戲曲演出興盛起來的歷史契機，這本身就是中華民族戲曲史的重要一頁。作者以飽滿的激情寫作雲南農村戲曲史，字裏行間，洋溢着有血性學者的正義感，數十年後，再讀這樣的文字，依然令人心潮澎湃。而回到學術層面，我們不能不充分估計這一類著作在戲曲學領域的開拓意義與價值。

第三，在新舊戲劇形式的碰撞、交融與更替過程中，探尋戲曲的新出路，顯示着戲曲學作爲一門學問所具有的與時俱進的活力。

晚清民國時期，藝術樣式變得更爲多樣化，舊的繼續流行，新的獲得青睞，新與舊，兩相對舉，互成對手。以戲劇而言，文明戲出現了，話劇漸趨成熟，一些留學外國的戲劇工作者帶回了新的戲劇理念，甚至在某些高等院校有「小劇場運動」，學生劇團相當活躍。在此情勢之下，一些戲曲研究者不得不思考「舊劇」的命運。比如，洪深先生有北劇之將來一文，所謂「北劇」，指的就是京劇即「皮黄」，作者在「新劇」的壓力下反觀「舊劇」的不足，認爲「北劇取材，大都是依據歷史小説，編者乏識，類多不知選擇，所以不是描寫神權萬能的宗教觀念，便是鼓吹忠孝節義的傳統宗法思想，真正能够表現時代精神與社會生活的，簡直很少。這樣的題材不僅是爲現代的民衆所不需要，而且是太背叛時代了」。這種對「舊劇」的反思和批評，内裏包藴着對傳統戲曲的熱愛，故而，作者建議「不能一味在因襲上下功夫」，一定要變革，「假如他們真的肯下了决心，從事改革，存其精華，去其糟粕，北劇未始没有存在的價值。」（見左明編北國的戲劇）又如佟晶心的新舊戲曲之研究，既是簡明扼要的戲曲史，又是一部探討舊劇如何在新的時代氛圍中改良自身、實現「戲劇的藝術化」的專題論著，其中，還涉及話劇、影劇等話題。儘管説不上精深，但作者視野開闊，着眼點明確，就是探討「因着自己的藝術化而影響到社會」的戲曲如何提昇自身的感化力量的問題。與此相關，我們看到，那個時期的不少學者以「京劇」爲思考對象，寫出自己在特定時代裏的新的認知，如稚青女士的國劇津梁、華連圃的戲曲叢譚、郭文生的近代皮黄劇韻等等。可以説，在「新劇」的刺激之下，學者們十分關注「舊劇」（主要是京劇）的生存之道與改良之策，爲日後的戲曲改革奠定了某些方面的理論基礎。

大體而言，晚清民國的戲曲理論研究，是一個我們過去重視不够的領域。原因可能多樣，但有一條是肯定的，就是相關的文獻資料「流通」不廣，人們自然就知見不多、認識不深。我們不能説，這一批論著篇篇精品、字字珠璣，其實難免會有某些「粗糙」，某種「雜質」，可換一個角度來看，正是這樣一批「精粗雜陳」的文獻資料，更爲「原生態」地展示出晚清民國戲曲研究的動態風貌；學者們的各種見識，或精審，或粗淺，或是不刊之論，或是有失允當，都已經成爲「學術史」裏的「活化石」，無須格外「打磨」，也不必刻意「遮掩」，原原本本，呈現在後人眼前，這何嘗不是一件值得「點贊」的事情呢？

是爲序。

二〇一五年七月二十八日於中山大學

作者簡介

增補曲苑（輯錄者）

趙苕狂（一八九二—一九五三），名澤霖，字雨蒼，號苕狂，别號憶鳳樓主，吴興（今浙江省湖州市）人。早年肄業於上海南洋公學電機系。大東書局第一任總編輯，以後在世界書局任十七年總編。在任上海世界書局主編時，幫助了多位當時積極進步的文化名人，參加過柳亞子的南社，在南社社友著述存目中，「趙苕狂」條目下有二十五種書，傳奇類、俠客類、偵探類居多，屬典型的鴛鴦蝴蝶派作品。而由他主編的紅玫瑰雜誌歷時九年，影響力很大。

曲律

王驥德（一五四〇—一六二三），明代戲曲家。字伯良、伯駿，號方諸生，别署秦樓外史。紹興縣人。出身戲曲世家，早年受學徐渭，其戲曲理論代表作則是曲律和南調正韻，尤其是曲律，是明代戲曲理論的一個高峰，與呂天成的曲品被譽爲明代戲曲理論著作的「雙壁」，所著傳奇有題紅記 離魂記 救友記 招魂記四種，又有雜劇男王后等五種及散曲數卷，今存題紅記 男王后兩種，另有方諸館樂府和方諸館集行世。

魏良輔曲律

魏良輔（一四八九—一五六六），字師召，號此齋，晚年號尚泉、上泉，又號玉峰，新建（今江西南昌）人，嘉靖五年進士，歷官工部、户部主事、刑部員外郎、廣西按察司副使。嘉靖三十一年擢山東左布政使，三年後致仕，流寓於江蘇太倉。爲嘉靖年間傑出的戲曲音樂家、戲曲革新家，崑曲（南曲）始祖。對崑山腔的藝術發展有突出貢獻，被後人奉爲「崑曲之祖」，在曲藝界更有「曲聖」之稱。

雨村曲話

李調元（一七三四—一八〇三），清代四川戲曲理論家、詩人。字羹堂，號雨村，別署童山蠢翁，四川羅江縣人。與張問陶、彭端淑合稱「清代蜀中三才子」。

籐花居士曲話

梁廷枏（一七九六—一八六一），字章冉，清廣東順德人。道光十五年貢生，選澄海縣教諭，管訓導事。歷充越華書院、粵秀書院監院。二十年補學海堂學長。咸豐元年，以薦賞内閣中書，加侍讀銜。林則徐來粵時，曾拜訪，並詢以籌防、守戰事宜，繪海防圖。精於史學。著有南越叢録南漢書南漢考異藤花亭詩文集等。

詞餘叢話

楊恩壽（一八三五—一八九一），字鶴儔，名坦園，號蓬海、朋海，頡父，別署蓬道人，湖南長沙人。本書總目誤爲楊恩籌。清代晚期著名詩人、書畫理論家、戲曲家及戲曲理論家。曾任湖北鹽運使，湖北候補知府，以候補知府充湖北護貢使。一生著述頗富，有坦園叢書等十四種作品問世，代表作有詞餘叢話及續詞餘叢話，此外尚有坦園日記存世。

曲談

王季烈（一八七三—一九五二），字晉餘，號君九，又號螾廬，一八七三年出生於江蘇省長洲縣（今蘇州市）。清光緒甲辰（一九〇四）科進士，官學部郎中。民國初年在天津入審音社。王季烈博究經史詩文，精通曲律，二十世紀三十年代曾組織螾廬曲社，著有螾廬曲談螾廬未定稿螾廬未定稿續編及螾廬賸稿等。

增補曲苑絲集·增補曲苑竹集

目錄

增補曲苑絲集

◎ 王驥德

曲律

曲苑綴集

曲律序

凡物以少整以多亂故橫議繁而一炬至卷帙雜而五厄乘人事濫則天槩之必然之勢也近代之最濫者詩文是已性不必近學未有窺犬吠驢鳴貽笑寒山之石病譫夢囈爭投苦海之箭獨詞曲一途竄足者少豈非以道疑小而不爭竅未鑿而幸免乎數十年來此風忽熾人翻窠臼家畫葫蘆傳奇不奇散套成套訛非關舊誣曰從先格喜剏新不思乖體餖飣自矜其設色齊東妄附於當行乃若配調安腔選聲酌韻或略焉而弗論或涉焉而未通令上帝下清問於周郎則今日之聲歌其先詩文而受槩也必矣余早歲曾以雙雄戲筆售知於詞隱先生先生丹頭祕訣傾懷指授而更諄諄爲余言王君伯良也先生所修南九宮譜一意津梁後學而伯良曲律一書近鐫於毛允遂氏法尤密論尤苛釐韻則德清蒙譏評辭則東嘉頗詘字櫛句比則盈床無合作敲今擊古則積世少全才雖有奇穎宿學之士三復斯編亦將咋舌而不敢輕談韜筆而不敢漫試洵矣攻詞之針砭幾於按曲之申韓然自此律設而天下始知度曲之難天下知度曲之難而後之蕪詞可以勿製前之哇奏可以勿傳懸完譜以俟當代之眞才庶有興者不然夫安知世俗之不籍口於譜而濫乃滋甚且夫濫一也世亂則明槩於天世治則陰槩於人濫於曲而譜槩之濫於籍口譜之曲而律槩之其揆一也而或者謂詞閾未開賴譜爲接引詞瀾既倒仗律爲隄坊

是猶未知兩先生相須之深者矣抑人有言指石喻山破竹杪而識應節之旨盧也可以槩曲不可以槩詩文乎哉吾更願得工詩文者補二律以備三章則請以謀之允遂氏天啓乙丑春二月既望古吳後學馮龍夢題于葑溪之不改樂庵

曲何以言律也以律譜音六樂之成文不亂以律繩曲七均之從調不姦方伶倫吹竹之初造后夔拊石之始爲聲僅五爲律僅有十二何約也至房中肇於唐山水尺奏於竇常於是布法益密演數愈繁調至八十有四律至百四十有四聲至一千有八其變不勝窮焉變極必反之元數窮必趨於約於是唐之孝孫宋之劉几以暨完顏之金蒙古之元漸省之以止於六宮十一調是六宮十一調者寗語被絃應索之詞非槩宮懸廟假之奏也然康衢之歌與自野老關睢之咏采之國風不曰今之曲即古之樂哉粤自北詞變爲南曲易慷慨爲風流更雄勁爲柔曼所謂地氣自北而南亦云人聲繇健而順吹萬之衡握之造化猽主之埶成之賢豪惟是元周高安氏有中原音韻之創明涵虛子有太和詞譜之編北士恃爲指南北詞稟爲令甲厥功厚矣至於南曲鶗鴂之陳久廢刁斗之設不閑綵筆如林盡是嗚嗚靡之調紅牙迭響秖爲靡之音俾太古之典刑斬於一旦舊法之漸滅悵在千秋當猥齕齕之年輒有絲肉之嗜蕭齋讀罷或辨吹緹芸館文閒時供擊節浸淫歲月稍窺涓埃詎敢謂荀勗之多諳庶幾邀周郎之一顧友人孫比部凤傳家學同舍鬱藍生蚤擅慧腸並工風雅之脩兼妙聲律之度塤篪謬合臭味略同日於坐間舉

白譚詞明杲錯於飣俎抽黃指疢清吹發於欄楹曰與其秘爲帳中毋寧公之海內曷其制律用作懸書余且抱痾遂疎握槧既屢折簡亟趨報成余乃左持藥椀右驅管城日疏數行積盈卷帙布之小史輒自爲嘲今之爲詞曲者上無犴狴之懸下鮮棘木之聽解弢而往脫銜以快游於葛天之塗適於華胥之圃久矣奈何一旦閑之科條束之鉗釱俾高者駕言爲小乘之縛卑者貰辭爲拘士之譚夫有不披卷而媚絕影而走者哉嗟乎創法貴嚴沿流多蕊畫象之後不啻三千罣網於今迺至七八以是知畫一非苛深文猶晚宇壤寥廓寧乏蜀鐘相應之大賢蘭茝薰蒸儻值高山爲賞之同調人持三尺家作五申還其古初起茲流靡不將引商刻羽獨雄寡和之場滌水玄雲仍作大雅之觀哉客曰子言誠辯抑爲道殊卑如壯夫羞稱小技可唾何余謝否否駒隙易馳河清難俟世路莽蕩英雄逗遛吾藉以消吾壯心酒後擊缶鐙下缺壺若不自知其爲過也萬歷庚戌冬長至後四日瑯琊方諸生書於朱鷺齋

曲律目錄

一卷

二卷

曲律卷第一

明　王驥德　伯良　撰

論曲源第一

曲樂之支也自康衢擊壤黄澤白雲以降於是越人易水大風瓠子之歌繼作聲漸靡矣樂府之名昉於西漢其屬有鼓吹橫吹相和清商雜調諸曲六代沿其聲調稍加藻豔於今曲略近入唐而以絕句爲曲如清平鬱輪涼州水調之類然不盡其變而於是始創爲憶秦娥菩薩蠻等曲蓋太白飛卿輩實其作俑入宋而詞始大振署曰詩餘於今曲益近周待制柳屯田其最也然單詞隻韻歌止一闋又不盡其變而金章宗時漸更爲北詞如世所傳董解元西廂記者其聲猶未純也入元而益漫衍其製櫛調比聲北曲遂擅盛一代顧未免滯於絃索且多染胡語其聲近噍以殺南人不習也迨季世入我明又變而爲南曲婉麗嫵媚一唱三歎於是美善兼至極聲調之致始猶南北畫地相角邇年以來燕趙之歌童舞女咸棄其捍撥盡效南聲而北詞幾廢何元朗謂更數世後北曲必且失傳宇宙氣數於此可覘至北之濫流而爲粉紅蓮銀紐絲打棗竿南之濫流而爲吳之山歌越之採茶諸小曲不啻鄭聲然各有其致繇茲而往吾不知其所終矣

總論南北曲第二

曲之有南北非始今日也關西胡鴻臚侍珍珠船『其所著書名』引劉勰文心雕龍謂塗山歌於候人始爲南音有娀謠於飛燕始爲北聲及夏甲爲東殷整爲西古四方皆有音而今歌曲但統爲南北如擊壤康衢卿雲南風詩之二南漢之樂府下逮關鄭白馬之撰詞有雅鄭皆北音也孺子接輿越人紫玉吳歈楚豔以及今之戲文皆南音也豫章左克明古樂府載晉馬南渡音樂散亡僅存江南吳歌荆楚西聲自陳及隋皆以子夜歡聞前溪阿子等曲屬吳以石城烏棲估客莫愁等曲屬西蓋吳音故統東南而西曲則後之人概目爲北音矣以辭而論則宋胡翰所謂晉之東其辭變爲南北南音多豔曲北俗雜胡戎以地而論則吳萊氏所謂晉宋六代以降南朝之樂多用吳音北國之樂僅襲夷虜以聲而論則關中康德涵所謂南詞主激越其變也爲流麗北曲主慷慨其變也爲朴實惟朴實故聲有矩度而難借惟流麗故唱得宛轉而易調吳郡王元美謂南北二曲譬之同一師承而頓漸分教俱爲國臣而文武異科北主勁切雄麗南主清峭柔遠北字多而調促促處見筋南字少而調緩緩處見眼北辭情少而聲情多南聲情少而辭情多北力在絃南力在板北宜和歌南宜獨奏北氣易粗南氣易弱此其大較康北人故差易南調似不如王論爲確然陰陽平仄之用南北故絕不同詳見後說『北曲中原音韻論最詳備此後多論南曲』

論調名第三

曲之調名今俗曰牌名始於漢之朱鷺石流艾如張巫山高梁陳之折楊柳梅花落雞鳴高樹巔玉樹後庭花等篇於是詞而爲金荃蘭畹花間草堂諸調曲而爲金元劇戲諸調北調載天台陶九成輟耕錄及國朝涵虛子太和正音譜南調載毘陵蔣維忠「名孝嘉靖中進士」南九宮十三調詞譜今吳江詞隱先生「姓沈名璟萬曆中進士」又釐正而增益之者諸書臚列甚備然詞之與曲實分兩途間有采入南北二曲者北則於金而小令如醉落魄點絳脣類長調如滿江紅沁園春類皆仍其調而易其聲於元而小令如青玉案搗練子類長調如瑞鶴仙賀新郎滿庭芳念奴嬌類或稍易字句或止用其名而盡變其調南則小令如卜算子生查子憶秦娥臨江仙類長調如鵲橋仙喜遷鶯稱人心意難忘類止用作引曲過曲如八聲甘州桂枝香類亦止用其名而盡變其調至南之於北則如金玉抱肚豆葉黃剔銀燈繡帶兒類如元普天樂石榴花醉太平節節高類名同而調與聲皆絕不同其名則自宋之詩餘及金之變宋而爲曲元又變金而一爲北曲一爲南曲皆各立一種名色視古樂府不知更幾滄桑矣「以下專論南曲」其義則有取古人詩詞句中語而名者如滿庭芳則取吳融滿庭芳草易黃昏點絳脣則取江淹明珠點絳脣鷓鴣天則取鄭嵎家在鷓鴣天西江月則取衛萬只今惟有西江月曾照吳王宮裏人浣溪沙則取少陵詩意青玉案則取四愁詩語粉蝶兒則取毛澤民粉蝶兒共花同活人月圓則用王晉卿年

年此夜華燈盛照人月圓時之類有以地而名者如梁州序八聲甘州伊州令之類有以音節而名者如步步嬌急板令節節高滴溜子雙聲子之類其他無所取義或以時序或以人物或以花鳥或以寄托或偶觸所見而名者紛錯不可勝紀而又有雜犯諸調而名者如兩調合成而爲錦堂月三調合成而爲醉羅歌四五調合成而爲金絡索四五調全調連用而爲雁魚錦或明曰二犯江兒水四犯黃鶯兒六犯清音七犯玉玲瓏又有八犯而爲八寶粧九犯而爲九疑山十犯而爲十様錦十二犯而爲十二紅十六犯而爲一秤金三十犯而爲三十腔類又有取字義而二三調合爲一調如皂袍罩黃鶯鶯集御林春類有推調只取一字合爲一調如醉歸花月渡浣沙劉月蓮類『見新譜詞隱自製』又有一調分屬二宮而聲各不同如小桃紅一在正宮一在越調紅芍藥一在南呂宮一在中呂宮類有一調二名如素帶兒又名白練序黃鶯兒又名金衣公子類有初本一調後各傳而致句字增減不同如普天樂錦纏道類有古體無考俗傳增減句字至繁聲過多不可遵守如越恁好雌雄畫眉類有其調存而宮調無可考如三仙橋勝如花類有調名傳訛字義不通無可考正如奉時春十破四類有其名存而本調無可考如小秀才大夫娘類有其名存而腔久不傳如四塊金嬌鶯兒類有二調句字相似無可分別如靑衲襖紅衲襖類有各宮調有賺而僅存一二餘無可考類有字面差訛致失本意如生查子查古槎字用張騫乘槎事玉抱肚唐人呼帶爲抱肚宋宗眞賜王安石有玉抱肚今訛爲玉胞子醉公子唐人以咏公子今訛爲醉翁

子朝天紫本牡丹名見陸游牡丹譜今訛爲朝天子類至古有所謂纏令入破出破之類則按沈括筆談謂古樂府皆有聲有詞連屬書之如曰賀賀賀何何何之類皆和聲也今絃管纏聲亦其遺法則董解元古西廂記中所謂醉落魄纏令點絳唇纏令正此法絃索有和聲故也明皇雜錄載天寶中多以邊地名曲如涼州甘州伊州之類其曲遍繁聲名入破後其地皆爲西蕃破沒則今曲所謂入破出破蓋以調有繁聲故也又古曲有豔有趨豔在曲之前趨在曲之後楊用修謂豔在曲前即今之引子趨在曲後即今之尾聲是也沈括又言曲有犯聲側聲正殺寄殺偏字傍字雙字半字之法樂典言相應謂之犯歸宿謂之煞今十三調譜中每調有賺犯攤犯二犯三犯四犯五犯六犯七犯賺道和傍拍凡十一則係六攝每調皆有因其法今盡不傳無可考索蓋正括所謂犯聲以下諸法然此所謂犯皆以聲言非如今以此調犯他調之謂也至有一調名而兩用以此引曲即以此爲過曲如琵琶記之念奴嬌引曲楚天過雨「云云」而下過曲長空萬里則省曰本序言本上曲之念奴嬌也拜月亭之惜奴嬌引曲禍不單行「云云」而下過曲且與相別亦省曰本序又夜行船引曲六曲闌干「云云」而下過曲春思懨懨亦省曰本序亦言本上之惜奴嬌與夜行船也然則琵琶記之祝英臺尾犯高陽臺三曲皆以此引以此過皆可謂之本序今却不然而或於新篁池閣一曲則亦署曰本序不知前有梁州令引則此可曰本序今前引係他曲而亦以本序名之則非也又登場首曲北曰楔子南曰引子引子曰慢詞過曲曰近詞曲之第二北

曰么篇曰前腔曰換頭前腔者連用二首或四五首一字不易者是也換頭者換其前曲之頭而稍增減其字如錦堂月念奴嬌序則換首句鎖南枝二郎神則幷換其腹之第四第五句「人別後散套第二調爭奈話別匆匆雨散雲收與首調夕陽影裏見一簇寒蟬衰柳下句六字不同」朝元令則第一第二第三第四通調各自全換只合前兩句與首調相同梁州序則至第三第四調而始換首二句之類是也煞曲曰尾聲或曰餘文或曰意不盡或曰十二時「以凡尾聲皆十二板故名」其實一也爲格句字稍有不同當各隨上用宮調今多混用非是詳見後論尾聲條中大略南調之創稍次北調拜月之作稍先琵琶今二記調絕不同拜月諸調又絕不見他戲是知創調之始當不止如今譜中所載者特時代久遠多致湮沒即其存者而又腔調多不可考惜哉又世多以南之縣絳唇粉蝶兒二犯江兒水作北調唱者詞隱辯之甚詳見譜中然大迓鼓之迓改作呀撼亭秋之撼仍誤作感殊未當也北詞各調載輟耕錄中原音韻太和正音譜二書迄今藉可考見南詞舊有蔣氏九宮十三調二譜九宮譜有詞十三調無詞詞隱於九宮譜參補新調又幷署平仄考定訛謬重刻以傳却削去十三調一譜間取有曲可査者附入九宮譜後今其書秘不大行錄載於此以便觀者

九宮詞譜共六百八十五章「新增及雜調皆收此譜　內方諸生新製凡三十三章」

仙呂宮曲八十二章「十三調詞另列在後」

仙呂引子十六章

卜算子	番卜算	劍器令	小蓬萊
探春令	醉落魄	天下樂	鵲橋仙
金雞叫	奉時春	紫蘇丸	唐多令
梅子黃時雨	似娘兒	望遠行	鷓鴣天

仙呂過曲六十六章

光光乍	鐵騎兒	碧牡丹	大齋郎
勝葫蘆	青歌兒	胡女怨	五方鬼
望梅花	上馬踢	月兒高	二犯月兒高
月雲高	月照仙	月上五更	蠻江令
凉草蟲	蠟梅花	感亭秋	望吾鄉
喜還京	美中美	油核桃	木丫牙
長拍	短拍	醉扶歸	皂羅袍
皂羅罩黃鶯	醉羅袍	醉羅歌	醉花雲

醉歸花月渡	羅袍歌	羽調排歌	三疊排歌
傍妝臺	二犯傍妝臺	八聲甘州	甘州解醒
甘州歌	十五郎	一盆花	桂枝香
二犯桂枝香	天香滿羅袖	河傳序	拗芝麻
一封書	一封歌	一封羅	安樂神犯
香歸羅袖	解三醒	解醒帶甘州	解醒歌
解袍歌	解醒望鄉	掉角兒序	掉角望鄉
番鼓兒	惜黃花	西河柳	春從天上來
古皂羅袍	甘州八犯		

仙呂調慢詞五章「此係十三調譜不列前九宮譜內後同共六十二章」

河傳	聲聲慢	八聲甘州	杜韋娘
桂枝香			

仙呂調近詞五章

賺	薄眉賺	天下樂	三囑付

雁過聲　風淘沙　四邊靜　福馬郎
小桃紅「與越調不同」　綠襴衫　三字令　一撮棹
三字令過十二橋　陽關三疊　泣秦娥　傾杯序
傾杯賞芙蓉　長生道引　彩旗兒　滿江紅急
白練序　醉太平　雙鸂鶒　洞仙歌
雁漁錦　山漁燈　山漁燈犯　雁過沙
雁來紅　沙雁揀南枝　金殿喜重重　花藥欄
賺　怕春歸　春歸犯　薔薇花
醜奴兒近　黃鍾賺　普天唱朱奴　錦芙蓉「已上二調方諸生新製」
正宮調慢詞二章「十三調」
安公子　長生道引
正宮調近詞二章
刬鍬令　湘浦雲

大石調曲十三章

大石引子五章

東風第一枝　碧玉令　少年游　念奴嬌

燭影搖紅

大石過曲八章

沙塞子　本宮賺　沙塞子急　念奴嬌序

催拍　賽觀音　人月圓　長壽仙

大石調慢詞三章「十三調」

驀山溪　烏夜啼　醜奴兒

大石調近詞一章

插花三臺

中呂宮曲六十二章

中呂引子十二章

粉蝶兒　四園春　思園春　醉中歸

滿庭芳　行香子　菊花新　青玉案
尾犯　透紅樓　剔銀燈引　金菊對芙蓉

中呂過曲云十章

泣顏回　好事近　石榴花　榴花泣
駐馬聽　馬蹄花　駐馬泣　番馬舞秋風
駐馬摘金桃　駐雲飛　古輪臺　撲燈蛾
念佛子　大和佛　鵲打兎　大影戲
雨休休　好孩兒　粉孩兒　紅芍藥「與南呂不
同」　耍孩兒　會和陽　縷縷金
越恁好　漁家傲　剔銀燈　攤破地錦花
麻婆子　尾犯序　尾犯芙蓉　丹鳳吟
十破四　水車歌　永團圓　耍鮑老
瓦盆兒　喜漁燈　漁家燈　石榴挂漁燈
雁過燈　荼蘼香傍拍　舞霓裳　山花子

千秋歲　紅繡鞋　添字紅繡鞋　馱環著
合生　風蟬兒　倚馬待風雲
中呂調慢詞四章『十三調』
醉春風　賀聖朝　沁園春　柳梢青
中呂調近詞七章
迎仙客　杵歌　阿好悶　呼喚子
太平令　德勝序　宮娥泣
般涉調慢詞一章
哨遍
南呂宮曲一百十八章
南呂引子二十五章
大勝樂　金蓮子　戀芳春　女冠子
臨江仙　女臨江　一剪梅　臨江梅
一枝花　折腰一枝花　薄媚　虞美人

意難忘　稱人心　三臺樂　轉山子
薄倖　生查子　哭相思　于飛樂
步蟾宮　滿江紅　上林春　滿園春
挂眞兒

南呂過曲九十三章

梁州序　梁州新郎　賀新郎　賀新郎袞
纓枝花　節節高　大勝樂　柰子花
奈子落瑣窗　奈子宜春　靑衲襖　紅衲襖
一江風　單調風雲會　梅花塘　香柳娘
女冠子　孤飛雁　石竹花　解連環
風檢才　呼喚子　大迓鼓　引駕行
薄媚袞　竹馬兒　番竹馬　繡帶兒
繡太平　繡帶宜春　宜春樂　太師引
醉太平　太師垂繡帶　瑣窗寒　瑣窗郎

阮郎歸	繡衣郎	宜春令	三學士
學士解醒	刮鼓令	羅鼓令	癡寃家
金蓮子	金蓮帶東甌	香羅帶	羅帶兒
二犯香羅帶	羅江怨	五樣錦	三換頭
香遍滿	懶畫眉	浣溪沙	秋夜月
東甌令	劉潑帽	潑帽落東甌	金錢花
五更轉	五更轉犯	二犯五更轉	劉袞
紅衫兒	本宮賺	梁州賺	紅芍藥
古鍼線箱	鍼線箱	滿園春	八寶妝
九疑山	春瑣牕	浣沙劉月蓮	梁溪劉大香
繡帶引	懶鍼線	醉宜春	瑣牕繡
大節高	東甌蓮	浣溪樂	春太平
宜春樂	太師帶	學士解醒	潑帽令
宜春引	鍼線牕	奈子樂	秋夜令

浣溪蓮『已上九調方諸生新製』

南呂慢調詞三章『十三調』

賀新郎　木蘭花　烏夜啼

南呂調近詞四章

賺　春色滿皇州　搗白練　恨蕭蕭郎

黃鍾宮曲五十二章

黃鍾引子十章

絳都春　疎影　瑞雲濃　女冠子

點絳脣　傳言玉女　玉女步瑞雲　翫仙燈

西地錦　玉漏遲

黃鍾過曲四十二章

絳都春序　出隊子　鬧樊樓　下小樓

耍鮑老　畫眉序　畫眉上海棠　畫眉姐姐

滴滴金　滴溜子　出隊滴溜子　神仗兒

滴溜神仗　鮑老催　雙聲子　雙聲滴
啄木兒　啄木鸝　啄木叫畫眉　三段子
三段催　歸朝歡　水仙子　刮地風
春雲怨　三春柳　降黃龍　黃龍醉太平
黃龍捧燈月　黃龍袞　獅子序　太平歌
賞宮花　玉漏遲序　玉絳畫眉序　恨蕭郎
燈月交輝　恨更長　侍香金童　傳言玉女
月裏嫦娥　天仙子

越調曲五十二章

越調引子七章

浪淘沙　霜天曉月　金蕉葉　霜蕉葉
杏花天　祝英臺近　桃柳爭春

越調過曲四十五章

小桃紅　下山虎　山桃紅　蠻牌令

山虎嵌蠻牌　二犯排歌　五般宜　本宮賺
鬬蝦蟆　五韻美　羅帳裏坐　江頭送別
章臺柳　醉娘子　雁過南樓　山麻稭
花兒　鏵鍬兒　繫人心　道和
包子令　梅花酒　亭前柳　亭前送別
一疋布　撲頭錢　梨花兒　水底魚兒
吒精令　引軍旗　丞相賢　趙皮鞋
禿厮兒　喬八分　繡停針　祝英臺
望歌兒　鬬寶蟾　蠻牌嵌寶蟾　憶多嬌
鬬黑麻　憶花兒　憶鶯兒　江神子
園林杵歌

越調慢詞一章「十三調」

養花天

越調近詞四章

入賺　綿搭絮　入破　出破

商調曲六十九章

商調引子九章

鳳凰閣　風馬兒　高陽臺　憶秦娥

逍遙樂　遶池遊　三臺令　二郎神慢

十二時

商調過曲六十章

字字錦　滿園春　高陽臺　山坡羊

山羊轉五更　水紅花　水紅花犯　梧葉兒

梧蓼弄金風　梧蓼金羅　梧桐花　金梧桐

金梧繫山羊　金絡索　金甌線解醒　梧桐樹

梧桐樹犯　梧桐半折芙蓉花　喜梧桐　擊梧桐

二郎神　二賢賓　二鶯兒　二犯二郎神

集賢賓　集賢聽畫眉　集鶯兒　集賢聽黃鶯

鶯啼序　鶯啼春色中　黃鶯兒　黃鶯學畫眉
四犯黃鶯兒　鶯花皂　黃鶯穿皂袍　黃鶯帶一封
囀林鶯　簇御林　攤破簇御林　簇袍鶯
鶯集御林春　鶯鶯兒　琥珀貓兒墜　貓兒出隊
貓兒墜玉枝　貓兒墜桐花　五團花　吳小四
三臺令　半面二郎神　攤破集賢賓　鶯斷鶯啼序
歇拍黃鶯兒　減字簇御林　偷聲貓兒墜　紅葉襯紅花
梧葉墜羅袍　黃鶯逐山羊　貓兒入御林　貓兒逐黃鶯『以上
十一調方諸生新製』

商調慢詞五章『十三調』

集賢賓　永遇樂　熙州三臺　解連環
秋夜雨

商調近詞一章

漁父第一

商黃調詞五章『方諸生新製』

二郎試畫眉　集賢觀黃龍　啼鶯捎啄木　猫兒戲獅子

御林轉隊子

小石調近詞一章

驟雨打新荷

雙調曲三十八章

雙調引子二十一章

真珠簾　真珠馬　花心動　謁金門

惜奴嬌　寶鼎硯　金瓏璁　搗練子

胡搗練　風入松慢　海棠春　夜行船

夜游船　四國朝　玉井蓮『後』　新水令

五供養　賀聖朝　秋蕊香　船入荷花蓮

梅花引　雙調過曲十一章

晝錦堂　紅林檎　錦堂月　醉公子

仙呂入雙調過曲九十七章

六么梧葉　六么姐兒　二犯六么令　福青歌
罕地錦襠　哭岐婆　雙勸酒　字字雙
三捧鼓　破金歌　柳絮飛　普賢歌
雁兒舞　打毬塲　倒拖船　風入松
風送嬌音　好姐姐　姐姐帶僥僥　金娥神曲
桃紅菊　一機錦　錦上花　步步嬌
忒忒令　沉醉東風　沉醉海棠　園林好
園林沉醉　江兒水　江兒撥棹　五供養
五供養犯　五枝供　二犯五供養　玉交枝
玉抱肚　玉抱交　玉山供　玉雁子
川撥棹　絮婆婆　元卜算　十二嬌
玉笥子　流拍　松下樂　步步入江水
江水遶園林　園林兒姐姐　姐姐插嬌枝　嬌枝催撥棹
玉蘭花『已上六調方諸生新製』

赤馬兒　拗芝麻　一秤金　撼動山
中都俏　駿甲馬　滿院播花　紅葉兒
小措大　蓮花紅　步金蓮　疎影
六犯清音　七犯玲瓏　薄媚曲破　三十腔
九迴腸　巫山十二峰

右合九宮十三調曲共七百四十七章

蔣氏舊譜序云九宮十三調二譜得之陳氏白氏僅有其目而無其辭蔣爲輯古戲及散曲合數十家每調各譜一曲迨詞隱又增補新調之未收者幷著平仄音律以廣其傳益稱大備蔣毘陵人名孝登嘉靖甲辰進士蓋好古博雅士也其書世多不傳恐久而遂泯其人略志所自詞隱校定新譜較蔣氏舊譜大約增益十之二三即十三調諸曲有爲世所通用者亦間採幷列其中矣舊譜今既不傳世蔣不復能覩十三調諸曲名目爲別錄一過以寄存餼羊之意是譜蔣氏元不譜曲似不易悉爲蒐輯世遠樂亡陵夷漸爾惜哉

十三調南曲音節譜

仙呂「與羽調互用「出入道宮」「高平」「南呂」俱無詞」

賺犯　攤破　二犯　三犯　四犯　五犯　六犯
七犯　賺　道和　傍拍
　已上十一則係六攝每調皆有因
河傳　小蓬萊　聲聲慢　鵲橋仙
點絳唇　薄倖　聚八仙　天下樂
八聲甘州　轉山子「亦在南呂」　杜韋娘　大勝樂慢「亦在南
呂道宮」　臨江仙「亦在南呂」　踈簾淡月「卽桂枝香亦在羽調」
　已上俱係慢詞
賺「一名惜花賺與婆羅門薄媚賺同」　八聲甘州「亦在道宮」
天下樂「亦在中呂」　勝葫蘆「卽大河蟹亦在羽」　青歌
三祝付　六么序「一作六么令」　醉扶歸「亦在羽」
大迓鼓「卽村裏迓鼓亦在羽」　光光乍　聚八仙近
三學士　美中美「亦在越調小石」　鍼線箱「亦在南呂道宮」
大勝樂「亦在南呂道宮」　油核桃　木丫叉

解三醒『亦在南呂道宮』　告雁兒　人月圓『亦在南呂』

拗芝麻『亦在道宮』　喜還京『與高平雙調出入』

已上俱係近詞

羽調

六攝十一則見前仙呂調下

燕歸梁『卽風馬兒與越調不同』　醉落魄

望遠行　金蓮子　桂枝香『卽疎簾淡月亦在仙呂』

小蓬萊『亦在仙呂』

已上俱係慢詞

賺『名本調賺』

一封書『卽秋江送別』　金鳳釵『卽四時花』　撼亭秋

排歌　桂枝香『卽月中花』　一盆花

馬鞍兒　浪淘沙『卽賣花聲』　惜黃花

櫻桃花『亦在雙調』　皂羅袍　鏤搯兒

樂安神　掉角兒序　大迓鼓「即村裏迓鼓亦在南呂」
道和排歌　傍妝臺
望吾鄉　慶時豐　醉扶歸「亦在仙呂」
勝葫蘆「即大河蟹亦在仙呂」刮鼓令　玉抱肚「亦在雙調」
耍鮑老「即永團圓亦在黃鍾」

已上俱係近詞

黃鍾「與商調羽調出入」

六攝十一則見前仙呂調下

喜遷鶯「亦在南呂」　瑞雲濃　傳言玉女「即步虛聲」
女冠子「即雙鳳翹與道宮般涉不同」　快活年
絳都春慢　巫山十二峯　生查子「亦在雙調」
疎影　探春令

已上俱係慢詞

賺「名連枝賺」

出隊子『在大石正宮謂之風淘沙俱字同句同音調不同』　刮地風『在正宮中呂謂之綠
襴踢惟雙調及此名刮地風出入』　神仗兒
啄木兒　滴滴金　鮑老催『亦在仙呂』
歸朝歡　降黃龍　黃龍袞
胡女怨　玉漏遲　三段子
宜春令　賞宮花　賞宮花序
太平令『亦在道宮』　連理枝　排遍第五『餘在徵調無考』
天下同　燈月交輝　畫眉序
絳都春近『有二樣』　鬧樊樓　玉翼蟬
下小樓　滴溜子『商調名鬭雙雞』　耍鮑老『一名永團圓亦在羽
雙聲疊韻　團圓旋　古水仙子

已上俱係近詞

商調『與仙呂「羽調」黃鍾皆出入』

六攝十一則見前仙呂調下

集賢賓　逍遙樂　永遇樂
二郎神　伊州三臺　解連環
高陽臺『即慶青春慢』　鳳凰閣　遶池游
十二時　三登樂
巳上俱係慢詞　賺『名二郎賺』
集賢賓　黃鶯兒　鶯啼序
二郎神近　高陽臺近『即慶青春序』　山坡羊
水紅花『一名折紅蓮』　簇御林『有二樣』　梧葉兒『一名知秋令』
琥珀猫兒墜　鬬雙雞『即滴溜子亦在黃鍾』漁父第一
刮地風『亦在黃鍾』　金字令『即淘金令亦在雙調』

巳上俱係近詞

商黃調

此係合犯乃商調黃鍾各半隻或各一隻合成者皆是也但不許黃鍾居商調之前曲無前高後低之理古人無此式也

正宮調『與大石』『中呂出入』

六攝十一則見前仙呂調下

梁州令
尾犯慢
安公子

齊天樂
緱山月
粉蝶兒『與中呂音異字同』

滿堂春『亦在大石』

已上俱係慢詞

賺『名傾杯賺』

梁州令近『卽小梁州』
忉忉令
刬鍬兒『與越調不同』

普天樂『與中呂不同』
催拍『亦在大石』
雁過聲『一名大擺袖卽塞鴻

秋』
湘浦雲『卽刷子序』
尾犯序『一作近』

玉芙蓉
漁家傲『亦在中呂』
丹鳳吟

朱奴兒『亦在中呂』
長壽仙三臺
小桃紅『一作山桃紅與越調不

同』
傾杯序
風淘沙『字雖與緜襴踢同調則

不同』
梁州第七『亦在南呂「道宮」「中呂」「又名梁州小序」

與小梁州不同」
四邊靜「亦在中呂　此曲在大石調來故音高刮地風同而腔調則不同也」
綠襴踢「此曲自中呂來故音低見上」
雙鸂鶒
玉漾案
僥僥令「與雙調不同」
福馬郎「亦在大石本在中呂」地錦花「亦在中呂」
麻婆子「亦在中呂」
巳上俱係近詞

大石調「與正宮出入」

六攝十一則見前仙呂調下

念奴嬌慢「卽百序令一名酹江月」
夜合花
新荷葉
金菊對芙蓉「一名東風第一枝」
鷓鴣天
驀山溪
燭影搖紅
滿堂春「亦在正宮」
醜奴兒
西地錦
巳上俱係慢詞
賺「一名太平賺」
念奴嬌「卽酹江月」
紅羅襖
新荷葉近

金殿喜重重　小秀才　還京樂
伊州令　西地錦近　插花三臺
花壓欄　怕春歸　歇滿「一名煞」
催拍「亦在正宮」　風淘沙「亦在正宮」　福馬郎
醜奴兒近　一撮棹
　已上俱係近詞
中呂調「與正宮道宮出入」
　六攝十一則見前仙呂調下
粉蝶兒「與正宮句同音異」　醉春風「作醉中天者非」　滿庭芳
賀聖朝　沁園春　菊花新
柳梢青　奉時春　紫蘇丸
破陣子　七娘子
　已上俱係慢詞
賺「名鼓板賺」

普天樂「與正宮不同」　滾繡毬　迎仙客
天下樂「亦在仙呂」　石榴花　泣顏回「即好事近一名杏壇」
三換」　剔銀燈　凭欄人
紅繡鞋「即朱履曲亦在雙調名羊頭靴」　大環著
山花子　紅衫兒「與南呂不同」　鮑老催
梁州大序「即梁州第七亦在正宮「南呂」道宮」　千秋歲
柳梢青　錦纏道「亦出入正宮」　大影戲
大夫娘　喬合笙　福馬郎「亦在正宮大石」
瓦盆兒　杵歌　粉蝶兒近
好孩兒「與耍孩兒不同」　紅芍藥「與南呂不同」　阿好悶
呼喚子　會河陽「有二樣」　舞霓裳
和佛兒　縷縷金　古輪臺
茶蘼香「又名絞茶蘼」　朱奴兒「亦在正宮」　剪梨花「即梨花頭」
番鼓兒　耍孩兒「本在般涉」　太平令「與黃鍾不同」

四邊靜「亦在正宮」　三字令　麻婆子「亦在正宮」
越恁好　撲燈蛾「與雙調不同」　鶻打兎
綠襴踢「亦在正宮」　兩休休　漁家傲「亦在正宮」
已上俱係近詞
般涉調「與中呂出入無曲」
六攝十一則見前仙呂調下
哨遍
右係慢詞
賺「名煞賺」
耍孩兒　女冠子「一名孤雁飛與道宮黃鍾不同」
已上俱係近詞
道宮調「與南呂「仙呂」高平出入」
六攝十一則見前仙呂調下
女冠子「與黃鍾般涉不同一名蓬萊仙」　梅子黃時雨「即黃梅雨」

應時明　四國朝令　大勝樂「亦在南呂」

已上俱係慢詞

賺「名漁兒賺」

八聲甘州「亦在仙呂」　玉出槐　魚兒要

太平令「亦在黃鍾」　大勝樂近「亦在仙呂南呂」　鍼線箱「亦在仙呂南呂」

解三醒「亦在仙呂南呂」　芳草渡序　應時明近

解紅　謝秋風　梁州第七「即梁州小序亦在

正宮「南呂」中呂」　黃梅雨近　拗芝蔴「亦在仙呂」

已上俱係近詞

南呂調「與道宮仙呂出入」

六攝十一則見前仙呂調下

一枝花「即滿路花」　滿江紅　卜算子

瑤臺月　賀新郎慢　臨江仙「亦在仙呂」

喜遷鶯「亦在黃鍾」　憶秦娥「即秦樓月」　大勝樂慢

戀芳春『亦在道宮』　一剪梅　挂眞兒
稱人心　轉山子『亦在仙呂』　薄媚合
似娘兒　金雞叫　胡搗練
金蓮子慢『亦在羽調』　唐多令　行香子『亦在雙調』
已上俱係慢詞
賺『名婆羅門賺』『又名薄媚賺』
梁州第七『即梁州小序與小梁州不同亦在正宮仙呂道宮』　浪淘沙『亦在羽調』
牧羊關　賀新郎近　感皇恩
浣沙溪『草堂詩餘作浣溪沙者非』　望江南
梧桐樹　大勝樂近　紅芍藥『與中呂不同』
人月圓　紅衲襖　青衲襖
香羅帶　寄生子　洞中仙『即洞仙歌』
石竹花　春色滿皇州　金絡索
上馬踢　月兒高『即誤佳期』　簇仗

懶畫眉　銷金帳　瑣窗寒「作寒窗非」
太師引　搗白練「即搗練子」　恨蕭郎
五更轉　香遍滿　西河柳
獅子序　秋夜月　劉潑帽
東甌令　蠻江令　望梅花
白練序　醉太平　繡帶兒「即癡寃家」
金蓮子　香柳娘「亦在雙調」　紅衫兒「與中呂不同」
少不得　十五郎　奈子花「一名玉梅花」
鍼線箱「亦在道宮仙呂」　生薑芽「即節節高」　解三酲「亦在道宮仙呂」
大金錢「即金錢花」　吳小四

已上俱係近詞

高平調

與諸調皆可以出入其調曲名皆就引各調曲名合入不再錄出其六攝十一則皆與諸調同用賺以取引曲爲血脈而用也其過劄搭頭圓混自有妙處試觀畫眉人遠夢回風遶闌屏二套可見

越調『與小石調』『高平調出入』
六攝十一則見前仙呂調下
金蕉葉　梅花引『即江城子』　夜行船『本在小石』
霜天曉月　杏花天　枕屏兒
風馬兒『與羽調燕歸梁不同』
已上俱係慢詞
賺『名竹馬兒賺』
小桃紅『與正宮不同』　玉簫令『即玉簫亦在雙調』　鬬蝦蟆
章臺柳　雁過南樓　醉娘子
鏵鍬兒　繡停針　下山虎
三換頭　吒精令　繫人心
山麻客『即麻郎兒』　綿打絮『作綿搭序非』　亭前柳
五韻美　望歌兒　四國朝序
蠻牌令『即四般宜』　憶多嬌　更時令

江頭送別　羅帳裏坐　竹馬兒
雁過沙　雁兒舞　入破『一至九』
出破『一至七』　歇滿『又名煞』
風入松慢『亦在小石本夾鍾宮』　五供養慢
謁金門　生查子『亦在黃鍾』　瑞鶴仙
海棠令『卽月上海棠慢』　紅林檎慢　寶鼎現
珍珠簾　泛蘭舟　脫銀袍
虞美人　金瓏璁　青玉案
行香子『亦在南呂』
已上俱係慢詞
賺『名海棠賺』
駐馬聽『夾鍾宮』　沉醉東風　步步嬌『卽潘妃曲』
金娥神『卽好姐姐』　風入松近『亦在小石夾鍾宮』
碧玉簫『亦在越調』　膩江綠『卽江兒水與小石四犯不同又有入夾鍾宮者與此亦

不同』　月上海棠　川撥棹
梅花酒『亦在小石』　荳葉黃　嘉慶子
五供養　水仙子『亦在黃鍾』　孝順歌
孝南歌『比鎖南枝句字少不同音調則一正猶中呂正宮中之普天樂之類也一名操南枝其實一也』
鎖南枝『即婆羅枝兒孝南歌下』
淘金令『即金字令夾鍾宮』　二犯江兒水『夾鍾宮』　玉交枝
晝錦堂　燕穿簾　紅林檎
忒忒令　鬭踏花『即桃紅菊』　兩蝴蝶『即雙蝴蝶』
園林好　喜還京『與仙呂高平出入』　鬭桃花『亦在羽調』
香柳娘『亦在南呂』　醉翁子　海榴花『夾鍾宮』
朝元歌『夾鍾宮』　柳搖金　五韻美
泛蘭舟　駐雲飛『夾鍾宮』　一江風『夾鍾宮即渦團兒』
品令　尹令　琴家令
漿水令　花犯撲燈蛾『即海棠技上撲燈蛾一名麥裏蛾』『與中呂不

同」　吃時令　帳兒裏燈
雙韻子　十六娘　哭岐波
窣地錦襠「一作綿襠」　打毬場　一泓兒水
趙皮鞋　柳絮飛「夾鍾宮」　羊頭靴「卽紅繡鞋」
三月桃　阿家嬌　繡鴛鴦
步沙堤　熙熙令　撒金沙
尉遲杯　彩旗兒「卽僥僥令」　大齋郎
臘梅花　賽紅娘　一機錦
武陵春

已上俱係近詞

曲律卷第二

論宮調第四

宮調之說蓋微眇矣周德淸習矣而不察詞隱語焉而不詳或問曲何以謂宮調何以有宮又復有調何以宮之爲六調之爲十一既總之有七宮調矣何以今之用者北僅十三南僅十一又何以別有十三調

之名也曰宮調之立蓋本之十二律五聲古極詳備而今多散亡也其說雜見歷代樂書杜佑通典鄭樵樂略沈括筆談蔡元定律呂新書歐陽之秀律通陳暘樂考朱子語類馬端臨文獻通考及唐宋諸賢樂論近閩人李文利律呂元聲嶺南黃泰泉樂典吾鄉季長沙樂律纂要律呂別書諸書宏博浩繁無暇殫述第撮其要則律「之自」黃鍾以下凡十二也聲之自宮商角徵羽而外有變宮變徵凡七也古有旋相爲宮之法以律爲經復以聲爲緯乘之每律得十二調合十二律得八十四調此古法也然不勝其繁而後世省之爲四十八宮調四十八宮調者以律爲經以聲爲緯七聲之中去徵聲及變宮變徵僅省爲四以聲之四乘律之十二於是每律得五調而合之爲四十八調四十八調者凡以宮聲乘律皆呼曰宮以商角羽三聲乘律皆呼曰調今列其目

黃鍾

宮俗呼正宮　商俗呼大石調　角俗呼大石角調　羽俗呼般涉調

大呂

宮俗呼高宮　商俗呼高大石調　角俗呼高大石角　羽俗呼高般涉

太簇

宮俗呼中管高宮　商俗呼中管高大石　角俗呼中管高大石角　羽俗呼中管高般涉

夾鍾
宮俗呼中呂宮　商俗呼雙調　角俗呼雙角調　羽俗呼中呂調
姑洗
宮俗呼中管中呂調　商俗呼雙調　角俗呼中管雙角調　羽俗呼中呂調
仲呂
宮俗呼道宮調　商俗呼小石調　角俗呼小石角調　羽俗呼正平調
甤賓
宮俗呼中管道宮調　商俗呼中管小石調　角俗呼中管小石角調　羽俗呼中管正平調
林鍾
宮俗呼南呂宮　商俗呼歇指調　角俗呼歇指角調　羽俗呼高平調
夷則
宮俗呼仙呂宮　商俗呼商調　角俗呼商角調　羽俗呼仙呂調
南呂
宮俗呼中管仙呂宮　商俗呼中管商調　角俗呼中管商角調　羽俗呼中管仙呂調

無射

宮俗呼黃鍾宮　商俗呼越調　角俗呼越角調　羽俗呼羽調

應鍾

宮俗呼中管黃鍾宮　商俗呼中管越調　角俗呼中管越角調　羽俗呼中管羽調

此所謂四十八調也自宋以來四十八調者不能具存而僅存中原音韻所載六宮十一調其所屬曲聲調各自不同

仙呂宮清新綿邈　南呂宮感歎悲傷　中呂宮高下閃賺　黃鍾宮富貴纏綿

正宮惆悵雄壯　道宮飄逸清幽「以上皆屬宮」　大石調風流蘊藉

小石調旖旎嫵媚　高平調條拗滉漾「拗舊作拘誤」　般涉調拾掇坑塹

歇指調急併虛歇　商角調悲傷宛轉　雙調健捷激裊　商調悽愴怨慕

角調嗚咽悠揚　宮調典雅沉重　越調陶寫冷笑「以上皆屬調」

此總之所謂十七宮調也自元以來北又亡其四「道宮歇指調角調宮調」而南又亡其五「商角調并前北之四」自十七宮調而外又變爲十三調十三調者蓋盡去宮聲不用其中所列仙呂黃鍾正宮中呂南呂道宮但可呼之爲調而不可呼之爲宮「如曰仙呂調正宮調之類」然惟南曲有之變之最

晚調有出入詞則略同而不妨與十七宮調並用者也其宮調之中有從古所不能解者宮聲於黃鍾起宮不曰黃鍾宮而曰正宮於林鍾起宮不曰林鐘宮而曰南呂宮於無射起宮不曰無射宮而曰黃鍾宮其餘諸宮又各立名色蓋今正宮實黃鍾也而黃鍾實無射也沈括亦以爲今樂聲音出入不全應古法但略可配合雖國工亦莫知其所因者此也又古調聲之法黃鍾之管最長長則極濁無射之管最短「應鍾又短於無射以無調故不論」短則極清又五音宮商宜濁徵羽用清今正宮曰惆悵雄壯近濁越調曰陶寫冷笑近清似矣獨無射之黃鍾是清律也而曰富貴纏綿又近濁聲殊不可解問各曲之分屬各宮調也亦有說乎曰此其法本之古歌詩者而今不得悖也蓋古譜曲之法一均七聲「旋宮以七聲爲均均言韻也古無韻字猶言一韻聲也」其五正聲『除去變宮變徵而言也』皆可謂調如叶之樂章則止以起調一聲爲首尾其七聲『兼變宮變徵而言』則考其篇中上下之和而以七律參錯用之初無定位非曰某句必用某律某字必用某聲但所用止於本均而他宮不與焉耳唐宋所遺樂譜如鹿鳴三章皆以黃鍾清宮起音畢曲而總謂之正宮關睢三章皆以無射清黃起音畢曲而總謂之越調今譜曲者於北黃鍾醉花陰首一字亦以黃鍾清六譜之「六樂家譜字如凡工尺合之類凡清黃皆曰六」下却每字隨調以叶而卽爲黃鍾宮曲沈括所謂凡曲止是一聲清濁高下如縈縷然正此意也然古樂先有詞而後有律而今樂則先有律而後詞故各曲句之長短字之多寡聲之平仄又各準其所謂仙呂則

清新綿邈越調則陶寫冷笑者以分叶之各宮各調部署甚嚴如卒徒之各有主帥不得陵越正所謂聲止一均他宮不與者也宋之詩餘亦自有宮調姜堯章輩皆能自譜而自製之其法相傳至元益密其時作者踵起家擅專門今亡不可考矣所沿而可守以不墜古樂之一綫者僅今日九宮十三調之一譜耳南北之律一轍北之歌也必和以絃索曲不入律則與絃索相戾故作北曲者每凜凜遵其型范至今不廢南曲無問宮調只按之一拍足矣故作者多孟浪其調至混淆錯亂不可救藥不知南曲未嘗不可被管絃實與北曲一律而奈何離之夫作法之始定自毖昚離之蓋自琵琶拜月始以兩君之才何所不可而猥自貫於不尋宮數調之一語以開千古厲端不無遺恨吳人祝希哲謂數十年前接賓客尚有語及宮調者今絕無之由希哲而今又不止數十年矣或問子言各宮調譜不出一均而奈何有云與某宮某調出入而並用者也曰此所謂一均七聲皆可爲調第易其首一字之律而不必限之一隅者故北曲中呂越調皆有鬬鵪鶉中呂雙調皆有醉春風南曲雙調多與仙呂出入蓋其變也此宮調之大略也

論平仄第五

今之平仄韻書所謂四聲也而實本始反切古無定韻詩樂皆以叶成觀三百篇可見自西域梵教入而始有反切自沈約類譜作而始有平仄欲語曲者先須識字識字先須反切反切之法經緯七音旋轉六律釋氏謂七音一呼而聚四聲不召自來言相通也今無暇論切第論四聲四聲者平上去入也平謂之

平上去入總謂之仄曲有宜於平者而平有陰陽『陰陽說見下條』有宜於仄者而仄有上去入乖其法則曰拗嗓蓋平聲聲尙含蓄上聲促而未舒去聲往而不返入聲則逼側而調不得自轉矣故均一仄也上自爲上去自爲去獨入聲可出入互用北音重濁故北曲無入聲轉派入平上去三聲而南曲不然詞隱謂入可代平爲獨洩造化之祕又欲令作南曲者悉遵中原音韻入聲亦止許代平餘以上去相間不知南曲與北曲正自不同北則入無正音故派入平上去之三聲且各有所屬不得假借南則入聲自有正音又施於平上去之三聲無所不可大抵詞曲之有入聲正如藥中甘草一遇缺乏或平上去三聲字面不妥無可奈何之際得一入聲便可通融打諢過去是故可作平可作上可作去而其作平也可作陰又可作陽不得以北音爲拘此則世之唱者甲而不知而論者又未敢拈而筆之紙上故耳其用法則宜平不得用仄宜仄不得用平『此仄兼上去』宜上不得用去宜去不得用上宜上去不得用去上宜去上不得用上去『去上二字尤重如琵琶三學士首句謝得公公意甚美玉玦集賢賓首句靑歸柳葉顰尙小末二字皆須去上一用上去則不可唱若他曲有無關緊不妨通用者則上去亦可去上亦可不必泥此』上上去去不可疊用『上上二字尤重蓋去去即不美聽然唱出尙是本音上上疊用則第一字便似平聲如玉玦泣顏回第九句想何如季布難歸季布兩去聲雖帶勉强仍是季布雁來紅第五句奈李廣未侯眞數奇李廣兩上聲李字稍不調停則開口便是離廣矣故遇連綿現成字如宛辨酩酊嬝嬝整

鼇之類不能盡避凡一應生造字只宜避之爲妙』單句不得連用四平四上四去四入『琵琶念奴嬌序月下歸來飛瓊用四平聲字此以中有截板間之故也然終不可爲法觀上珠箔銀屏吾廬三徑可見若第四折繡帶兒難道是庭前森森丹桂庭前森森丹五字連用平聲眞不可唱矣』雙句合一不合二合三不合四押韻有宜平而亦可用仄者有宜仄而亦可用平者有宜平不得已而以上聲代之者韻脚不宜多用入聲代平上去字一調中有數句連用仄聲者宜一上一去間用詞隱謂遇去聲當高唱遇上聲當低唱平聲入低又當斟酌其高低不可令混或又謂平有提音上有頓音去有送音蓋大略平去入啓口便是其字而獨上聲字須從平聲起音漸揭而重以轉入此自然之理至調其清濁叶其高下使律呂相宣金石錯應此握管者之責故作詞第一喫緊義也

論陰陽第六

古之論曲者曰聲分平仄字別陰陽陰陽之說北曲中原音韻論之甚詳南曲則久廢不講其法亦湮沒不傳矣近孫比部始發其義蓋得之其諸父大司馬月峯先生者夫自五聲之有濁也清則輕揚濁則沈鬱周氏以清者爲陰濁者爲陽故於北曲中凡揭起字皆曰陽抑下字皆曰陰而南曲正爾相反南曲凡清聲字皆揭而起凡濁聲字皆抑而下今借其所謂陰陽二字而言則曲之篇章句字既播之聲音必高下抑陽參差相錯引如貫珠而後可入律呂可和管絃倘宜揭也而或用陰字則聲必欺字宜抑也而或

用陽字則字必欺聲陰陽一欺則調必不和欲詘調以就聲則字非其聲欲易字以就調則字非其字矣毋論聽者逆耳抑亦歌者棘喉中原音韻載歌北曲四塊玉者原是綵扇歌青樓飲而歌者歌青爲晴謂此一字欲揚其音而青乃抑之於是改作買笑金纏頭錦而始叶正聲非其聲之謂也『此上陰陽皆就北曲以揭爲陽以抑爲陰論下文南曲陰陽反此以揭者爲陰以抑者爲陽論』南調反此如琵琶記尾犯序首調末公婆沒主一旦冷清清句冷字是掣板唱須抑下宜上聲清字須揭起宜用陰字清聲今幷下第二第三調末句一曰眼睜睜一曰語惺惺冷眼語三字皆上聲清清睜睜惺惺皆陰字叶矣末調末句却曰相思兩處一樣淚盈盈淚字去聲旣啓口便氣盡不可宛轉下盈盈又屬陽字不便於揭須唱作英字音乃叶玉芙蓉末三字正與此冷清清三字相同南九宮用拜月聖明天子詔賢書作譜詞隱評云子詔上去妙殊誤蓋詔賢二字法用上陰而詔賢是去陽唱來却似沼軒故也兩平聲則如高陽臺宦海沈身句沈字是陽身字是陰此句當作仄仄陰陽『仄仄或作平仄亦可』今曰沈身則海字之上聲與沈之陽字相戾須作身沈乃叶之類『此句用前引子夢遶親闈四字則正叶』以此推之他調可互而見大略陰字宜搭上聲陽字宜搭去聲如長空萬里換頭孤影光瑩愁聽孤字以陰搭上愁字以陽搭去唱來俱妙獨光字唱來似狂字則以陰搭去之故若易光爲陽字或易瑩爲上聲字則又叶矣祝英臺換頭春晝知否今後上三字皆陰而獨知否好聽春字則似唇今字則似禽正以下去上二聲不同之故若

易春今爲陽或易晝後爲上則又無不叶矣此下字活法也又平聲陰則揭起而陽則抑下固也然亦有揭起處特以陽字爲妙者如二郎神第四句第一字是揭調琵琶誰知別後連環繫華庭院浣紗蹉跎到此明珠徘徊燈側誰字繫字徘字揭來俱妙而蹉字揭來却似糙字蓋此字之揭其聲吸而入其揭向內所以陽字特妙而陰字之揭其聲吐而出如去聲之一往而不返故也又梁州序第三句第三字亦似揭起而亦以陽爲妙如日永紅塵與一點風來風不如紅妙勝如花第三句第三字亦然荊釵之登山驀嶺與浣紗之登山涉水兩登字俱欠妙餘可類推此天地自然之妙呼吸抑揚宛轉在幾微間又不可盡謂揭處決不可用陽也然古曲陰陽皆合者亦自無幾卽西廂音律之祖開卷第一句游藝中原之原法當用陰字今原却是陽須作淵字唱乃叶他可知已周氏以爲陰陽字惟平聲有之上去俱無夫東之爲陰而上則爲董去則爲凍籠之爲陽而上則爲隴去則爲弄清濁甚別又以爲入作平聲皆陽夫平之陽字欲揭起甚難而用一入聲反圓美而好聽者何也以入之有陰也蓋字有四聲以清出者亦以清收以濁始者亦以濁斂此亦自然之理惡得謂上去之無陰陽而入之作平者皆陽也又言凡字不屬陰則屬陽無陰陽兼屬者余家藏得元燕山卓從之中原音韻類編與周韻凡類皆同獨每韻有陰有陽又有陰陽通用之三類如東鍾韻中東之類爲陰戎之類爲陽而通同之類幷屬陰陽或五音中有半清半濁之故耶夫理輕清上浮爲陽重濁下凝爲陰周氏以清爲陰以濁爲陽所不可解或以陰之字音屬清陽之字

音屬濁之故然分柝倒置殊自不妥淨琵琶記者爲河間長君至謂陽宜於男陰宜於女益杜撰可嗤矣宋鄱陽張世南游宦紀聞云字聲有清濁非强爲差別蓋輕清爲陽陽主生物形用未著故字音常輕重濁爲陰陰主成物形用既著故字音必重此亦以淸爲陽以濁爲陰之一證也

論韻第七

韻書之夥也作辭賦騷選則用古韻有通韻有叶韻有轉注作近體則用今韻始沈約類譜今裁於唐而爲禮部韻略作曲則用元周德淸中原音韻古樂府悉係古韻宋詞尙沿用詩韻入金未能盡變至元人譜曲用韻始嚴德淸生最晚始輯爲此韻作北曲者守之兢兢無敢出入獨南曲類多旁入他韻如支思之於齊微魚模魚模之於家麻歌戈車遮眞文之於庚靑侵尋或又之於寒山桓歡先天寒山之於桓歡先天監咸廉纖或又甚而東鍾之於庚靑混無分別不啻亂麻令曲之道盡亡而識者每爲掩口北劇每折只用一韻南戲更韻已非古法至每韻復出入數韻而恬不知怪抑何窘也古詞惟王實甫西廂記終帙不出入一字今之偶有一二字失韻皆後人傳訛至眼橫秋水無塵數語原不用韻元人故有此體以其偶與侵尋本韻相近何元朗遂訾爲失韻世遂羣然和之實甫抱抑良久余新刻考正西廂記注中辯之甚詳不特爲實甫洗冤亦以爲世之庸瞽而妄肆譏評者下一鍼砭耳南曲自玉玦記出而宮調之飭與押韻之嚴始爲反正之祖邇詞隱大揚其瀾世之赴的以趨者比比矣然中原之韻亦大有說古之爲

韻如周顒沈約毛晃劉淵夏竦吳棫輩皆博綜典籍富有才情一書之成不知更幾許歲月費幾許考索猶不能盡愜後世之口德清淺士韻中略疏數語輒乚文理不通其所謂韻不過雜採元前賢詞曲掇拾成編非眞有晰於五聲七音之旨辨於諸子百氏之奧也又周江右人率多土音去中原甚遠未必字字訂過是欲憑影響之見以著爲不刊之典安保其無離而不叶於正者哉蓋周之爲韻其功不在於合而在於分而分之中猶有未盡然者如江陽之於邦王齊微之於歸回魚居之於模吳眞親之於文門先天之於鶻元試細呼之殊自逕庭皆所宜更析而其合之不經者平聲如肱轟兄崩烹盲弘鵬舊屬庚青蒸三韻而今兩收東鍾韻中浮與蜉蝣之蜉同音在說文亦作縛牟切今却收入魚模韻中音之爲扶而於尤侯本韻竟幷其字刪去夫浮之讀作扶此方言也呼字須本之六經卽詩菁莪曰載沈載浮下文以我心則休叶角弓曰雨雪浮浮下文以我是用憂叶生民曰烝之浮浮上文以或簸或蹂叶夫三百篇吾宣尼氏所刪而存者不此之從而欲區區以方言變亂雅音何也且周之韻故爲北詞設也今爲南曲則益有不可從者蓋南曲自有南方之音從其地也如遵其所爲音且叶者而歌龍爲驢東切歌玉爲御歌綠爲慮歌宅爲柴歌落爲潦歌握爲杳聽者不啻掣起而唾矣至每一聲之字亦漫併太多如菽園雜記所譏者各韻而是吳與王文璧嘗字爲釐別近攜李卜氏復增校以行於世於是南音沂正惜不能更定其類而入聲之鴆舌尙仍其舊耳涵虛子有瓊林雅韻一篇又與周韻略似則亦五十步之走也或謂周韻

行之已久今不宜易更則漁模一韻正韻業已離之爲二矣德清可更沈約以下諸賢之詩韻而今不可更一山人之詞韻哉且今以歌者爲德清所誤抑復不淺如横之爲紅鵬之爲蓬止可於韻脚偶押在東鍾韻中者作如是歌可耳若在句中却當仍作庚青韻之本音今歌者概作紅蓬之音而遇有作更青本音歌者輒笑以爲不識中州之音矣蔽至此哉卽就其所謂東鍾二字立作韻目亦又自不通夫詩韻之一東二冬止取一字今取二字作目非以聲有陰陽二字之故耶則惟是取一於陰取一於陽可也乃東鍾支思先天歌戈車遮庚青則兩陰字齊微魚模尤侯則兩陽字寒山桓歡廉纖則陰陽兩倒僅江陽皆來眞文蕭豪家麻侵尋監咸七韻不誤要亦其偶合而非眞有涇渭於其間也旣兩取而曰江陽則陰字當卽首江字而今首姜字又眞文而首分鄰侵尋而首鍼林監咸而首菴南則其所謂偶合者而目與韻又自相予盾也亦何取而以二字目之也至謂平聲之有上下皆以字有陰陽之故遂以陰字屬下平陽字屬上平尤爲可笑詞隱先生欲別創一韻書未就而卒余之反周蓋爲南詞設也而中多取聲洪武正韻遂盡更其舊命曰南詞正韻別有蠡見載凡例中

論閉口字第八

字之有開閉口也猶陽之有陰男之有女古之製韻者以侵覃鹽咸次諸韻之後詩家謂之啞韻言須閉口呼之聲不得展也詞曲禁之尤嚴不許開閉幷押閉口者非啓口卽閉從開口收入本字却徐展其音

於鼻中則歌不費力而其音自閉所謂鼻音是也詞隱於此尤多喫緊至每字加圈蓋吳人無閉口字每以侵爲親以監爲姦以廉爲連至十九韻中遂缺其三此弊相沿牢不可破爲害非淺惟入聲之若緝合若葉若洽等字其閉口則聲不可出散叶於齊微歌戈家麻車遮四韻中其勢不得不然若平聲則侵尋之與監咸廉纖自可轉歸其聲以還本韻惟歌者調停其音似開而實閉似閉而未嘗不開此天地之元聲自然之至理也乃欲概無分別混以鄉音俾五聲中無一閉口之字不亦寃哉

論務頭第九

務頭之說中原音韻於北曲臚列甚詳南曲則絕無人語及之者然南北一法係是調中最緊要句字凡曲遇揭起其音而宛轉其調如俗之所謂做腔處每調或一句或二三句每句或一字或二三字卽是務頭墨娥小錄載務頭調侃曰喝采又詞隱先生嘗爲余言吳中有唱了這高務語意可想矣舊傳黃鶯兒第一七字句是務頭以此類推餘可想見古人凡遇務頭輒施俊語或古人成語一句其上否則詆爲不分務頭非曲所貴周氏所謂如衆星中顯一月之孤明也涵虛子有務頭集韻三卷全摘古人好語輯以成之者弇州嗤楊用脩謂務頭爲部頭蓋其時已絕此法余嘗謂詞隱南譜中不斟酌此一項事故是缺典今大略令善歌者取人間合律腔好曲反覆歌唱諦其曲折以詳定其句字此取務頭一法也

論腔調第十

樂之筐格在曲而色澤在唱古四方之音不同而爲聲亦異於是有秦聲有趙曲有燕歌有吳歈有越唱有楚調有蜀音有蔡謳在南曲則但當以吳音爲正古之語唱者曰當使聲中無字謂字則喉唇齒舌等音不同當使字字輕圓悉融入聲中令轉換處無磊塊古人謂之如貫珠今謂之善過度是也又曰當使字中有聲謂如宮聲字而曲合用商聲則能轉宮爲商歌之也又曰有聲多字少謂唱一聲而高下抑揚宛轉其音若包裹數字其間也有字多聲少謂搶帶頓挫得好字雖多如一聲也又云善歌者謂之內裏聲不善歌者聲無抑揚謂之念曲聲無含韞謂之叫曲元燕南芝菴先生有唱論甚詳載輟耕錄今採其要

歌之格調

抑揚頓挫　頂疊垛換　縈紆牽結　敦拖嗚咽　推題丸轉　搖欠遏透

歌之節奏

停聲　待拍　偷吹　拽捧　字眞　句篤　依腔　貼調

凡歌一聲聲有四節

起末　過度　搵簪　攧落

凡歌一句句有聲韻

一聲平　一聲背　一聲圓　聲要圓熟　腔要徹滿

凡一曲中各有其聲

變聲　敦聲　杌聲　啀聲　困聲

三過聲

偷氣　取氣　換氣　歇氣　就氣　有一口氣

歌聲變件『此惟北曲有之』

三臺　破子　遍子　攧落　實催　全篇　尾聲　賺煞　隨煞　隔煞　羯煞　本調煞　三煞　十煞　拐子煞

唱曲門戶

小唱　寸唱　慢唱　壇唱　步虛　道情　撒鍊　帶煩　瓢叫

凡唱聲病

散散　焦焦　乾乾　冽冽　啞啞　嗄嗄　尖尖　低低　雌雌　雄雄　短短　憨憨　濁濁

赸赸　格嗓　囊鼻　搖頭　歪口　合眼　張口　撮脣　撇口　昂頭　咳嗽　添字

涵虛子論唱云

凡人聲音不等

有川噪　有堂聲「皆合蕭管」　有唱得雄的失之村沙　唱得蘊拭的失之乜斜　唱得本分的失之老實　唱得用意的失之穿鑿　唱得打掐的失之本調　唱得輕巧的失之閒賤

又云凡歌節病

有唱得困的　灰的　涎的　叫的　大的　有樂府聲　撒錢聲　拽鋸聲　貓叫聲　不入耳　不著人　不徹腔　不入調　工夫少　遍數少　步力少　官場少　字樣訛　文理差　無叢林　無傳授　拗嗓　劣調　落架　漏氣

右係唱曲名言皆所當玩夫南曲之始不知作何腔調沿至於今可三百年世之腔調每三十年一變由元迄今不知經幾變更矣大都創始之音初變腔調定自渾樸漸變而之婉媚而今之婉媚極矣舊凡唱南調者皆曰海鹽今海鹽不振而曰崑山崑山之派以太倉魏良輔爲祖今自蘇州而太倉松江以及浙之杭嘉湖聲各小變腔調略同惟子泥土音開閉不辨反譏越人呼字明確者爲浙氣大爲詞隱所疵詳見其所著正吳編中甚如唱火作呵上聲唱過爲箇尤爲可笑過之不得爲箇已載編中而火之不可爲呵上聲詞隱猶未之及也然其腔調故是南曲正聲數十年來又有弋陽義烏青陽徽州樂平諸腔之出今則石臺太平梨園幾遍天下蘇州不能與角什之二三其聲淫哇妖靡不分調名亦無板眼又有錯出

其間流而爲兩頭蠻者皆鄭聲之最而世爭羶趨痂好靡然和甘爲大雅罪人豈過江河不知變所極矣

論板眼第十一

古無拍魏晉之代有宋者織善聲節始製爲拍古用九板今六板或五板古拍板無譜唐明皇命黃番綽始造爲之牛僧孺目拍板爲樂句言以句樂也蓋凡曲句有長短字有多寡調有緊慢一視板以爲節制故謂之板眼初啓聲卽下者爲實板又曰劈頭板『遇緊調隨字卽下細調亦俟聲出徐徐而下』字半下者爲掣板亦曰枵板『蓋腰板之誤』聲盡而下者爲截板亦曰底板場上前一人唱前調末一板與後一人唱次調初一板齊下爲合板其板先於曲者病曰促板板後於曲者病曰滯板古皆謂之𡖖『音祁』拍言不中拍也唐霓裳羽衣曲初散聲六遍無拍至中序始有拍今引曲無板過曲始有板蓋其遺法古今之腔調既變板亦不同於是有古板新板之說詞隱於板眼一以反古爲事其言謂淸唱則板之長短任意按之試以鼓板夾定則錙銖可辨又言古腔古板必不可增損歌之善否正不在增損腔板間又言板必依淸唱而後爲可守至於搬演或稍損益之不可爲法具屬名言其所點板南詞韻選及唱曲知南九宮譜皆古人程法所在當愼守聞之乇蛩有傳腔遞扳之法以數人暗中圍坐將舊曲每人歌一字卽以板輪流遞按令數人歌之如一聲按之如一板稍有緊緩『腔』先後『板』之誤輒記字以罰如此庶不致腔調參差卽古所謂纍纍如貫珠者今至弋陽太平之袞唱而謂之流水板此又拍板之一

大厄也

論須識字第十二

識字之法須先習反切蓋四方土音不同其呼字亦異故須本之中州而中州之音復以土音呼之字仍不正惟反切能該天下正音只以類韻中同音第一字切得不差其下類從諸字自無一字不正矣至於字義尤須考究作曲者往往誤用致爲識者訕笑如梁伯龍浣紗記金井水紅花曲波冷濺芹芽溼裙㪷㪷字法用平聲然㪷箭袋也若衣衩之衩屬去聲唐李義山無題詩八歲偷照鏡長眉已能畫十歲去踏靑芙蓉作裙衩足爲明證此其失亦自陳大聲散套節節高之蓮舟戲女娃露裙衩始然伯龍不獨浣紗散套歸仙洞荊棘抓裙衩又爾近日湯海若還魂記懶畫眉睡荼蘼抓住裙衩線亦以衩字作平音皆誤僅陳玉陽冷癡符記玉抱肚曲打球回紛紛衩衣獨是又浣紗劉潑帽曲娘行聰俊還嬌倩勝江南萬馬千兵不知倩有二音一雇倩之倩作淸字去聲讀一音茜即巧笑倩兮之倩言美也此曲字義當作茜音今却押庚靑韻中卽童習時論語亦不記憶何淺陋至此又車字之有二音也蓋此字本音尺遮切隸正韻十六遮類中至漢以後始有作居字音者莊子惠施多方其書五車此自當作尺遮切拜月玉芙蓉曲胸中書富五車筆下句高千古此調法當兩句各押一韻下曰高千古則上作居音乃叶而世無呼作五車『居』書之理今歌者從尺遮切寧韻不叶而不唱作居音是歌者不誤而作者誤也歎字之亦有二

音也一平聲作灘音一去聲作炭音琵琶記赴選折末白仗劍對尊酒恥爲游子顏所志在功名離別何足歎此歎字當作平音與上顏字叶後玉芙蓉曲別離休歎此歎字當作去音與下輕拆散之散字叶今優人於何足歎之歎皆作去聲白是作者不誤而習者誤也他若癭之音爲穎頸瘤也鄭虛舟玉玦記却教愧殺癭瘤婦是認作平聲矣又莊子藐姑射山之射音亦巾櫛之櫛音卒而汪南溟高唐記與雪滅同押至以纖殲鹽三字幷押車遮韻中是徽州土音也又云招魂未得空歌楚茇茇字本宋玉大招見楚辭音蘇箇切作梭字去聲讀惟些少之些乃作平聲今亦作平以與車遮同押何也伯龍又以盡道輕盈略作胖些與三寸小脚走如飛同押蓋認些字作西字音又蘇州土音矣至婦字世皆作負字音惟詩韻作阜字音玉玦癭瘤婦秋胡婦押在尤侯韻中音幾不可辨矣又有舉世皆誤而爲不可解之字今爲戲目而曰第一齣第二齣問何字則曰摺字或曰悔字問從何來則默不能對也蓋字書從無此字惟近詥癡符傳言牛食已復出嚼曰齝音笞傳寫者誤台爲句以齝作齣遂終帙作第幾齝第幾齝殊不知齝原作齝通作齝以齝作齣在屈筆毫釐之間遂致轉展傳誤然古劇亦絕無作第幾齣者只作第幾折可也影響之誤如此則作曲與唱曲者可不以考文爲首務耶

論須讀書第十三

詞曲雖小道哉然非多讀書以博其見聞發其旨趣終非大雅須自國風離騷古樂府及漢魏六朝三唐

諸詩下逮花間草堂諸詞金元雜劇諸曲又至古今諸部類書俱博蒐精採蓄之胸中於抽毫時掇取其神情標韻寫之律呂令聲樂自肥腸滿腦中流出自然縱橫該洽與勦襲口耳者不同勝國諸賢及實甫則誠輩皆讀書人其下筆有許多典故許多好語襯副所以其製作千古不磨至賣弄學問堆垛陳腐以嚇三家村人又是種種惡道古云作詩原是讀書人不用書中一個字吾於詞曲亦云

論家數第十四

曲之始止本色一家觀元劇及琵琶拜月二記可見自香囊記以儒門手脚爲之遂濫觴而有文詞家一體近鄭若庸玉玦記作而益工修詞質幾盡掩夫曲以模寫物情體貼人理所取委曲婉轉以代說詞一涉藻繢便蔽本來然文人學士積習未忘不勝其靡此體遂不能廢猶古文六朝之於秦漢也大抵純用本色易覺寂寥純用文詞復傷琱鏤拜月質之尤者琵琶兼而用之如小曲語語本色大曲引子如翠減祥鸞羅幌夢遶春闈過曲如新篁池閣長空萬里等調未嘗不綺繡滿眼故是正體玉玦大曲非無佳處至小曲亦復塡梁學問則第令聽者憒憒矣故作曲者須先認其路頭然後可徐議工拙至本色之弊易流俚腐文詞之病每苦太文雅俗淺深之辨介在微茫又在善用才者酌之而已

論聲調第十五「與前腔調不同前論唱此專論曲」

夫曲之不美聽者以不識聲調故也蓋曲之調猶詩之調詩惟初盛之唐其音響宏麗圓轉稱大雅之聲

中晚以後降及宋元漸萎薾偏詖以施於曲使索然卑下不振故凡曲調欲其清不欲其濁欲其圓不欲其滯欲其響不欲其沉欲其俊不欲其癡欲其雅不欲其麤欲其和不欲其殺欲其流利輕滑而易歌不欲其乖剌艱澀而難吐其法須先熟讀唐詩諷其句字繹其節拍使長灌注融液於心胸口吻之間機括既熟音律自諧出之詞曲必無沾唇拗嗓之病昔人謂孟浩然詩諷詠之久有金石宮商之聲秦少游詩人謂其可入大石調惟聲調之美故也惟詩尙爾而矧於曲是故詩人之曲與書生之曲俗子之曲可望而知其概也

論章法第十六

作曲猶造宮室者然工師之作室也必先定規式自前門而廳而堂而樓或三進或五進或七進又自兩廂而及軒寮以至廩庾庖湢藩垣苑榭之類前後左右高低遠近尺寸無不了然胸中而後可施斤斲作曲者亦必先分段數以何意起何意接何意作中段敷衍何意作後段收煞整整在目而後可施結撰此法從古之爲文爲辭賦爲歌詩者皆然於曲則在劇戲其事頭原有步驟作套數曲遂絕不聞有知此竅者只漫然隨調逐句湊拍掇拾爲之非不間得一二好語顛倒零碎終是不成格局古曲如隄柳窺青眼久膾炙人口然弇州亦嘗爲牽強而寡次序他可知矣至閨怨麗情等曲益紛錯乖迕如理亂絲不見頭緒無一可當合作者是故修辭當自鍊格始

論句法第十七

句法宜婉曲不宜直致宜藻豔不宜枯瘁宜溜亮不宜艱澀宜輕俊不宜重滯宜新采不宜陳腐宜擺脫不宜堆梁宜溫雅不宜激烈宜細膩不宜粗率宜芳潤不宜噍殺又總之宜自然不宜生造意常則造語貴新語常則倒換須奇他人所道我則引避他人用拙我獨用巧平仄調停陰陽諧叶上下引帶減一句不得增一句不得我本新語而使人聞之若是舊句言機熟也我本生曲而使人歌之容易上口言音調也一調之中句句琢鍊毋令有敗筆語毋令有欺嗓音積以成章無遺恨矣

論字法第十八

下字爲句中之眼古謂百鍊成字千鍊成句又謂前有浮聲後須切響要極新又要極熟要極奇又要極穩虛句用實字鋪襯實句用虛字點綴務頭須下響字勿令提挈不起押韻處要妥貼天成換不得他韻照管上下文恐有重字須逐一點勘換去又閉口字少用恐唱時費力今人好奇將劇戲標目一一用經史隱晦字代之夫列標目欲令人開卷一覽便見傳中大義亦且便翻閱卻用隱晦字樣彼庸衆人何以易解此等奇字何不用作古文而施之劇戲可付一笑也

論襯字第十九

古詩餘無襯字襯字自南北二曲始北曲配絃索雖繁聲稍多不妨引帶南曲取按拍板板眼緊慢有數

襯字太多搶帶不及則調中正字反不分明大凡對口曲不能不用襯字各大曲及散套只是不用爲佳細調板緩多用二三字尙不妨緊調板急若用多字便躲閃不迭凡曲自一字句起至二字三字四字五字六字七字句止惟虞美人調有九字句然是引曲又非上二下七則上四下五若八字十字以外皆是襯字今人不解將襯字多處亦下實板致主客不分如古荊釵記錦纏道說甚麼晉陶潛認作阮郎說甚麼三字襯字也紅拂記却作我有屠龍劍釣鼇鈎射雕寶弓增了屠龍劍三字是以說甚麼三字作實字也拜月亭玉芙蓉末句望當今聖明天子詔賢書本七字句望當今三字係襯字後人連襯字入句如我爲你數歸期畫損掠兒稍遂成十一字句至金爐寶篆消曲末句算人心不比往來潮此是正格心字當疊詞隱謂心字下缺去聲平聲二字以爲此死腔活板故是大誤又琵琶記三換頭原無正腔可對前調這其間只是我不合來長安看花後調這其間只得把那壁廂且都拚捨每句有十三字以爲是本腔耶不應有此長句以爲有襯字耶不應於襯字上著板浣紗却字字效之亦是無可奈何殊不知這其間只是我與這其間只得把是兩正句以我字把字叶韻蓋東嘉此曲原以歌戈家麻二韻同用他原音作拖上我字與調中鎖摧他隳何五字相叶下把字與調中鴛挂二字相叶歷查遠而香囊明珠雙珠近而竊符紫釵南柯凡此二句皆韻皆可爲琵琶用韻之證故知浣紗之不韻殊謬也又如散套越恁好鬧花深處一曲純是襯字無異纏令今皆著板至不可句讀『音豆』凡此類皆襯字太多之故訛以傳訛無所

底止周氏論樂府以不重韻無襯字韻險語俊爲上世間惡曲必拖泥帶水難辨正腔文人自寡此等病也

論對偶第二十

凡曲遇有對偶處得對方見整齊方見富麗有兩句對『如簾幙風柔庭闈晝永及惟願取百歲椿萱長似他三春花柳類』有三句對『如蝶戀花鳳棲梧鸞停竹類』有四句對『如亂荒荒不豐稔的年歲四段相對類』有隔句對『如郎多福及娘介福兩段相對類』有疊對『如翠減祥鸞羅幌二句一對下楚館雲閑二句又一對下目斷天涯雲山遠二句又一對類』有兩韻對『如春花明綵袖春酒滿金甌類』有隔調對『如書生愚見二調各末二句相對類』當對不對謂之草率不當對而對謂之矯强對句須要字字的確斤兩相稱方好上句工寧下句工一句好一句不好謂之偏枯須棄了另尋借對得天成妙語方好不然反見才窘不可用也

曲律卷第三

論用事第二十一

曲之佳處不在用事亦不在不用事好用事失之堆積無事可用失之枯寂要在多讀書多識故實引得的確用得恰好明事暗使隱事顯使務使唱去人人都曉不須解說又有一等事用在句中令人不覺如

禪家所謂撮鹽水中飲水乃知鹹味方是妙手西廂琵琶用事甚富然無不恰好所以動人玉玦句句用事如盛書櫃子翻使人厭惡故不如拜月一味清空自成一家之爲愈也又用得古人成語恰好亦是快事然只許單用一句要雙句須別處另尋一句對之如琵琶月雲高曲末二句第一調正是西出陽關無故人須信家貧不是貧第二調他須記一夜夫妻百夜恩怎做得區區陌路人第三調他不到得非親却是親我自須防人不仁如此方不堆積方不蹈襲故知此老胸中別具一副爐錘也

論過搭第二十二

過搭之法雜見古人詞曲中須各宮各調自相爲次又須看其腔之粗細板之緊慢前調尾與後調首要相配叶前調板與後調板要相連屬古每宮調皆有賺取作過度而用緣慢詞「卽引子」止著底板驟接過曲血脈不貫故賺曲前段皆是底板至末二句始下實板戲曲中已間賓白故多不用諸宮調惟仙呂許與雙調相出入其餘界限甚嚴不得陵犯惟十三調譜頗多出入中商黃調以商調黃鍾二調合成高平調與諸調皆可出入其餘各調出入詳見十三調譜中或謂南曲原不配絃索不必拘拘宮調不知南人第取按板然未嘗不可取配絃索又譬置目眉卜置鼻口下亦何妨覷嗅但不成人面部位終非造化生人意耳凡一調中有取各調一二句合成如六犯清音七犯瓏璁等曲雖各調自有唱法然既合爲一須唱得接貼融花令不見痕迹乃妙何元朗謂北曲大和絃是慢板花和絃是緊板如中呂快活三臨

了來一句放慢來接唱朝天子皆大和又是慢板緊慢相錯何等節奏南曲如錦堂月後僥僥令念奴嬌後古輪臺梁州序後節節高一緊而不復收矣然戲曲亦有中段却放緩緊者不可一律論也

論曲禁第二十三

曲律以律曲曲律則有禁具列以當約法

重韻「一字二三押長套及戲曲不拘」

借韻「雜押傍韻如支思又押齊微類」

犯韻「有正犯句中字不得與押韻同音如冬犯東類有傍犯句中即上去聲不得與平聲相犯如冬犯董凍犯東類」

犯聲「即非韻脚凡句中字同聲俱不得犯如上例」

平頭「第二句第一字不得與第一句第一字同音」

合脚「第二句末一字不得與第一句末一字同音」

上上疊用「上去字須間用不得用兩上兩去」

上去去上倒用「宜上去不得用去上宜去上不得用上去活法見前論平仄調中」

入聲三用「疊用三入聲」

一聲四用「不論平上去入不得疊用四字」

陰陽錯用「宜陰用陽字宜陽用陰字」

閉口疊用「凡閉口字只許單用如用侵不得又用尋或又用監咸廉纖等字雙字如深深穇穇懨懕類不禁」

韻脚多以入代平「此類不免但不許多用如純用入聲韻及用在句中者俱不禁」

疊用雙聲「字母相同如璁瓏皎潔類止許用二字不許連用至四字」

疊用疊韻「二字同韻如逍遙爛亦止許用二字不許連用至四字」

開閉口韻同押「凡閉口如侵尋等韻不許與開口韻同押」

陳腐「不新采」

生造「不現成」

俚俗「不文雅」

蹇澀「不順溜」

粗鄙「不細膩」

錯亂「無次序」

蹈襲「忌用舊曲語意若成語不妨」
沾唇「不脫口」
拗嗓「平仄不順」
方言「他方人不曉」
語病「聲不雅如中原音韻所謂達不著主母機或曰燒公鴨亦可類」
請客「如咏春而及夏題柳而及花類」
太文語「不當行」
太晦語「費解說」
經史語「如西廂靡不有初鮮克有終類」
學究語「頭巾氣」
書生語「時文氣」
重字多「不論全套單雙凡重字俱用檢去」
襯字多「襯至五六字」
堆積學問

錯用故事

宮調亂用

緊慢失次

對偶不整

右諸禁凡四十條在知音高手自然不犯如不能盡免須檢點去其甚者令不礙眼不爾終難爲識者非法家曲也

論套數第二十四

套數之曲元人謂之樂府與古之辭賦今之時義同一機軸有起有止有開有闔須先定下間架立下主意排下曲調然後遣句然後成章切忌湊插切忌將就務如常山之蛇首尾相應又如鮫人之錦不著一絲紕纇意新語俊字響調圓增減一調不得顛倒一調不得有規有矩有色有聲衆美具矣而其妙處政不在聲調之中而在句字之外又須煙波渺漫姿態橫逸攬之不得挹之不盡摹歡則令人神蕩寫怨則令人斷腸不在快人而在動人此所謂風神所謂標韻所謂動吾天機不知所以然而然方是神品方是絕技即求之古人亦不易得金在衡謂古散套無佳者惟北調萬種閒愁一曲何元朗以爲秖得馬上抱雞三市鬬袖中擕劍五陵遊二句差勝乃用晚唐羅隱詩其餘蕪淺殊不足觀余謂北曲尚有佳者惟南

曲最不易得弇州謂暗想當年羅帕上把新詩寫是元人作學問才情足冠諸本是大不然此曲首調第一七字句便下五襯字既巳非法第三句多了一字語亦無謂第四五句軟玉溫香嫩枝柔葉空無著落末二句琴瑟正和協不覺花影轉過梧桐月意復不接第二調沉醉東風又起一頭特此後語意頗佳至末段詞亦爛熳奔湧然只是一意敷演又不當與前忒忒令燕山絕湘江竭斷魚封雁帖三語相妨無足取也無已則陳大聲因他消瘦一曲又首調羞問花時還問柳數語秖是請客次調懶畫眉繡戶輕寒透十二珠簾不上鈎二句湊插第三調金索挂梧桐黃鶯似喚儔四句又是請客只浣溪沙以下數調語意流麗頗自可人前段終非完璧才難之歎於斯益信大略作長套曲只是打成一片將各調臚列待他來湊我機軸不可做了一調又尋一調意思西廂記每套只是一箇頭腦有前調末句牽搭後調做者有後調首句補足前調做者單鎗匹馬橫衝直撞無不可人他曲殊未能知此窾竅也

論小令第二十五

作小令與五七言絕句同法要醞藉要無襯字要言簡而趣味無窮昔人謂五言律詩如四十箇賢人著一個屠沽不得小令亦須字字看得精細著一庸句不得著一草率字不得弇州論詞所謂宛轉綿麗淺至儇俏正作小令至語周氏謂樂府小令兩途樂府語可入小令小令語不可入樂府未必其然渠所謂小令蓋市井所唱小曲也

論咏物第二十六

咏物毋得罵題却要開口便見是何物不貴說體只貴說用佛家所謂不即不離是相非相只於牝牡驪黃之外約略寫其風韻令人髣髴中如燈鏡傳影了然目中却摸捉不得方是妙手元人王和卿咏大蝴蝶𢹂破莊周夢兩翅駕東風三百座名園一採一個空誰道風流種諕殺尋芳的蜜蜂輕輕飛動把賣花人搧過橋東只起一句便知是大蝴蝶下文勢如破竹却無一句是不俊語古詞咏柳窺青眼開口便知是柳下偏宜向朱門羽戟畫橋游舫又倚闌凝望消得幾番暮雨斜陽等皆從柳外做去所以渺茫多趣他如祝京兆咏月陶陶區咏雁梁伯龍咏蛺蝶等非無一二佳語只夾雜凡俗便是不成片段小令北調王西樓最佳如咏浴裙睡鞋等曲首首尖新王渼陂馮海浮咏鞋杯諸曲亦多巧句海浮月兒芽彎環在腮上箇兒尖穿破了鼻梁皮環兒脚一彎花兒瓣兩邊又心坎兒裏踢蹬肚囊兒裏款行腸襀兒裏穿芳徑等尤稱妙絕亦未免間似粗豪語不無遺恨耳問如何是說體如昔人咏柳絮一似半天飄粉邊樹疑酥平地飛瓊堵是也如何是說用如咏草斜陽外幾家斷橋村塢又池塘雨歇夢回南浦又王孫何事在長途好歸去又驚春暮是也

論俳諧第二十七

俳諧之曲東方滑稽之流也非絕穎之姿絕俊之筆又運以絕圓之機不得易作著不得一個太文字又

著不得一句張打油語須以俗爲雅而一語之出輒令人絕倒乃妙元人嘲禿指甲詞十指如枯筍和袖捧金尊搊殺銀箏字不真揉癢天生鈍縱有相思淚痕索把拳頭搵中原音韻及弇州皆極賞之然首語及揉癢天生鈍句尙覺著相此體亦是西樓最佳失如雞轉五方等曲皆極當行吾鄉徐天池先生生平諧謔小令極多如嘲少髮大脚妓黃鶯兒中二句妝臺上省油點打處省揪未下妝樓金蓮一步占著兩塊大磚頭嘲瘦妓四兩麪條搓抹胸膛三寸羅俏郎君一手揣『平聲』三個嘲歪嘴妓一個海螺兒在腮邊不住吹面前說話倒與傍人對未抹胭脂櫻桃一點搓『去聲』過鼻梁西等曲大爲士林傳誦今未見其人也

論險韻第二十八

作曲好用險韻亦是一僻須韻險而語則極俊又極穩妥方妙西廂之不念法華經不禮梁王懺及彩筆題詩迴文織錦何語不俊何韻不妥又國初人蕭淑蘭劇全押廉纖盈咸侵尋桓歡四韻亦字字穩俏近見押此等韻者全無奇怪峭絕處只是湊得韻來便以爲難事大欲借險韻以見難而止是平通趁韻無以異於人也亦何取此等韻爲耶故知百尺竿頭逞技非古所謂肉飛仙手段不可唬衆人故當以此爲戒

論巧體第二十九

古詩有離合建除人名藥名州名數目集句等體元人以數目入曲作者甚多句首自一至十有順去逆回者輟耕錄載折桂令起句博山銅法裊香風一句兩韻名曰短柱爲極難作虞邵菴作變與三顧茅廬一曲擬之則二字一韻蓋尤難矣喬夢符有當時處士山祠一曲亦用此體嘉靖間北都有劉憲副效祖者用此體凡平聲每韻各賦一首可稱一癖詞林摘豔有粉蝶兒從東隴風動松呼長套句句兩字一韻然不見佳藥名詩須字則正用意却假借讀去不覺詳看始見方得作法如所謂四海無遠志一溪甘遂心是也陳大聲有藥名散套首句今年牡丹開較遲便是直用其名更無別意又後多借同音字爲用如借霜梅爲雙眉茴香爲回鄉其語猶俏至借白芨爲北極滑石爲化石政可發一胡盧矣今紅蕖用藥名牌名五色五聲八音及瀟湘八景離合集句等體種種皆備然不甚合作倘不能窮極妙境不如毋添蛇足之爲愈也

論劇戲第三十

劇之與戲南北故自異體北劇僅一人唱南戲則各唱一人唱則意可舒展而有才者則盡其舂容之致各人唱則格有所拘律有所限即有才者不能恣肆於三尺之外也於是貴剪裁貴鍛鍊以全帙爲大間架以每折爲折落以曲白爲粉堊爲丹艧勿落套勿不經勿太蔓蔓則局懈而優人多刪削勿太促促則氣迫而節奏不暢達毋令一人無著落毋令一折不照應傳中緊要處須重著精神極力發揮使透如浣

紗遺了越王嘗膽及夫人採葛事紅拂私奔如姬竊符皆本傳大頭腦如何草草放過若無緊要處只管敷演又多惹人厭憎皆不審輕重之故也又用宮調須稱事之悲歡苦樂如遊賞則用仙呂雙調等類哀怨則用商調越調等類以調合情容易感動得人其詞格俱妙大雅與當行參間可演可傳上之上也詞藻工句意妙而不諳里耳爲案頭之書已落第二義既非雅調又非本色掇拾陳言湊插俚語爲學究爲張打油勿作可也

論引子第三十一

引子須以自己之肾腸代他人之口吻蓋一人登場必有幾句緊要說話我設以身處其地模寫其似却調停句法點檢字面使一折之事頭先以數語該括盡之勿晦勿泛此是上諦琵琶引子首首皆佳所謂開門見山手段浣紗如范蠡而曰尊王定霸不在桓文下施之越王則可越夫人而曰金井轆轤鳴上苑笙歌度簾外忽聞宣召聲忙蹙金蓮步是一宮人語耳只苧蘿山下一引頗佳中春風無那却不可解餘俱非腐則漫玉玦諸引雖傷過文然語俊調雅不失爲才士之作近惟還魂二夢之引時有最俏而最當行者以從元人劇中打勘出來故也明珠引子時用詩餘寶劍引子多出己創皆不足爲法自來唱引子皆於句盡處用一底板詞隱於用韻句下板其不韻句止以鼓點之譜中只加小圈讀斷此是定論

論過曲第三十二

過曲體有兩途大曲宜施文藻然忌太深小曲宜用本色然忌太俚須奏之場上不論士人閨婦以及村童野老無不通曉始稱通方最要落韻穩當如琵琶手指上血痕尙在衣麻衣麻是何話說紅拂髻雲擦下無亂字是歇後語矣皆謂趁韻又不可介有敗筆語琵琶僥僥介既云但願歲歲年年人長在父母共夫妻相勸酬下却又云夫妻長厮守父母願長久說過又說至兩山排闥二句與上何干大是請客尾聲惟有快活是良謀直張打油語矣用韻須是一韻到底方妙屢屢換韻畢竟才短之故不得以琵琶拜月藉口若重韻則正不必拘古劇皆然避而牽强不若重而穩俏之爲愈也

論尾聲第三十三

尾聲以結束一篇之曲須是愈著精神末句更得一極俊語收之方妙凡北曲煞尾定佳作南曲者只是潦草收場徒取完局所以戲曲中絕無佳者以不知此竅故耳各宮調尾聲或平煞或仄煞各有定格詞隱雖臚列譜中然祇是檢舊曲訂出舊曲實未必皆是必如十三調譜中舊定諸格方是不差惜原曲有不能盡見者耳今錄於後

情未斷煞「仙呂羽調同此尾」　　衷腸悶損尾文是也

三句兒煞「黄鍾尾」　　春容漸老尾文是也

尙輕圓煞「正宮大石同尾」　　祝融南度尾文是也

尚切梁煞「商調尾」　那日忽覩多情尾文是也
尚如縷煞「中呂有二樣此係低一格尾」　料峭東風尾文是也「般涉調同」
喜無窮煞「中呂高一格尾」　子規聲裏尾文是也
尚按節拍煞「道宮尾」　新篁池閣尾文是也
不絕令煞「南呂尾」　明月雙溪尾文是也
有餘情煞「越調尾」　炎光謝了尾文是也
收好姻煞「小石尾」　花底黃鸝尾文是也
有結果煞「雙調尾」　簫聲喚起尾文是也
又有本音就煞謂之隨煞　又有雙煞　又有借音煞　又有和煞
凡一調作二曲或四曲六曲八曲及兩調各止一二曲者俱不用尾聲

論賓白第三十四

賓白亦曰說白有定定場白初出場時以四六飾句者是也有對口白各人散語是也定場白稍露才華然不可深晦紫簫諸白皆絕好四六惜人不能識琵琶黃門白只是尋常話頭略加貫串人人曉得所以至今不廢對口白須明白簡質用不得太文字凡用之乎者也俱非當家浣紗純是四六寧不厭人又凡

者字惟北劇有之今人用在南曲白中大非體也句字長短平仄須調停得好令情意宛轉音調鏗鏘雖不是曲却要美聽諸戲曲之工者白未必佳其難不下於曲玉玦諸白潔淨文雅又不深晦與曲不同只稍欠波瀾大要多則取厭少則不達蘇長公有言行乎其所當行止乎其所不得不止則作白之法也

論插科第三十五

插科打諢須作得極巧又下得恰好如善說笑話者不動聲色而令人絕倒方妙大略曲冷不鬧場處得淨丑間插一科可博人哄堂亦是劇戲眼目若略涉安排勉强使人肌上生粟不如安靜過去古戲科諢皆優人穿插傳授爲之本子上無甚佳者惟近顧學憲青衫記有一二語咄咄動人以出之輕俏不費一毫做造力耳黃山谷謂作詩似作雜劇臨了須打諢方是出場蓋在宋時已然矣

論落詩第三十六

落詩亦惟琵琶得體每折先定下古語二句却湊二語其前不惟場下人易曉亦令優人易記自玉玦易詩語爲之於是爭趨於文迥有集唐句以逞新奇者不知喃喃作何語矣用得親切較可如浣紗范蠡遇西施折用芙蓉脂肉綠雲鬟一詩所謂風乍起吹皺一池春水干卿何事

論部色第三十七

夢遊錄云今敎坊開場先引一段尋常事名曰豔段次正雜劇爲兩段末泥色主張引戲色分付副淨色

發喬副末色打諢又　添一人裝孤其次曲破斷送者謂之把香輟耕錄云傳奇出於唐宋有劇曲金有院本雜劇院本一人曰副淨爲參軍一曰副末謂之蒼鶻鶻能擊衆鳥末可打副淨故云一曰引戲一曰末泥一曰裝孤又謂之五花爨弄今南戲副淨同上而末泥即生裝孤即旦引戲則末也一說曲貴熟而曰生婦宜夜而曰旦末先出而曰末淨喧鬧而曰淨反言之也其貼則旦之佐丑則淨之副外則末之餘明矣按丹丘先生謂雜劇院本有正末副末狚狐靚鴇猱捷譏引戲九色之名又謂唐爲傳奇宋爲戲文金時院本雜劇合而爲一元分爲二雜劇者雜戲也院本者行院之本也又按元雜劇中名色不同末則有正末副末冲末「即副末」砌末小末旦則有正旦副旦貼旦「即副旦」茶旦外旦小旦旦兒「即小旦」卜旦亦曰卜兒「即老旦」又有外有孤「裝官者」有細酸「亦裝生者」有孛老「即老雜」小斷曰徠從人曰祗從雜脚曰雜當裝賊曰邦老凡斷役皆曰張千有二人則曰李萬凡婢皆曰梅香凡酒保皆曰店小二今之南戲則有正生貼生「或小生」正旦貼旦老旦小旦外末淨丑「即中淨」小丑「即小淨」共十二人或十一人與古小異古孤以裝官夢遊錄所謂裝孤即旦非也又丹丘以狚狐鴇猱並列即孤當亦足狐字之誤耳嘗見元劇本有於卷首列所用部色名目並署其冠服器械曰某人冠某冠服某衣執某器最詳然其所謂冠服器械名色今皆不可復識矣

論訛字第三十八

戲曲有相傳既久致訛字間出或係刻本之誤或爲俗子所改致撰人叫屈識者眙嗤不一而足如西廂風欠酸丁之欠俗子作要字音至去其字之轉筆處一丿幷字形亦爲改叫不知字書從無此字元賈仲名簫淑蘭劇寄生草曲改不了强「去聲」文憹醋饑寒臉「音斂不作檢音」斷不了詩云子曰酸風欠離不了之乎者也腌窮儉以欠與上之臉下之儉叶韻明白可證蓋於南人但知有風要俗語不知北音遂妄倡是說不意金任衡叢亦爲所誤筆之正訛夫使果爲風要之義何不逕用要字而以欠字代之耶其在琵琶記者尤多如請糧普天樂原以家麻戈歌二韻通用其云豈忍見公婆受餓正與上弟和兄更沒一個下直恁摧挫相叶却改作受餒又有從而附和之者以爲避俗夫琵琶久用本色語矣餓字亦何俗之有乃妄改之而反以不韻爲快耶成親女冠子引丈夫得志佳婿乘龍與上下入聲簇促韻全不叶或改作坦腹於韻是矣而與後之兀的東床難教我坦腹又犯重複直是難擇則是東嘉自誤雙聲子娘介福用詩經語俗子改作分福以不識介字義又與分字字形相近之故後復改作萬福又万與分相近之故也剪髮香羅帶第三調堪憐遇婦人下當云單身又貧却易爲窮亦誤記中每對偶甚整向謂孔雀屏開當作開屏與下芙蓉隱褥相對近詞隱於考誤已正之矣又嘗疑新篁池閣槐陰庭院二語槐陰與新篁不對必有誤字新篁當以高槐爲對乃的孟郊詩高槐結浮陰非無出也即此曲前云深院荷香滿又只管打扇與燒香又一架荼蘼滿院香下又云香肌無暑又一點風來香滿又香奩日永又香消寶

篆沈烟又怎遂得黃香願又猛然心地熱透香汗又只見荷香十里又淸香瀉下瓊琳濺連用十一香字重疊之甚而香滿香匲香消三句疊用尤爲不妥有改香奩作湘簾者與上薔薇幙又重不可强爲之解本折落詩歎娛休問夜如何此景良宵能幾何兩何字亦重下何字蓋多字之誤耳他如明珠記二郎神換頭果然是萍水相遭與上之問夘曉下之郎年少相叶因坊本誤刻而皆唱作相逢又紅拂記古輪臺刺船陳孺刺字或作次音或作辣音皆非當音作戚陳孺謂陳平也刺船事見史記却無正音莊子漁父篇註音戚此可爲證懶畫眉只得顚倒衣裳試覰渠倒字皆唱作上聲夫去聲則顚倒之義也上聲則傾倒之倒於義不協矣此則起於朱子註詩此老執拗甚不可解詩言東方未明顚倒衣裳顚之倒之自公召之下顚之倒之卽覆說上文顚倒二字之辭其實一也却於上倒字音作上聲而下倒字音作去聲此何說也又撇道北人調侃說脚也湯海若還魂記末折把那撇道兒搭長舌揸是以撇道認作顙子也謬甚又散套梅家莊水罐湯餅打爲磁屑當作謝家莊正崔護乞漿處也又窺靑眼畫白練序換頭簫郎信渺茫下舊譜原作還追想當年處士莊詞選作漫留下當年繫馬椿俚甚非白語眼望旌節旗耳聽好消息出元人雜劇今皆訛作旌捷旗然似不如捷旌旗與下好消息對爲的憑君走到夜摩天夜摩天語出藏經今皆訛作焰摩天不如意事常八九可與言人無二三謂可與語言之人難得也今訛作可與人言兩葉浮萍歸大海蓋本白樂天與君何處重相遇兩葉浮萍大海中詩語詞隱唱曲當知以爲非是或偶

未見此詩耳大抵刻本中誤處須以意理會不可便仍其誤彼優人俗子既不能曉吾輩又不爲是正幾何不令千古之瞶瞶耶

雜論第三十九上「係縱筆漫書初無倫次」

詞曲小道遏雲落塵遠不暇論明皇製春光好曲而桃杏皆開世歌虞美人曲而草能按節以舞聲之所感豈其微哉

南北二調天若限之北之沈雄南之柔婉可畫地而知也北人工篇章南人工句字工篇章故以氣骨勝工句字故以色澤勝

勝國諸賢蓋氣數一時之盛王關馬白皆大都人也今求其鄉不能措一語矣「大都即今北京」

正音譜中所列元人各有品目然不足憑涵虛子於文理原不甚通其評語多足付笑又前八十二人有評後一百五人漫無可否筆力竭耳非眞有所甄別其間也

胡鴻臚言元時臺省元臣郡邑正官皆其國人爲之中州人每沈抑下僚志不獲展如關漢卿乃太醫院尹馬致遠江浙行省務官宮大用釣臺山長鄭德輝杭州路吏張小山首領官於是多以有用之才寓於聲歌以紓其拂鬱感慨之懷所謂不得其平而鳴也然其時如貫酸齋白無咎楊西菴胡紫山盧疎齋趙松雪虞邵菴輩皆昔之宰執貴人也而未嘗不工於詞以今之宰執貴人與酸齋諸公角而不勝以今之

文人墨士與漢卿諸君角而又不勝也蓋勝國時上下成風皆以詞爲尙於是業有專門今吾輩操管爲時文既無暇染指迨起家爲大官則不勝功名之念致杜居鄉又不勝田宅子孫之念何怪其不能角而勝之也

人之賦才各有所近馬東籬王實甫皆勝國名手馬於黃粱夢岳陽樓諸劇種種妙絕而一遇麗情便傷雄勁王於西廂絲竹芙蓉亭之外作他劇多草草不稱尺有所短信然

古戲不論事實亦不論理之有無可否於古人事多損益緣飾爲之然尙存梗槩後稍就實多本古史傳雜說略施丹堊不欲脫空杜撰邇始有揑造無影響之事以欺婦人小兒者然類皆優人及里巷小人所爲大雅之士亦不屑也

元人作劇曲中用事每不拘時代先後馬東籬三醉岳陽樓賦呂純陽事也寄生草曲這的是燒猪佛印待東坡抵多少騎驢魏野逢潘閬俗子見之有不訾以爲傳唐人用宋事耶畫家謂王摩詰以牡丹芙蓉蓮花同畫一景畫袁安高臥圖有雪裏芭蕉此不可易與人道也

詞曲本文人能事亦有不盡然者周德淸撰中原音韻下筆便如葛藤所作宰金頭黑脚天鵞折桂令燕子來海棠開寨兒令臉霞鬢鴉朝天子等曲又特警策可喜即文人無以勝之是殊不可曉也

南北二曲用字不得相混今南曲中有用者字兀字您字喒字及南曲而用北韻以白爲排以壑爲好之

類皆大非體也

元人諸劇爲曲皆佳而白則猥鄙俚褻不似文人口吻蓋由當時皆教坊樂工先撰成間架說白却命供奉詞臣作曲謂之塡詞凡樂工所撰士流恥爲更改故事款多悖理辭句多不通不似今作南曲者盡出一手要不得爲諸君子疵也

北曲方言時用而南曲不得用者以北語所被者廣大略相通而南則土音各省郡不同入曲則不能通曉故也

元人雜劇其體變幻者固多一涉麗情便關節大略相同亦是一短又古新奇事迹皆爲人做過今日欲作一傳奇毋論好手難遇節求一典故新采可動人者正亦不易得耳

元詞選者甚多然皆後人施手醇疵不免惟太平樂府係楊澹齋所選首首皆佳蓋以元人選元詞猶唐人之選中興間氣河洛英靈二集具眼故在也

北人尙餘天巧今所流傳打棗竿諸小曲有妙入神品者南人苦學之決不能入蓋北之打棗竿與吳人之山歌不必文士皆北里之俠或閨闥之秀以無意得之猶諸鄭衛詩風修大雅者反不能作也

世稱曲手必曰關鄭白馬顧不及王要非定論稱戲曲曰荆劉拜殺益不可曉殆優人戲單語耳

唐三百年詩人如林元八十年北詞名家亦不下二百人明興二百四十年作南曲錚錚者指不易多屈

何哉

古戲必以西廂琵琶稱首遞爲桓文然琵琶終以法讓西廂故當離爲雙美不得合爲聯璧

琵琶遺意嘔心造語刺骨似非以漫得之者顧多蕪語累字何耶

西廂組豔琵琶脩質其體固然何元朗並訾之以爲西廂全帶脂粉琵琶專弄學問殊寡本色夫本色尚有勝二氏者哉過矣

拜月語似草草然時露機趣以望琵琶尙隔兩塵元朗以爲勝之亦非公論

世傳拜月爲施君美作然錄鬼簿及太和正音譜皆載在漢卿所編八十一本中不曰君美君美名惠杭州人吳山前坐賈也南戲自來無二字作目者蓋漢卿所謂拜月亭係是北劇或君美演作南戲遂仍其名不更易耳

古之優人第以諧謔滑稽供人主喜笑未有并曲與白而歌舞登場如今之戲子者又皆優人自造科套非如今日習現成本子俟主人揀擇而日日此伎倆也如優孟優旃後唐莊宗以迨宋之靖康紹興史籍所記不過葬馬漆城李天下公冶長二聖環等諧語而已即金章宗時董解元所爲西廂記亦第是一人倚絃索以唱而間以說白至元而始有劇戲如今之所搬演者是此竅由天地開闢以來不知越幾百千萬年俟夷狄主中華而於是諸詞人一時林立始稱作者之聖嗚呼異哉

南戲曲從來每人各唱一隻自拜月以兩三人合唱而詞隱諸戲遂多用此格畢竟是變體偶一爲之可耳

琵琶工處甚多然時有語病如第二折引風雲太平日第三折引春事已無有三十一折引也只爲我門楣皆不成語又蔡别後趙氏寂寥可想矣而曰翠減祥鸞羅幌香消寶鴨金爐楚館雲閑秦樓月冷後又曰寶瑟塵埋錦被羞鋪寂寞瓊牕蕭條朱戶等語皆過富貴非趙所宜二十六折駐馬聽書寄鄉關二曲皆本色語中著啼痕緘處翠綃斑二語及銀鈎飛動綵雲牋二語皆不搭色不得爲之護短至後八折眞傖父語或以爲朱教諭所續頭巾之筆當不誣也

弇州謂琵琶長空萬里完麗而多蹈襲似誠有之元朗謂其無蒜酪氣如王公大人之席駝峯熊掌肥腯盈前而無蔬筍蜆蛤遂欠風味余謂使盡廢駝峯熊掌抑可以羞王公大人耶此亦一偏之說也

古曲自琵琶香囊連環而外如荊釵白兔破窰金印躍鯉牧羊殺狗勸夫等記其鄙俚淺近若出一手豈其時兵革孔棘人士流離皆村儒野老塗歌巷詠之作耶殺狗頃吾友鬱藍生爲釐韻以飭而整然就理也蓋一幸矣

元初諸賢作北劇佳手疊見獨其時未有爲今之南戲者遂不及見其風槩此吾生平一恨

作北曲者如王馬關鄭輩創法甚嚴終元之世沿守惟謹無敢踰越而作南曲如者高如施平仄聲韻往

往離錯作法於涼馴至今日蕩然無復底止則兩君不得辭作俑之罪眞有幸不幸也

元朗謂呂蒙正內紅妝豔質喜得功名遂王祥內夏日炎炎今個最關情處路遠迢遠殺狗內千紅百翠江流內崎嶇去路賒南西廂內團圞皎皎巴到西廂翫江樓內花底黃鸝子母冤家內東野翠烟消詐妮子內春來麗日長皆上絃索正以其辭之工也亦未必然此數曲昔人偶打入絃索非字字合律也又謂事聲叶而辭不工無寧辭工而聲不叶此有激之言夫不工奚以辭爲也

明珠記本唐人小說事極典麗第曲白類多蕪葛僅良宵杳一套不特詞句婉俏而轉折亦委曲可念弇州所謂其兄浚明給事助之者耶然引曲用調名殊不佳尾聲及後黃鶯兒二曲俱俚率不稱若出兩手何耶

中原音韻十七宮調所謂仙呂宮淸新綿邈等類蓋謂仙呂宮之調其聲大都淸新綿邈云爾其云十七宮調各應於律呂於字以不嫺文理之故太和正音譜於仙呂等各宮調字下加一唱字係是贅字然猶可以唱代曲字謂某宮之曲其聲云云也至弇州加一宜字則大拂理矣豈作仙呂宮曲與唱仙呂宮曲者獨宜淸新綿邈而他宮調不必然以是知蛇足之多爲本文累也

論曲當眞看其全體力量如何不得以一二語偶合而曰某人某劇某戲某句某句似元人遂執以槩其高下寸瑜自不掩尺瑕也

曲之尙法固矣若僅如下算子畫格眼垛死屍則趙括之讀父書故不如飛將軍之橫行匈奴也

當行本色之說非始於元亦非始於曲蓋本宋嚴滄浪之說詩滄浪以禪喻詩其言禪道在妙悟詩道亦然惟悟乃爲當行乃爲本色有透徹之悟有一知半解之悟又云行有未至可加工力路頭一差愈騖愈遠又云須以大乘正法眼爲宗不可令墮入聲聞辟支之果知此說者可與語詞道矣

作詞守成法尺尺寸寸句綴字研俾無累功令易耳然其至爾方其中非爾力故入曲三昧在巧之一字

唱曲欲其無字即作曲者用綺麗字面亦須下得恰好全不見痕迹礙眼方爲合作若讀去而烟雲花鳥金碧丹翠橫垛直堆如攤賣古董鋪襯百家衣使人種種可厭此小家生活大雅之士所深鄙也

上去去上之間用有其字必不可易而強爲避忌如易地爲土改字作叓致與上下文生拗不協甚至文理不通不若順其自然之爲貴耳

南曲之有陰陽也其竅今日始闢然此義微之又微所不易辨不能字字研其至當當亦如前取務頭法將舊曲子令優人唱過但有其字是而唱來却非其字本音者即是宜陰用陽宜陽用陰限之故較可尋繹而得之也

揭調之說不特今曲爲然楊用脩詩話云樂府家謂揭調者高調也高駢詩公子邀歡月滿樓佳人揭調唱伊州便從席上西風起直到蕭關水盡頭則唐時之歌曲可想見矣

凡曲之調聲各不同已備載前十七宮調下至各韻爲聲亦各不同如東鍾之洪江陽皆來蕭豪之響歌戈家麻之和韻之最美聽者寒山桓歡先天之雅庚青之清尤侯之幽次之齊微之弱魚模之混眞文之緩車遮之用雜入聲又次之支思之萎而不振聽之令人不爽至侵尋監咸廉纖開之則非其字閉之則不宜口吻勿多用可也

作散套較傳奇更難傳奇各有本等事頭鋪襯散套繫空爲之散套中登臨遊賞之詞較易閨情尤難蓋閨情古之作者甚多好意好語皆爲前人所道不易脫此窠臼故也白樂天作詩必令老嫗聽之問曰解否曰解則錄之不解則易作劇戲亦須令老嫗解得方入衆耳此卽本色之說也

劇戲之道出之貴實而用之貴虛明珠浣沙紅拂玉合以實而用實者也還魂二夢以虛而用實者也以實而用實也易以虛而用實也難

劇戲之行與不行良有其故庸下優人遇文人之作不惟不曉亦不易入口村俗戲本正與其見識不相上下又鄙猥之曲可令不識字人口授而得故爭相演習以適從其便以是知過施文采以供案頭之積亦非計也

世多可歌之曲而難可讀之曲歌則易以聲掩詞而讀則不能掩也

世有不可解之詩而不可令有不可解之曲曲之不可解非入方言則用僻事之故也胡鯀陞兩齋才此

方言也韓景陽大來頭此僻事也作南戲而兩語皆南人所不識皆曲之病也

古戲如荊劉拜殺等傳之幾二三百年至今不廢以其時作者少又優人戲單無此等名目便以爲缺典故幸而久傳若今新戲日出人情復厭常喜新故不過數年即棄閣不行此世數之變也

作曲如生人耳目口鼻非不犁然各具然西施嫫母姸醜殊觀王公厮養貴賤異等墮地以來根器區別欲勉强一分幾而及之必不可得也

唐之絶句唐之曲也而其法宋人不傳宋之詞宋之曲也而其法元人不傳以至金元人之北詞也而其法今復不能悉傳是何以故哉國家經一番變遷則兵燹流離性命之不保遑習此太平娛樂事哉今日之南曲他日其法之傳否又不知作何底止也爲慨且懼

曲律卷第四

雜論第三十九下

李中麓序刻元喬夢符張小山二家小令以方唐之李杜夫李則實甫杜則東籬始當喬張蓋長吉義山之流然喬多凡語似又不如小山更勝也

關雎鹿鳴今歌法尚存大都以兩字抑揚成聲不易入里耳漢之朱鷺石流讀尙聱牙聲定椎樸晋之子夜莫愁六朝之玉樹金釵唐之霓裳水調即日趨冶豔然祇是五七詩句必不能縱橫如意宋詞句有長

短聲有次第矣亦尙限邊幅未暢人情至金元之南北曲而極之長套斂之小令能令聽者色飛觸者腸靡洋洋纚纚聲蔑以加矣此豈人事抑天運之使然哉

予在都門日一友人携文淵閣所藏刻本樂府大全又名樂府渾成一本示蓋宋元時詞譜『即宋詞非曲譜』止林鍾商一調中所載詞至二百餘闋皆生平所未見以樂律推之其書尙多當得數十本所列凡目亦世所不傳所畫譜絕與今樂家不同有卜算子浪淘沙鵲橋仙摸魚兒西江月等皆長調又與詩餘不同有嬌木笪則元人曲所謂喬木查蓋沿其名而誤其字者也中佳句有酒入愁腸誰信道都做淚珠兒滴又怎知道恁地憶再相逢瘦了纔信得皆前人所未道以是知詞曲之書原色浩瀚即今曲當亦有詳備之譜一經散逸遂幷其法不傳殊爲可惜今列其目幷譜於後以存典刑一斑

林鍾商目　隋呼歇指調

娋聲	品『有大品小品』	歌曲子	唱歌
中腔	踏歌	引	三臺
傾盃樂	慢曲子	促拍	令
序	破子	急曲子	木笪
丁聲長行	大曲	曲破	

娋聲譜

一乚るク乃

小品譜

一フ乚ヲク厶乚一マフ乚ㄅ巧ㄆク一乙ㄙ乃

正秋氣凄凉鳴幽砌向枕畔偏惱愁心盡夜苦吟

又

一乚ㄙ乃フ乚ㄆク巧乚一マ乚ヲフク乃一ㄙ乃

戴花殢酒酒泛金尊花枝滿帽笑歌醉拍手戴花殢酒

元時北虜達達所用樂器如箏纂琵琶胡琴渾不似之類其所彈之曲亦與漢人不同見輟耕錄不知其音調詞義如何然亦各具一方之製誰謂胡無人哉今幷識於此以廣異聞

大曲

哈八兒圖　口溫　也葛倘兀

畏兀兒　閔古里　起土苦里

跋四土魯海　舍舍弼　搖落四

蒙古摇落四　門彈摇落四　阿耶兒虎

桑哥兒苦不丁「江南謂之孔雀雙手彈」　答剌「謂之白鴿雀雙手彈」

阿厮闌扯弦「回盞曲雙手彈」　苦只把其「呂弦」

小曲

哈兒火失哈赤「黑雀兒叫」　阿林捺「花紅」　曲律買

者歸　洞洞伯　牝疇兀兒

把擔葛失　削浪沙　馬哈

相公　仙鶴　阿丁水花

回回曲

伉俚　馬黑某當當　清泉當當

詞之異於詩也曲之異於詞也道迥不侔也詩人而以詩爲曲也文人而以詞爲曲也誤矣必不可言曲也

嘗戲以傳奇配部色則西廂如正旦色聲俱絕不可思議琵琶如正生或峨冠博帶或敝巾敗衫俱嘖嘖動人拜月如小丑時得一二調笑語令人絕倒還魂二夢如新出小旦妖冶風流令人魂銷腸斷第未免

有誤字錯步荆釵破窰等如淨不繫物色然不可廢吳江諸傳如老教師登場板眼場步略無破綻然不能使人喝采浣紗紅拂等如老旦貼生看人原不苛責其餘卑下諸戲如雜脚備員第可供把盞執旗而已

作閨情曲而多及景語吾知其窘矣此在高手持一情字模索洗發方挹之不盡寫之不窮淋漓渺漫自有餘力何暇及眼前與我相二之花鳥烟雲俾掩我眞性混我寸管哉世之曲咏情者强半持此律之品力可立見矣

北劇之於南戲故自不同北詞連篇南詞獨限北詞如沙場走馬馳騁自由南詞如揖遜賓筵折旋有度連篇而蕪蔓獨限而跼蹐均非高手韓淮陰之多多益善岳武穆之五百騎破兀朮十萬衆存乎其人而已

昔人言絲不如竹竹不如肉以爲漸近自然吾謂詩不如詞詞不如曲故是漸近人情夫詩之限於律與絕也即不盡於意欲爲一字之益不可得也詞之限於調也即不盡於吻欲爲一語之益不可得也若曲則調可累用字可襯增詩與詞不得以諸語方言入而曲則惟吾意之欲至口之欲宣縱橫出入無之而無不可也故吾謂快人情者要毋過於曲也

曲以婉麗俏俊爲上詞隱譜曲於平仄合調處曰某句上去妙甚某句去上妙甚是取其聲而不論其義

可耳至庸拙俚俗之曲如卧氷記古皂羅袍理合敬我哥哥一曲而曰質古之極可愛可愛王煥傳奇黃薔薇三十哥央你不來一引而曰大有元人遺意可愛此皆打油之最者而極口贊美其認路頭一差所以己作諸曲略墮此一劫爲後來之誤甚矣不得不爲拈出

古人往矣吾取古事麗今聲華袞其賢者粉墨其慝者奏之場上令觀者藉爲勸懲興起甚或扼腕裂眦涕泗交下而不能已此方爲有關世教文字若徒取漫言既已造化在手而又未必其新奇可喜亦何貴漫言爲耶此非腐談要是確論故不關風化縱好徒然此琵琶持大頭腦處拜月祇是宣淫端士所不與也

各調有宜遵古以正今之訛者有不妨從俗以就今之便者九宮新譜所載步步嬌之第一句玉交枝之第五句好姐姐之第五句江兒水之第四句啄木兒之第六句懶畫眉之第一句醉扶歸之第三句其所署平仄正今失調斷所宜遵至皂羅袍第三句之平仄平平解三醒之第四六字句與第五七字句下三字之平仄平一江風之第五六重用四字句瑣窗寒之第八七字句山坡羊之第七七字句步步嬌之第五句第二字用仄聲從古可也即從俗亦不害其爲失調也若玉芙蓉之第六句用平平仄平白練序之首句作四字畫眉序之首句作三字石榴花之首四句盡作七字梁州序犯之第九句作七字劉潑帽之第四句作四字駐雲飛之第六句作三字綿搭絮首句七字與第三句之六字鎖南枝之第三句六字與

換頭第一二句之五字第三句下之多六字一句則世俗之以新調相沿舊矣一旦盡返之古必羣駭不從又水底魚兒之八句卽剖爲二人唱似亦無妨風入松之每調繼以兩急三鎗與末調之單用本調雖古有此格然琵琶後八折耳安在其必當而拘拘以此爲法也拈出與秉筆者商之

詞隱論北詞謂朝天子失調泉自龍記出而此曲一眞浣紗往江干水鄉盛行而此曲盡晦却取太和正音譜所收張小山瘦杯玉酷一首爲譜其詞飽似伯夷一句係失調不如中原音韻所收早霞晚霞一首爲確蓋浣紗實倣龍泉較原調多著襯字其聲尚可考見也今並列於此元人題廬山朝天子云早霞晚霞妝點廬山畫仙翁何處煉丹砂一縷白雲下客去齋餘人來茶罷歎浮生指落花楚家漢家做了漁樵話浣紗朝天子云「往江干」「水鄉」「過花溪」柳塘「看齊齊」綵鷁波心夜鼕鼕疊鼓起鴛鴦「一雙戲」清波浮輕浪青山「見」幾行綠波「見」千狀渺茫「渺茫」渺渺茫「趁東風欄橈」晝槳「欄橈」晝槳「採」蓮歌齊聲唱南人爲北詞而失其本調者卽此曲可類見矣余頃與孫比部談及此調比部指摘浣紗陰陽之舛余因字字分別陰陽並盡用律中諸禁作春遊詞一闋鬱藍生序刻以傳好事者今存別本然爲法苛刻益難中之難要以遊三尺之中而不見一毫勉强乃佳若一爲界限所拘讀去礙口便非高手也

曲與詩原是兩腸故近時才士輩出而一搦管作曲便非當家汪司馬曲是下膠漆詞耳弇州曲不多見

特四部稿中有一塞鴻秋兩畫眉序用韻既雜亦詞家語非當行曲畫眉序和頭第一字法用去聲却云濃霜畫角遼陽道知他夢裏何如濃字平聲不可唱也

近之爲詞者北調則關中康狀元對山王太史渼陂蜀則楊狀元升菴金陵則陳太史石亭胡太史秋宇徐山人髯仙山東則李尙寶伯華馮別駕海浮山西則常廷評樓居維陽則王山人西樓濟南則王邑佐舜耕吳中則楊儀部南峰康富而蕪王豔而整楊俊而葩陳胡爽而放徐暢而未汰李豪而率馮才氣勃勃時見紙纇常多俠而寡馴西樓工短調翩翩都雅舜耕多近人情兼善諧謔楊較粗莽諸君子間作南調則皆非當家也南則金陵陳大聲金在衡武林沈靑門吳唐伯虎祝希哲梁伯龍而陳梁最著唐金沈小令並斐亹有致祝小令亦佳長則草草陳梁多大套頗著才情然多俗意陳語伯仲間耳餘未悉見不敢定其甲乙也

王渼陂詞固多佳者何元朗摘其小詞中鶯巢濕春隱花梢以爲金元人無此一句然此詞全文冷冷象板粉兒敲小小金杯綠蟻飄重重畫閣紅塵落喜豐年恰遇著幾般兒景致蹺蹊鳳團小茶烹銀罐驢背穩詩吟野橋除鶯巢句下皆陳語後三句對復不整又云杜甫遊春劇金元人猶當北面此劇蓋借李林甫以罵時相者其詞氣雄宕固陵厲一時然亦多雜凡語何得便與元人抗衡王元美復謂其聲價不在關馬之下皆過情之論也

對山亦忤於時放情自廢與渼陂皆以聲樂相徜徉彼此酬和不輟康所作尤多非不莽具才氣然喜生造喜堆積喜多用老生語不得與王並驅所著沜東樂府可數百首中元夜落梅風春雲澹月色昏坐空齋雪餘風凋若嫦娥肯饒春幾分向朱簾且收寒暈效自君之出矣沉醉東風掃萬里龍沙未返怨深閨蛾尾空彎泣相思柳未勻待好會梅初綻隔魂臺水水山山也要尋君到玉關路比天涯近遠僅此二詞頗饒風韻餘未足取第易蛾眉爲蛾尾亦不妥耳

升菴北調未盡閑律然最有佳者余最愛其沉醉東風小令云也不是石家的綠珠風韻也不是喬家的碧玉青春合雙鬟夢裏來行萬里雲南近似蘇家過嶺朝雲休索我花鈿與繡裙窮秀才床頭金盡風流旖旎郎實甫能加之哉

松陵詞隱沈寧菴先生諱璟其於曲學法律甚精汎瀾極博斤斤返古力障狂瀾中興之功良不可沒先生能詩工行草書弱冠魁南宮風標白皙如畫仕由吏部郎轉丞光祿值有忌者遂屏迹郊居放情詞曲精心考索者垂三十年雅善歌與同里顧學憲道行元生並蓄聲伎爲香山洛社之游所著詞曲甚富有紅蕖分錢埋劍十孝雙魚合衫義俠分柑鴛衾桃符珠串奇節鑿井四異結髮墜釵博笑等十七記散曲曰情癡寱語曰詞隱新詞二卷取元人詞易爲南調曰曲海青氷二卷紅蕖蔚多藻語雙魚而後專尙本色蓋詞林之哲匠後學之師模也又嘗增定南曲全譜二十一卷別輯南詞韻選十九卷又有論詞六則

唱曲當知正吳編及考定琵琶記等書半已盛行於世未刻者存吾友鬱藍生處生平故有詞癖每客至談及聲律輒娓娓剖析終日不置嘗一命余序南九宮譜既就梓誤以均爲韻余請改正先生復札巽辭爲謝比札至而先生已捐館舍矣先是數年道行先生亦卒自兩先生歿而吳中遂無復有繼其迹者悲夫

詞隱傳奇要當以紅蕖稱首其餘諸作出之頗易未免庸率然嘗與余言歉以紅蕖爲非本色殊不其然生平於聲韻宮調言之甚毖顧於已作更韻更調每折而是良多自恕殆不可曉耳

顧道行先生亦美風儀登第甚少曾一就教吾越以閩中督學使者乘官歸田工書畫侈姬侍兼有顧曲之嗜所畜家樂皆自敎之所著有青衫葛衣義乳三記略尙標韻第傷文弱余嘗一訪先生園亭先生論詞亦傾倒不輟晚年無疾爲人作一書與郡公投筆而逝亦一奇也

臨川湯奉常之曲當置法字無論盡是案頭異書所作五傳紫簫紫釵第修藻豔語多瑣屑不成篇章還魂妙處種種奇麗動人然無奈腐木敗草時時纏繞筆端至南柯邯鄲二記則漸削蕪纇俛就矩度布格既新遣辭復俊其掇拾本色參錯麗語境往神來巧湊妙合又視元人別一谿徑技出天縱匪由人造使其約束和鸞稍閑聲律汰其賸字累語規之全瑜可令前無作者後鮮來喆二百年來一人而已

臨川之於吳江故自冰炭吳江守法斤斤三尺不欲令一字乖律而毫鋒殊拙臨川尙趣直是橫行組織

之工幾與天孫爭巧而屈曲聱牙多令歌者齚舌吳江嘗謂寧協律而不工讀之不成句而謳之始協是爲中之之巧曾爲臨川改易還魂字句之不協者呂吏部玉繩「鬱藍生尊人」以致臨川臨川不懌復書吏部曰彼惡知曲意哉余意所至不妨拗折天下人嗓子其志趣不同如此鬱藍生謂臨川近狂而吳江近狷信然哉

自詞隱作詞譜而海內斐然向風衣鉢相承尺尺寸寸守其榘矱者二人曰吾越鬱藍生曰檇李大荒逋客鬱藍神劍二媱等記并其科段轉折似之而大荒乞麾至終帙不用上去疊字然其境益苦而不甘矣

詞隱之持法也可學而知也臨川之脩辭也不可勉而能也大匠能與人規矩不能使人巧也其所能者人也所不能者天也

詞隱所著散曲情癡寱語及詞隱新詞各一卷大都法勝於詞曲海青氷二卷易北爲南用工良苦前二種呂勤之已爲刻行後一種勤之既逝不知流落何處惜哉

詞隱墜釵記蓋因牡丹亭記而興起者中轉折儘佳特何興娘鬼魂別後更不一見至末折忽以成仙會合似缺鍼線余嘗因鬱藍之請爲補又二十七齣二舅指點脩煉一折始覺完全今金陵已補刻

詞隱生平爲挽回曲調計可謂苦心嘗賦二郎神一套又雪夜賦鶯啼序一套皆極論作詞之法中黃鶯兒調有自心傷蕭蕭白首誰與共雌黃尾聲吾言料沒知音賞這流水高山逸響直待後世鍾期也不妨

二詞見勤之刻中至今讀之猶爲悵然蘇長公有言少游已矣雖萬人何贖吾於詞隱亦云

宛陵以詞爲曲才情綺合故是文人麗裁四明新采豐縟下筆不休然於此道本無解處崑山時得一二致語陳陳相因不免紅腐長洲體裁輕俊快於登場言言襪線不成科段其餘人珠家璧各擅所長不能枚舉第尚達者或跳浪而寡馴守法者或跼蹐而不化若夫不廢繩檢兼妙神情甘苦匠心丹艧應度劑衆長於一冶成五色之然斐者則李于鱗有言亦惟天實生才不盡後之君子

吾越故有詞派古則越人鄂君越夫人烏鳶越婦采葛西施采蓮夏統慕歌小海河女尚已迨宋而有青梅之歌志稱其聲調宛轉有巴峽竹枝之麗陸放翁小詞閒艷與秦黃並驅元之季有楊鐵崖者風流爲後進之冠今伯業艱危一曲猶膾炙人口近則謝泰興海門之四喜陳山人鳴野之息柯餘韻皆入逸品至吾師徐天池先生所爲四聲猿而高華爽俊穠麗奇偉無所不有稱詞人極則追蹤元人今則自縉紳青襟以迨山人墨客染翰爲新聲者不可勝紀以余所善史叔考撰合紗櫻桃鶼釵雙鴛孿甌瓊花青蟬雙梅夢磊檀扇梵書又散曲曰齒雪餘香凡十二種王澹翁撰雙合金椀紫袍蘭佩櫻桃園散曲曰欸乃編凡六種二君皆自能度品登場體調流麗優人便之一出而搬演幾遍國中姚江有葉美度進士者工雋摹古撰玉麟雙卿鸞鎞四艷金瑣以及諸雜劇共十餘種同舍有呂公子勤之曰勤鬱生者從髫年便解摛掞如神女金合戒珠神鏡三星雙棲雙閣四相四元二婼神劍以迨小劇共二三十種惜玉樹早摧

齋志未竟自餘獨本單行如錢海屋輩不下一二十人一時風尙槩可見已

徐天池先生四聲猿故是天地間一種奇絕文字木蘭之北與黃崇嘏之南尤奇中之奇先生居與余僅隔一垣作時每了一劇輒呼過齋頭朗歌一過津津意得余拈所警絕以復則舉大白以釂賞爲知音中月明度柳翠一劇係先生早年之筆木蘭禰衡得之所創而女狀元則命余更覓一事以足四聲之數余舉楊用脩所稱黃崇嘏春桃記爲對先生遂以春桃名嘏今好事者以女狀元並余舊所譜陳子高傳稱爲男皇后並刻以傳亦一的對特余不敢與先生匹耳先生好談詞曲每右本色於西廂琵琶皆有口授心解獨不喜玉玦目爲板漢先生逝矣邈成千古以方古人蓋眞曲子中縛不住者則蘇長公其流哉陳鳴野先生以詩畫霄翰推重一時生平好游狹斜故多贈青樓之作儇俏清便亦一詞場駿足余生晚不及識先生今相國朱文懿公先生婿也嘗謂余言先生風流跌宕喜游場後進兼妙聲歌故諸作絕無累字今不可復見矣

董少宰中峯先生亦吾邑人也幼舉神童年十九魁南宮第一在翰苑時曾有應制駕幸西湖南北調詞一闋今存集中即限於體裁亦勝楊南峯數等

余大父爐峰公博學高才著述甚富有集數十卷往與王方湖王眞翁兩先生齊名鄉人士稱爲於越三王少時曾草紅葉一記都雅婉逸翩翩有風人之致遺命祕不令傳今藏家塾余弱歲臥病先君子命稍

更其語別爲一傳易名題紅爲屠緯眞儀部强序入梓然其時所竊淺近遺聲署韻間有出入今輒大悔懼人齒及顧傳播已多不可禁止昨入都一中貴爲余言頃業曾進御可發一大笑也

南九宮蔣氏舊譜每調各輯一曲功不可誣然似集時義只是遇一題便檢一文備數不問其佳否何如故率多鄙俚及失調之曲詞隱又多仍其舊便注了平仄作譜其間是者固多而亦有不能盡合處故作詞者遇有杌隉須別尋數調仔細參酌務求字字合律方可下手不宜盡泥舊文余非敢以翹先生之過蓋先生雅意原欲世人共守畫一以成雅道余稍參一隙亦爲先生作忠臣意也作譜余實慫慂先生爲之其時恨不曾請於先生將各宮調曲分細中緊三等類置卷中似更有次第今無及矣

金元雜劇甚多輟耕錄載七百餘種錄鬼簿及太和正音譜載六百餘種康太史謂於館閣中見幾千百種何元朗謂家藏三百種今吾姚孫司馬家藏亦三百種余家舊藏及見沈光祿毛孝廉所可二三百種輟耕錄所列有其目而無其書正音譜所列今存者尚半其餘皆散逸湮沒不可復見然尚得因諸書所載略知梗槩今南戲繁多不可勝計舊有集諸戲名目爲曲者今之新編多舊已做過以其本不傳遂人不及見更稍稽歲月益滅沒不可考矣余欲於暇中倣輟耕正音二書例盡籍記今之戲曲且甄別美惡次爲甲乙以傳示將來恨未能悉見所有又散套曲古所傳不能盡識其人尚有因舊刻而得其二三者坊間射利每僞標其名又幷時曲亦盡題作古人名氏以欺世人不可勝紀得幷古曲亦一一署所知者

以存一代典刑似亦佳事頃南戲鬱藍生已作曲品行之金陵散曲尚未及耳

近吳興臧博士晉叔校刻元劇上下部共百種自有雜劇以來選刻之富無踰此讀其二序自言蒐選之勤多從秘本中遴出至其雌黃評騭兼及南詞於曲家儼任賞音獨其躋拜月於琵琶故是何元朗一偏之說又謂臨川南曲絕無才情夫臨川所詘者法耳若才情正是其勝場此言亦非公論其百種之中諸上乘從來膾炙人口者已十備七八第期於滿百頗參中駟不免魚目夜光之混又句字多所竄易稍失本來即音調亦間有未叶不無遺憾晉叔故儁才詩文並楚楚乃津津曲學而未見其一染指豈亦不敢輕涉其藩耶要之此舉蒐奇萃渙典刑斯備厥勛居多即時露疵繆未稱合作功過自不相掩若其妍媸差等吾友吳郡毛允遂每種列爲關目曲白三則自一至十各以分數等之功令犂然錙銖畢析其間全具足數者十不得一既嚴且確不愧其家黃狐行當縣之國門毋庸贅一辭矣

客問今日詞人之冠余曰於北詞得一人曰高郵王西樓俊豔工鍊字字精琢惜不見長篇於南詞得二人曰吾師山陰徐天池先生瓌瑋濃鬱超邁絕塵木蘭崇嘏二劇刳腸嘔心可泣神鬼惜不多作曰臨川湯若士婉麗妖冶語動刺骨獨字句平仄多逸三尺然其妙處往往非詞人工力所及惜不見散套耳

問體孰近曰於文辭一家得一人曰宣城梅禹金摛華掞藻斐亹有致於本色一家亦惟是奉常一人其才情在淺深濃淡雅俗之間爲獨得三昧餘則脩綺而非垜則陳尚質而非腐則俚矣若未見者則未敢

限其工拙也

孫比部諱如法吾字世行別號俟居吾郡之餘姚人忠烈公曾孫而清簡公冢子也登穎甫譽舉於順天以進士高第授官比部上疏請建皇太子及論鄭貴妃不宜先王恭妃冊封神廟震怒擬賜杖賴政府疏救謫尉潮陽遂杜門不出時居柳城『先生別墅』以圖史自娛雅精字學喜校讎自經史諸子而外猶加意聲律詞曲一道詞隱專釐平仄而陰陽之辨則先生諸父大司馬月峰公始抉其竅已授先生益加精覈嘗悉取新舊傳奇爲更正其韻之訛者平仄之舛者與陰陽之乖錯者可數十種藏於家塾時爲鬱藍生言吾於諸傳奇咸不難矢筆更定獨於玉合題紅二記欲稍更一二字不能施手以其詞佳勉更之便失故吾耳又與湯奉常爲同年友湯令遂昌日會先生謬賞余題紅不置因問先生此君謂余繁簡何若『時紫釵以下俱未出』先生言嘗聞伯良艷稱公才而略短公法湯曰良然吾茲以報滿抵會城當邀此君共削正之既以能歸不果故後還魂記中驚夢折白有韓夫人得遇于郎曾有題紅記語以此先生自謫歸人士罕見其面獨時招余及鬱藍生把酒商榷詞學娓娓不倦嘗慫恿余作曲律及南韻曰此絕學非君其誰任之頃余考注西廂相與訂定疑竇往復手札蓋盈笥篋竟以目眚誤醫病卒底今時時有西州之愴余於陰陽二字之旨實大司馬暨先生指授爲多不敢忘所自得於其歿也識以寄痛

鬱藍生呂姓諱天成字勤之別號棘津亦餘姚人太傅文安公曾孫吏部姜山公子而吏部太夫人孫則

大司馬公姊氏於比部稱表伯父其於詞學故有淵源勤之童年便有聲律之嗜既爲諸生有名兼工古文詞與余稱文字交垂二十年每抵掌談詞日昃不休孫太夫人好儲書於古今劇戲靡不購存故勤之汎瀾極博所著傳奇始工綺麗才藻煜然後最服膺詞隱改轍從之稍流質易然宮調字句平仄兢兢眘不少假借詞隱生平著述悉授勤之並爲刻播可謂尊信之極不負相知耳勤之制作甚富至摹寫麗情褻語尤稱絕技世所傳繡榻野史閒情別傳皆其少年游戲之筆余所恃爲詞學麗澤者四人謂詞隱先生孫大司馬比部俟居及勤之而勤之尤密邇旦夕方以千秋交勗人咸謂勤之風貌玉立才名籍甚青雲在襟袖間而如此人曾不得四十一夕遽先風流頓盡悲夫余頃賦四君咏別刻方諸館集中曲律故勤之及比部促成嘗爲余序喈有餘悵遂並比部梗槩識之後簡

勤之曲品所載蒐羅頗博而門戶太多舊曲列品有四曰神曰妙曰能曰具而神品以屬琵琶拜月夫曰神品必法與詞兩擅其極惟實甫西廂可當之耳琵琶尚多拗字纇句可列妙品拜月稍見俊語原非大家可列能品不得言神荆釵牧羊孤兒金印可列具品不得言妙新曲列爲九品以上之上屬沈湯二君而以沈先湯蓋以法論然二君既屬偏長不能合一則上之上尚當虛左至後八品亦似多可商略復於諸人槩飾四六美辭如鄉會舉主批評舉子卷牘人人珠玉略無甄別蓋勤之雅欲奬飾此道誇炫一時故多和光之論余謂品中止宜取傳奇之佳者次及詞曲略工搬演可觀者總以上中下三等第之不必

多立名目其餘俚腐諸本竟黜不存或盡搜人間所有之本另列諸品之外以備查考未爲不可至散曲又當別置一番品題始爲完局故夫目具蕭統筆嚴董狐勒成不刊之書以傳信將來吾則不暇以俟後之君子

夏文彥論畫三品曰氣韻生動出於天成人莫窺其巧者謂之神品謝赫品畫以陸探微居第一謂窮理盡性事絕言象包前孕後古今獨立非復激揚所能稱贊但價重之極於上上品之外無他寄言故屈標第一以之方曲神品與第一可易言哉

散曲絕難佳者北詞載太平樂府雍熙樂府詞林摘豔小令及長套多有妙絕可喜者而南詞獨否動之第載其名不及列曲詞隱南詞韻選列上上次上二等所謂上上亦第取平仄不訛及遵用周韻者而已原不曾較其詞之工拙又只是無中揀有走馬看錦子細著鍼砭不得中小令間有佳者而長套無一中窾頃友人吳興關仲通同諸君過集齋頭商搉其較余爲言小令如唐六如祝枝山輩皆小有致而祝多漫語康對山王渼陂常樓居馮海浮直是粗豪原非本色陳秋碧沈青門梁少白李日華金白嶼時有合作處然較之元人則彼以工勝而此以趣合長套亦惟是陳秋碧梁少白最稱爛熳陳起句兜的上心來薄倖太情雜等皆不成語梁無此等累句而陳時得一二致語顧二君疵纇自爾不少他即稍有可觀而腔韻不合者又不足數也仲通謂如子言良確然究竟彼善寧無一長因舉帙中人所常唱而世皆賞以

爲好曲者如窺靑眼暗想當年羅帕上曾把新詩寫因他消瘦樓閣重重東風曉人別後諸曲爲問余謂前三曲已載前論第十六第二十四篇中卽後二曲毋論爲庸語腐不足言曲亦疵病種種不可勝舉如樓閣重重一曲前曰東風曉後又曰風雨淸明到又曰東風晝橋前曰垂楊金粉消後又曰柳絲暗約玉肌消前曰錄映河橋後又曰東風晝橋前曰燕子剛來到又曰晝棟梁空落燕巢前曰心事上肩梢後又曰心牽意掛又曰我心中恨著前曰恨人歸不比春歸早後又曰那人何事還不到前曰病懨懨難禁這兩朝後又曰悶懨懨離情懊惱前曰落紅惹得朱顏惱後又曰落花和淚做都一樣飄而朱顏惱又與離情懊惱重前曰柳絲暗約玉肌消後又曰如今瘦添楚腰前曰夢回蝴蝶巫山杳後又曰雲散楚峰高前曰月明古驛後又曰紗牕月曉前曰繡戶生芳草後又曰別離一旦如秋草而別離句又與離情懊惱重又一曲而押二曉字三消字二橋字二到字二早字二惱字又綠映河橋月明古驛非閨中語又醉扶歸首二句皂羅袍中四字句俱宜對而不對中僅恨人歸不比春歸早及落花和淚都做一樣飄二語稍俊至末可惜妝臺人易老又不成語詞隱亦以爲不思量寶髻五字當改作仄仄仄平平花堆錦砌當改作去上去平怕今宵琴瑟琴字當改作仄聲故止列次上人別後曲蔣氏舊譜其高則誠作亦未必然首調以七夕起而寒蟬衰柳水綠蘋香非七夕語得成就句與上文不接眞個勝腰纏跨鶴揚州俚甚又腰纏下無十萬貫語所纏何物既曰暮雨過紗牕涼已透又曰雨散雲收又曰西風桂子香韻幽又曰滿城風

雨還重九集賢賓首調言中秋而聽寒蛩聲滿牀頭非中秋語次調起句用八字非體既曰盧虔中秋又曰見池塘已暮秋又曰對景傷秋又曰傍水芙蓉兩岸秋又曰强把金尊斷送秋既曰水綠蘋香人自愁又曰一種想思分做兩處愁又曰遮不斷許多愁又曰添愁既曰如病酒又曰白衣人送酒又曰惟酒可消憂又曰强把金尊斷送秋既曰水綠蘋香又曰相映白蘋洲既曰綠荷又曰橘綠既曰一種想思又曰想思未休既曰水綠蘋香又曰霜降水痕收又曰傍水芙蓉兩岸秋既曰空房自守又曰淒涼怎守既曰滿城風雨還重九又曰一年好景還重九一曲押二柳字四愁字五秋字二收字三酒字頭字三九字惟二瘦字則同句可並押稍不妨中怕朱顏去也句三語意俱不相蒙白衣送酒二句無謂幾番血淚句與上不相接羈人無力無力不通綠荷紅蓼白蘋芙蓉橘綠橙黃何堆積至此末句斷送秋復不成語弇州評此曲謂不免雜以凡語疵病如此詎止凡語已耶總之一曲無大學問一也無大見識二也無巧思三也無俊語四也無次第五也無貫串六也只是飣餖一二膚淺話頭强作嘹嗄令盲小唱持堅木拍板酒筵上嚇不識字人可耳何能當具眼者繩以三尺舉此一斑他可知矣仲通曰善字論如倉公按脉百病皆見勝不敢復相士矣然請從末減略取備員曰無已則舊譜所載古詞咏赤壁大江逝水念奴嬌五調及楊鐵厓蘇臺弔古霸業艱危夜行船序六調二詞頗具作意惜皆用韻龐雜前詞更甚故詞隱韻選不收此外似無可取矣仲通擊節謂子殊深文然不如此不足論曲

一日復取鐵厓詞諦觀之殊不勝指摘此詞出入三韻起語霸業艱危句便腐而迂下玉液金莖二語事既纖細語亦凑插第二調自勾踐雄徒起至下身國俱亡十許語句句老生陳唾且雄徒不雅靈胥生造鬭黑蠊次調檇李亭荒三語與下錦衣香起館娃宮荊榛蔽四語又下漿水介起採蓮涇紅芳盡死四語俱是一意又煙花山水楊柳水殿欹剩水殘山香水鴛鴦去無邊秋水五水字重用又下蒼煙蔽與荊榛蔽二蔽字重高臺郊臺臺城層臺四臺字重綠樹雲樹二樹字重走狗鬭雞鬭字當用平聲黍離故墟墟字當用仄聲漿水介首末二段宜對不對末句復少一字蓋此曲之病用韻雜出一也對偶不整二也塵語俗語生語重語疊出三也此老故以詞曲自豪今其伎倆乃止如此吾非好爲刻覈就曲論曲不得不爾至大江逝水一曲則與此不同其詞第檃括蘇語及參入赤壁二賦語不必已創無多瑕隙特蘇詞元用古韻假借太甚不美歌聽又起處悠悠萬頃與茫茫東去接用古城石壘水落石出穿空亂石三石字疊用終非作法爲足恨耳以是知曲之爲道其詣良苦其境轉深良工不示人以璞一時草草掩護無從可不慎諸

世所傳黃鶯兒寒食杏花天唐伯虎詞也二犯桂枝香韶光似酒秦憲副詞也玉芙蓉殘紅水上飄李日華詞也金索掛梧桐東風轉歲華七犯玉玲瓏新紅上海棠祝京兆詞也瑕瑜自不相掩畫眉序一見杜韋娘夜行船序堪賞花朝泣顏回東野翠煙消普天樂四時歡千金笑等曲則學究之作自然紅腐滿耳

南北調小牕低臥日三竿步步嬌宦海茫茫京塵渺又儒先大老之筆不得以曲道繩之耳

今世所傳西樓樂府有一二爲王磐字鴻漸高郵人一爲王田字舜耕濟南人二人俱號西樓舜耕之詞較鴻漸頗富然大不如鴻漸精鍊如浴罷睡鞋閨元宵轉五方等曲皆鴻漸作弇州所謂頗警健工題贈而淺於風人之致者蓋指舜耕非鴻漸也鴻漸樂府曾見太學所存書籍亦列其目爲時所重可知已

弇州所謂趙王之紅殘驛使梅楊邃菴之寞寂過花朝李空同之指冷鳳凰笙陳石亭之梅花序顧未齋之單題梅王威寧之黄鶯兒今惟寂寞過花朝一曲尙有傳者自餘皆不及見不知其工拙如何要皆坊間盲賈棄擲不存之故殊可惜也

李空同何大復必不能曲其時康對山王渼陂皆以名曲世爭傳播而二公絕然不聞以是知之即弇州所稱空同指冷鳳凰笙句亦詞家語非曲家語也

甬東薛千仞遺筆餘二卷中載王渼陂好爲詞曲客有規之者曰聞之太上立德其次立功其次立言公何不留意經世文章渼陂應聲曰子不聞其次致曲乎足稱雅謔

世無論作曲者難其人即識曲人亦未易得藝苑巵言談詩談文具有可采而談曲多不中窾何怪乎此道之汶汶也

天之生一曲才與生一曲喉一也天苟不賦即畢世拈弄終日咿呀拙者仍拙求一語之似不可幾而及

也然曲喉易得而曲才不易得則德成而上與藝成而下之殊科也

吾友季賓王與余同筆研最久讀書好古作文賦詩事事頭頭爭先獨不而爲詞曲嘗謂我甘北面子幸教我余謂天實不曾賦子此一副腎腸姑勿妄想賓王憮然

一日席間柳元穀舉王西樓走失雞滿庭芳平生淡薄「叶袍」雞兒不見童子休焦家家都有閒鍋竈任意烹炮煮湯的貼他三枚火燒穿炒的助他一把胡椒倒省得我門東道免終朝報曉直睡到日頭高瓶中杏花爲鼠嚙倒朝天子斜插「句」杏花當一幅橫披畫毛詩中誰道鼠無牙却怎生咬倒了金瓶架水流向牀頭春拖在牆下這情理寧甘能那里去告他何處去訴他也只索細數著猫兒罵二曲以爲妙絕余謂良然吾嘗欲爲此君更易數字元穀曰何謂余曰前一曲穿炒而用胡椒毋太熱乎欲更作花椒後一曲插花瓶中而曰當一幅橫披畫毋太矮而闊乎欲更作單條下毛詩中誰道鼠無牙使村人聽之不以爲茅司中杏花乎是爲病語欲更作笑詩人浪說鼠無牙乃耍耳元穀鼓掌大快曰恨不令西樓聞之定當頫首稱服舉座爲之哄堂

作曲如美人須自眉目齒髮以至十筍雙鉤色色妍麗又自笄黛衣履以至語笑行動事事襯副始可言曲是故以是繩曲而世遂無曲也

詞曲不尙雄勁險峻只一味嫵媚閒豔便稱合作是故蘇長公辛幼安並寘兩廡不得入室

曲之道廣矣大矣自王公士人以迨山林閨秀人人許作而特不許僧人插手

余昔譜男后劇曲用北調而白不純用北體爲南人設也已爲離魂並用南調鬱藍生謂自爾作祖當一變劇體既遂有相繼以南詞作劇者後爲穆考功作救友又於燕中作雙鬟及招魂二劇悉用南體知北劇之不復行於今日也

宋詞如李易安孫夫人阮逸女皆稱佳手元人北詞二三青樓人尚能染指今南詞僅楊用脩夫人黃數見所謂積雨釀春寒見繁花樹樹殘泥塗滿眼登臨倦江流幾灣雲山幾盤天涯極目空腸斷寄書難無情征雁飛不到滇南一詞稍傳第用韻亦恨無閨閣婉媚之致余疑以爲升菴代作自餘皆不聞之豈眞古今人不相及耶

山東李伯華所作百闋傍妝臺爲康德涵所賞余購讀之蓋傖父語耳一字不足釆也

世所謂才士之曲如王弇州汪南溟屠赤水輩皆非當行僅一湯海若稱射鵰手而音律復不諧曲豈易事哉

今之詞曲即古之樂府也吾友桐栢生嘗取古樂府中所列百餘題盡易今調爲各譜一曲其辭亦雅麗可喜大是佳事勸之已爲刻行

宋詞見草堂詩餘者往往妙絕而歌法不傳殊有遺恨余客燕日亦嘗即其詞爲各譜今調凡百餘曲刻

見方諸館樂府

余考索甚勤而舉筆甚懶每欲取古今一佳事作一傳奇尺寸古法兼用新韻勒成一家言倥偬不果郎冬青一事係吾家王脩竹監簿以故未成晼不勝痛憤捐重貲命家客唐林二君爲之而已諱其事世遂泯泯不白然見他書可考大荒逋客嘗一爲冬青記然亦擬舊聞余擬另爲一傳署曰義陵以洗發先烈倘爾缺然他日終當一酬此夙願耳

南曲之必用南韻也猶北曲之必用北韻也亦猶丈夫之必冠幘而婦人之必笄珥也作南曲而仍紐北韻幾何不以丈夫而婦人飾哉吾之爲南韻自有南曲以來未之或省也吾之分姜光堅涓諸韻自有聲韻以來未之敢倡也吾又嘗作聲韻分合之圖蓋以洩天地元聲之祕聖人復起不能易吾言矣

吾友王澹翁好爲傳奇余嘗謂澹翁若毋更詩爲第月染指一傳奇便足持自愉快無異南面王樂澹翁曰何謂余謂郎若詩而青蓮少陵能令鹽冠裳而麗粉黛者日日作渭城唱乎澹翁大笑鼓掌以爲良然一時戲語然亦不失爲千古快談也

西廂琵琶二記一爲優人俗子妄加竄易又一爲村學究謬施注解遂成千古煩冤余嘗取前元舊本悉爲釐正且幷疏意指其後目曰方諸館校注二記並行於世吾友袁九齡嘗謂屈子抱石沈淵幾二千年今得漁人一網打起聞者絕倒蓋二傳之刻實多九齡慫恿成之云

實甫西廂千古絕技微詞奧旨未易窺測余之注釋筆之所錄總不逮口之所宣頃在都門日吳文仲莊冠甫諸君合三十餘人於米仲詔繕部湛園邀余擁皐比爲口悉其義諸君莫不解頤擊節稱快冠甫謂實甫有知當含笑地下醉後分韻各賦一詩黄中宜繕錄成帙仲詔爲作序題曰艷情詩以傳一時目爲奇事今四方好事者往往購去以當談資云

小曲掛枝兒即打棗竿是化人長技南人每不能及昨毛允遂貽我吳中新刻一帙中如噴嚏枕頭等曲皆吳人所擬即韻稍出入然措意俊妙雖北人無以加之故知人情原不相遠也

余爲雜論每得數語輒拈管書之積且盈帙因自笑無裨大道不如且已遂爲閣筆律成吳郡毛允遂謂予信多聞曷不律文律詩而以律曲何居余謂吾姑從世界闕陷者一脩補之耳曰謂卑者苦不入而高者嘗不急奈何余謂吾故不爲擠桀傭若咬菜根輩設也既取余故所賦曲曰方諸館樂府者卒業輒拍几叫絕謂說法惟爾成佛作祖亦惟爾莊生有言道在荑稗在螻蟻信哉其識吾言簡末戲爲筆此

論曲亨屯第四十

迂愚叟之志牡丹也有榮辱籍焉夫曲曷嘗不藉所遇以爲幸不幸哉遇則亨而不遇則屯也戲次其事各得四十則附志於後以當好事者一噱

曲之亨

華堂　靑樓　名園　水亭　雲閣　畫舫　花下　柳邊　佳風日　淸宵　皎月　嬌喉　佳拍　美人歌　孌童唱　名優　妓旦　伶人深文義　豔衣裝　名士集　座有麗人　佳公子　知音客　鑒賞家　詩人賦贈篇　座客能走筆度新聲　閨人繡幕中聽　玉巵　美醞　佳茗　好香　明燭　珠箔障　繡屨點拍　倚簫　合笙　主婦不惜纏頭　厮僕勤給事　精刻本　新翻艷詞出

曲之屯

賽社　醵錢　酹願　和爭　公府會　家宴　酒樓　村落　炎日　淒風　苦雨　老醜伶人　弋陽調　窮行頭　演惡劇　唱猥詞　沙喉　訛字　錯拍　删落　鬧鑼鼓　傖父與席　下妓侑尊　新蒭酒敗喉　惡客闖座　客至大噱　酗酒人罵座　席上行酒政　將軍作調笑人　三脚猫人妄譏談　村人喝采　鄰家哭聲　僧道覷場　村婦列座　小兒啼　場下人厮打　主人惜燭　家僮告酒竭　田父舟人作勞　沿街覓錢

跋

余不諳詞法而酷好詞致猶憶弱冠之年侍先君子山陰署中獲同王伯良先生研席先生於譚藝之暇每及詞曲津津乎有味其言之余間舉古傳奇若雜劇中瑕瑜處相質先生輒頤解首肯謂可與言曲先生於此道故本夙悟加以精探逖攬自宮調以至韻之平仄聲之陰陽窮其元始究厥指歸靡不析入三昧吾邑詞隱先生爲詞壇盟主持法之嚴鮮所當意獨服膺先生謂有冥契諸所著撰往來商榷先生嘗欲進余堂廡指授衣鉢余謝未皇歲癸亥先生病入秋忽馳數行緘一帙來曰吾生平論曲爲子所賞願喙也非筆也浸久法不傳功令斯湮正始永絶吾用大懼今病且不起平日所積成是書曲家三尺具是矣子其爲我行之吳中余啓讀之則曲律也方在校刻而訃音隨至茲函蓋絶筆耳先生淹通藻發其所爲詩若古文辭卓然成一家言有方諸館集久行於世遺草多未入梓獨忍死以是編相付先生嘗謂吾姑從世界缺陷處一修補之此意殊可念先生舊嘗校注古本西廂琵琶二傳一洗沉誣特擅精博並微余言弁首猶是屬意衣鉢狂狷之極思余卒逡巡未能一領其祕亦不意其遂爲古人竟以此負先生矣先生作有題紅記及男后離魂救友雙環招魂諸劇膾炙一時乃最所得意則有方諸館樂府二卷悉散套與小令家繕部兄方爲剞之金陵蓋先生一生鍾有情癖故但涉情瀾留連宛轉盡態極妍令人色飛腸斷尤稱擅場洵是千古絶技今三書並行庶不爲千古絶學藉以不終負先生嘉惠之意其在斯乎余

原不諳曲法故律中微密不置論亦不須復論聊綴數語簡後用紀顛末以志輟紘之痛天啓閼逢困敦之歲季春上浣五日松陵友弟毛以燧跋

王伯良曲律傳本甚尟諸著錄家亦未之及惟吳江沈君徵度曲須知嘗引其論韻一條伯良在明季與詞隱齊名所著題紅記及男后離魂救友雙環招魂諸劇今不盡存方諸館校注西廂琵琶二記亦不傳此本爲青浦陳東橋先生家舊藏張君嘯山得以眎余觀其辨別體格研究聲韻持論甚嚴固不媿律之一字其雜論下篇載文淵閣藏本樂府大全又名樂府渾成中有字譜核與白石道人歌曲張叔夏詞源所列大同小異按齊東野語混成集修內司所刊巨帙百餘古今歌詞之譜靡得備具只大曲一類凡數百解而伯良所見渾成止林鍾商一調中所載詞至二百餘闋云以樂律推之其書尚多當得數十本然則樂府渾成即混成集也伯良又云所列凡目有卜算子浪淘沙鵲橋仙西江月等皆長調又與詩餘不同有嫣木笪則元人曲所謂喬木查蓋沿其名而誤其字按卜算子等四詞宋人本有令有慢柳耆卿樂章集卜算子浪淘沙鵲橋仙三長調下皆注歇指調正與渾成所云林鍾商隋呼歇指調者相合伯良嫺於曲而未考於詞故以爲異耳齊東野語又言太皇最知音極喜歌木笪人者以歌杏花天木笪遂補教坊都管亦可與此相證惜渾成全書久佚明閣本止存林鍾商一類今亦佚去而載於曲律者僅娋聲譜及小品譜二段又不全舉其目宋人歌詞之法遂不可復考余重校刻伯良書爲度曲家圭臬亦爲論詞

者發深長思以熙祚

魏良輔曲律

一擇具最難聲色豈能兼備但得沙喉響潤發于丹田者自能耐久若啓口拗劣尖麤沉鬱自非質料勿枉費力

一初學先從引發其聲響次辨別其字面又次理正其腔調不可混雜強記以亂規格如學集賢賓只唱集賢賓學桂枝香只唱桂枝香久久成熟移宮換呂自然貫串

一五音以四聲爲主四聲不得其宜則五音廢矣平上去入逐一考究務得中正如或苟且舛誤聲調自乖雖具繞梁終不足取其或上聲扭做平聲去聲混作入聲交付不明皆做腔賣弄之故知者辨之

一生曲貴虛心玩味如長腔要圓活流動不可太長短腔要簡徑找絕不可太短至如過腔接字乃關鎖之地有遲速不同要穩重嚴肅如見大賓之狀

一拍迺曲之餘全在板眼分明如迎頭板隨字而下徹板隨腔而下絕板腔盡而下有迎頭慣打徹板絕板混連下一字迎頭者此皆不能調平仄之故也

一曲須要唱出各樣曲名理趣宋元人自有體式如玉芙蓉玉交枝玉山供不是路要馳驟針線箱黃鶯兒江頭金桂要規矩二郎神集賢賓月雲高念奴嬌好序刷子序要抑揚撲燈蛾紅繡鞋麻婆子

雖疾而無腔然而板眼自在妙在下得勻淨

一雙疊字上兩字接上腔下兩字稍離下腔如字字錦思思想想心心念念又如素帶而他生得齊齊整整裊裊停停之類至單疊字比雙疊字不同全在頓輕轉便如尾犯序一旦冷清清之類要抑揚於此演繹方得意味

一清唱俗語謂之冷板凳不比戲場藉鑼鼓之勢全要閒雅整肅清俊溫潤其有專于摩擬腔調而不顧板眼又有專主板眼而不審腔調二者病則一般惟腔與板兩工者乃爲上乘至如面上發紅喉間筋露搖頭擺足起立不常此自關人器品雖無與于曲之工拙然去此方爲盡善

一北曲以遒勁主南曲以宛轉爲主各有不同至于北曲之絃索南曲之鼓板猶方圓之必資於規矩其歸重一也故唱此北曲而精于呆骨朶村里迓鼓胡十八南曲而精于二郎神香遍滿集賢賓鶯啼序如打破兩重禪關餘皆迎刃而解矣

一北曲與南曲大相懸絕有磨調絃索調之分北曲字多而調促促處見筋故詞情多而聲情少南曲字少而調緩緩處見眼故詞情少而聲情多北力在絃索宜和歌故氣易粗南力在磨調宜獨奏故氣易弱近有絃索唱作磨調又有南曲配入絃索誠爲方底圓蓋亦坐中無周郎耳

一曲有三絕字清爲一絕腔純爲二絕板正爲三絕

一曲有兩不雜南曲不可雜北腔北曲不可雜南字

一曲有五不可不可高不可低不可重不可輕不可自做主張

一曲有五難開口難出字難過腔難低難轉收入鼻音難

一曲有兩不辨不知音者不可與之辨不好者不可與之辨

一聽曲不可喧譁聽其吐字板眼過腔得宜方可辨其工拙不可以喉音清亮便爲擊節稱賞大抵矩度既正巧繇熟生非假師傳實關天授

一絲竹管絃與人聲本自諧合故其音律自有正調簫管以尺工儷詞曲猶琴之勾剔以度詩歌也今人不知探討其中義理强利應和以音之高而湊曲之高以音之低而湊曲之低反足淆亂正聲殊爲聒耳陳可琴云簫有九不吹不入調非作家唱不定音不正常換調腔不滿字不足成羣唱人不靜皆不可吹正有鑒於此也

魏良輔曲律

正音學會校本

◎李調元

增補曲苑竹集

曲話

雨村曲話

藤花曲話

詞餘叢談

曲談

曲苑　竹集

雨村曲話序

予輯曲話甫成，客有謂予曰：詞詩之餘，曲詞之餘，大抵皆深閨永巷春傷秋怨之語，豈鬚眉學士所宜有況夫雕腎琢肝纖新淫蕩亦非鼓吹之盛事也予何爲而刺刺不休也予應之曰唯然然獨不見夫尼山刪詩不廢鄭衛輶軒采風必及下里乎夫曲之爲道也達乎情而止乎禮義者也凡人心之壞必由於無情而慘刻不衷之禍因之而作若夫忠臣孝子義夫節婦觸物興懷如怨如慕而曲生焉出於綿渺則入人心脾出於激切則發人猛省故情長情短莫不於曲寓之人而有情則士愛其緣女守其介知其則而止乎禮義而風醇俗美人而無情則士不愛其緣女不守其介不知其則而放乎禮義而風不淳俗不美故夫曲者正鼓吹之盛事也彼瑤臺玉砌不過雪月之套辭芳草輕烟亦祗郊原之泛句豈足以語於情之正乎此予之所以不能已於話也而何誚之深也客曰是則善矣子之言未必其無弊也乃執月旦以平章曲廚司三寸管而低昂之得無過當乎予曰人之妍非已之妍也人之媸非已之媸也雙眸具在亦存其論而已矣綿州童山蠢翁李調元撰

雨村曲話序

二

雨村曲話卷上

綿州李調元童山撰

朱晦菴云古樂府只是詩中泛聲後人怕失那泛聲逐一添個實字遂成長短句今曲子便是

困學紀聞古樂府者詩之旁行也詞曲者古樂府之末造也

王弇洲云宋未有曲也自金元而後半皆涼州豪嘈之習詞不能按乃爲新聲以媚之而一時諸君如馬東籬貫酸夫王實甫關漢卿張可久喬夢符鄭德輝官大用白仁甫輩咸富有才情兼喜音律遂擅一代之長所謂宋詞元曲信不誣也按貫酸夫張可久官大用祇工小令不及王馬關喬鄭白遠甚未可同年語也

北曲原本樂府歌行胡應麟莊嶽委譚宋詞元曲咸以昉于唐末然實陳隋始之蓋齊梁月露之體矜華角麗固已兆端至陳隋二主並富才情俱湎聲色叔寶之後庭花煬之春江玉樹宋元人沿襲濫觴也

絃索辨訛三百篇後變而爲詩詩變而爲詞詞變而爲曲詩盛于唐詞盛于宋曲盛于元之北北曲不諧于南而始有南曲南曲則大備于明明時雖有南曲祇用絃索官腔至嘉隆間崑山有魏良輔者乃漸改舊習始備衆樂器而劇場大成至今遵之所謂南曲卽崑曲也

嘯餘譜有新定樂府十五體名目一舟邱體毫放不羈二宗匠體詞林老手之詞三黃冠體神遊廣漠寄情太虛有餐霞服日之想名曰道情四承安體華觀偉麗過於洪樂承安金章宗正朔五盛元體快然有雍熙之治字句皆無忌憚又曰不諱體六江東體端謹嚴密七江南體文彩煥然風流儒雅八東吳體清嚴華巧浮而且艷九淮南體氣勁趣高十玉堂體正大十一草堂體志在泉石十二楚江體曲抑不伸攄忠訴志十三香匳體裙裾脂粉十四騷人體嘲譏戲謔十五俳優體詭喻淫虐即淫詞按此十五體不過綜其大概而言其實視撰詞人之手筆各自成家如馬致遠之朝陽鳴鳳則豪爽一路王實甫之花園美人則細膩一路各自成體不必拘也

涵虛曲論古今羣英樂府各有其目馬東籬如朝陽鳴鳳張小山如瑤天笙鶴白仁甫如鵬摶九霄李壽卿如洞天春曉喬夢符如神鰲鼓浪費唐臣如三峽波濤宮大用如西風鵰鶚王實甫如花間美人張鳴善如彩鳳刷羽關漢卿如瓊筵醉客鄭德輝如九天珠玉白無咎如太華孤峯貫酸齋如天馬脫羈鄧玉賓如幽谷芳蘭滕玉霄如碧漢閒雲鮮于去矜如奎壁騰輝商政叔如朝霞散彩范子安如竹裏鳴泉徐甜齋如桂林秋月楊淡齋如碧海珊瑚李致遠如玉匣昆吾鄭廷玉如佩玉鳴鑾劉廷信如摩雲老鶻吳西逸如空谷流泉秦竹村如孤雲野鶴馬九皐如松陰鳴鶴石子章如清風爽籟朱庭玉如百卉爭芳庾吉甫如奇峯散綺楊立齋如風烟花柳楊西菴如花柳芳妍胡紫山如秋潭孤月張雲莊

如玉樹臨風元遺山如窮崖孤松高文秀如金瓶牡丹阿魯威如鶴唳青霄呂止菴如晴霞結綺荊幹臣如珠簾鸚鵡薩天錫如天風環珮薛昂夫如雪窗翠竹顧均澤如雪中喬木周德清如玉笛橫秋不忽麻如閒雲出岫杜善夫如鳳池春色鍾繼先如騰空寶氣王仲文如劍氣騰空李文蔚如雪壓蒼松楊顯之如瑤臺夜月顧中清如雕鶚冲霄趙文寶如藍田美玉趙明遠如太華晴雲李子中如清廟朱瑟李取進如壯士舞劍吳章齡如庭草交翠武漢臣如遠山疊翠李直夫如梅邊月影馬昂夫如秋蘭獨茂梁進之如花裏啼鶯紀君祥如雪裏梅花于伯淵如翠柳黃鸝王庭秀如月印寒潭姚守中如秋月揚輝金志甫如西山爽氣沈和甫如翠屏孔雀睢景臣如鳳管秋聲周仲賓如平原孤隼吳仁卿如山間明月秦簡夫如峭壁孤松石君寶如羅浮梅雪趙公輔如空山清嘯孫仲章如秋風鐵笛岳伯川如雲林樵響趙子祥如馬嘶芳草李好古如孤松掛月陳存甫如湘江雪竹鮑吉甫如老鮫泣珠戴善甫如荷花映月張時起如雁陣驚寒趙天錫如秋水芙蓉尙仲賢如山花獻笑王伯成如紅鴛戲波王子一如長鯨飲海王文昌如蒼海明珠楚方如秋風桂子陳克明如九畹芳蘭李唐賓如孤鶴鳴臯穆仲義如洛鄉凌波湯舜民如錦屏春風賈仲民如錦帷瓊筵楊景言如雨中之花蘇復之如雲林文豹楊彥華如春風飛花楊大奎如匡廬疊翠夏均政如南山秋色唐以初如仙女散花前八十八人已經題目此外一百五人並稱傑作其名爲董解元姚牧庵景元啓曾瑞卿李伯瑜吳克齋李德載王和卿

杜遵禮程景初趙彥暉王敬甫鄧學可沙正卿趙明道王仲誠夢簡李邦基呂天用睢元明王仲元高安道張子友侯正卿史九敬先李寬甫彭伯成李行道趙君祥汪澤民陸顯之孔文卿秋君原張壽卿費君祥陳定甫劉唐卿阿里耀卿王愛山奧敦周卿、洛蔡善長范氷壺施君美黃德潤沈珙之劉聰張九廖宏道陳彥實吳中立錢子雲高敬臣曹明善張子堅王日華王舉之陳德和邱士元按曲話惟此最先自王弇洲曲藻以前未有論及者今各家曲雖多失傳存此猶有考其萬一

雕蟲館曲選論元取士有塡詞科若今括帖然取給風簷寸晷之下故一時名士雖馬致遠喬夢符輩至第四折往往强努之末又謂主司所定題目外止曲名及韻其賓白則演劇時伶人自爲之故多鄙俚蹈襲之語如西廂亦五雜劇皆出詞人手裁不可增減一字故爲諸曲之冠

太和正音譜云西廂記元進士王實甫撰按王實甫見元人百種曲目十三本以西廂爲首世有謂關漢卿撰者妄也漢卿亦元進士撰曲有六十三本不載西廂可據王元美云實甫原本至碧雲天黃花地而止此後乃漢卿所補則續鄭恒事乃漢卿筆也世又謂至草橋驚夢而止非按元天台陶宗儀輟耕錄金章宗時有董解元所編西廂記世代未遠尙罕傳者况今雜劇中曲調之冗乎據此則西廂爲董解元作而嘯餘譜載元劇作一百五人以董解元居首但注仕元始作北曲並未載撰西廂記陶九成元人相去未遠必有所據意董原本而王關爲潤色之歟董解元一作金人

西廂工于駢儷美不勝收如雪浪拍長空天際秋雲捲竹索纜浮橋水上蒼龍偃又法鼓金鐃二月春雷響殿角鐘聲佛號半天風雨灑松梢又繫春心情短柳絲長隔花陰人遠天涯近又哭聲兒似鶯囀喬林淚珠兒似露滴花梢又香銷了六朝金粉瘦減了三楚精神又玉容寂寞梨花朶胭脂淺淡櫻桃顆又他做了影兒裏情郎我作了畫兒裏愛寵他傳奇不能道其隻字宜乎爲北曲壓卷也

西廂淡黃楊柳帶棲鴉本宋賀方回浣溪紗詞也王實甫用之與嫩綠池塘藏睡鴨作對天然巧妙可謂青出于藍

實甫又有離亭宴煞云閒來膝上橫琴坐醉時林下和衣臥暢好快活樂天知命隨緣過爲伴侶只三個明月淸風共我再不把利名侵且須將是非躱此麗春堂劇曲牌名離亭宴煞也今人多入勸世小說不知爲實甫作也

馬致遠號東籬元人曲中巨擘也其滿庭芳句有知音到此舞雩點也修禊羲之語最工

致遠越調天淨沙云枯籐老樹昏鴉小橋流水人家古道西風瘦馬夕陽西下斷腸人在天涯數語爲秋思之祖

東籬陳摶高臥云紙窗明覺曉布被暖如春又丹砂好鍊養閒身黃金不鑄封侯印戴不得幞頭緊穿不的公裳空不如我這拂黃塵的布袍漉渾酒的綸巾字句音律瀏喨動人

致遠曲多俊語霜清紫蟹肥露冷黃花瘦九日俊語也細研片腦梅花粉新剝眞珠豆蔻仁咏茶俊語也天地安排詩句就雲山失色酒杯寬金山寺俊語也

馬東籬離亭宴煞蛩吟一覺纔寧貼鷄鳴萬事無休歇爭名利何年是徹密匝匝蟻排兵亂紛紛蜂釀蜜鬧穰穰蠅爭血裴公綠野堂陶令白蓮社愛秋來那些和露摘黃花帶霜烹紫蟹煮酒燒紅葉人生有限杯幾個登高節囑付俺頑童記者便北海探吾來道東籬醉了也周德清云此方是樂府不重韻無襯字然險語押韻兼平上去無一字不妥萬中無一後輩宜法按馬致遠名曲極多如寨兒令云數聲柔櫓江灣一鉤香餌波寒回頭觀兎魄失憶放漁竿看流下蓼花灘又沉醉東風云黃蘆岸白蘋渡口綠楊堤紅蓼灘頭點秋江白鷺沙鷗傲殺人間萬戶侯不識字烟波釣叟又撥不斷隱居云紅塵不向門前惹綠樹偏宜屋角遮青山正補墻頭缺竹籬茅舍又水仙子云一聲梧葉一聲秋一點芭蕉一點愁三更歸夢三更後又閒花醞釀蜂兒蜜細雨調和燕子泥又錦字香粘新淚粉彩箋紅漬舊啼痕又怕黃昏不覺又黃昏不銷魂怎地不消魂新啼痕壓舊啼痕斷腸人憶斷腸人又西風吹老鱸魚興又長江有盡思無盡皆人不能道也

東籬寄生草云長醉後方何礙不醒時有甚思醩醃兩個功名字醅淹千古興亡事麯埋萬丈虹蜺志不達時皆笑屈原非但知音盡屬陶潛是命意造詞俱臻絕頂

致遠黃粱夢周德清取鴈兒落爲定格云洞賓出世超凡本有神仙分一抹條九陽巾君人真人謂此調極罕伯牙琴也今曲譜首句無洞賓二字分字下作緊一條一抹條戴一頂九陽巾君敢作個眞人與此不同

東籬岳陽樓頭摺詞云黃鶴送酒仙人唱主人無量醉何妨周德清云俊語也有不識文義以送爲齋送之義改爲對舞殊不知黃鶴用仙人以榴皮畫鶴一隻以報酒家事初無雙鶴豈能對舞且失飲酒之意送者吳姬壓酒之謂甚矣俗士之不可醫也

致遠塞鴻秋云腕冰消鬆却黃金釧脂粉淺淡了芙蓉面紫霜毫蘸溼端溪硯斷腸詞寫在桃花扇風輕柳絮天月冷梨花院音律劉亮周挺齋極稱之

臨川陳克明春粧曲云自將楊柳品題人笑撚花枝比較春輸與海棠三四分再偷勻一半兒胭脂一半兒粉後遂名此調爲一半兒周挺齋評云作者雖衆音律獨先

周德清務頭定格載廬山朝天子云早霞晚霞粧點廬山畫仙翁何處鍊丹砂一縷白雲下客去齋餘人來茶能嘆浮生指落花楚家漢家作了漁樵話通首元稱對偶音律句好末句楚家漢家與慶晉三分半腰折魏耶晉耶同一格律

元人得勝令咏指甲云宜將鬪草尋宜把花枝浸宜將繡線勻宜把金針紉宜操七絃琴宜結兩同心宜

訢腮邊玉宜掐鞋上金難禁得一掐通身沁知是治相思十個針𠻳物俊詞也挺齋云得勝令務頭在起句頭字要屬陽後必要扇面對方好此曲是也

尙仲賢歸去來詞西風落葉山客瘦呀呀的鴈過南樓俊語也

鄭德輝倩女離魂曲中有忒楞楞騰踈剌剌沙厮琅琅湯吉丁丁當撲通通鼕沓四字成句蓋元人俗語也

德輝王粲登樓迎仙客云雕簷紅日低畫棟彩雲飛十二玉闌天外倚望中原思故國一片鄉心碎挺齋謂仙客累百無此調也美哉德輝之才名不虛傳然余尤喜其一片鄉心碎之句曲藻何元朗極稱元人鄭德輝㑳梅香倩女離魂王粲登樓以爲出西廂之上㑳梅香雖有佳處而中多陳腐措大語且套數出沒賓白皆剽西廂王粲登樓事實可笑亦厭常喜新之病然㑳梅香雖不出西廂窩臼其秀麗處究不可沒元朗名良俊號柘湖明松江人以選貢授南京翰林孔目

雨過池塘肥水面雲歸巖谷瘦山腰德輝曲中名語

喬夢符金錢記王孫乘駿馬金鞭拂柳花游人問酒家青旗插杏花四句用隔句對法句句用韻却不傷氣又名利酒吞蛇富貴夢迷蝶亦鍊

徐甜齋紅綉鞋一榻白雲竹徑半窗明月松聲又青猿藏火棗黑虎聽黃庭皆險諢妙句

鮑吉甫衛靈公劇四邊風凛冽一望雪模糊行過小溪橋迷却前村路居然唐賢風韻

唐費臣貶黄州云新婦磯頭鷗鷺鄉中女兒浦口鸚鵡洲邊漲一竿春水帶一抹寒烟掉一隻漁船黑甜一枕睡燈火對愁眠句調甚别

花李郎曲即唱夫詞也句頗工鍊有黄粱夢云幽窗下寒敲竹葉前村外冷壓梅梢撩亂野花低微茫江樹查咏雪好句也

周德清曲不多見有句云雨晴花柳新梳洗不愧陽春曲

范子安竹葉舟劇煞云月黑雲愁風狂雨驟甚時候白茫茫銀濤不斷流那里也楚尾吳頭數語氣勢不凡

酹江集載羅貫中風雲會云黄道烟迷瑞靄盤旋飛鳳椅紫垣風細御香繚繞袞龍衣四句俱用韻却用隔句對法

元遺山有小令云湘燕攜雛弄語有高柳鳴蟬相和驟雨過珍珠亂撒打徧新荷一時傳播今入曲易牌名驟雨打新荷

元人咏馬嵬事無慮數十家白仁甫梧桐雨劇爲最古鮑老云紅牙筯趁玉音繫着梧桐按嫩枝柯猶未乾更帶着瑤琴聲範出幾點瓊珠似汗隽妙乃爾

王伯丹成號邱先生所撰天寶遺事如侍晨粧翠鬟紅簇恐要侍兒扶宜寫在孏妝圖風流蘊藉不減白仁甫也

琵琶記元末永嘉高則誠撰白川書志作元永嘉先生撰蓋因則誠永嘉人而隱其名也此曲體貼人情描寫物態皆有生氣且有裨風敎宜乎冠絕諸南曲爲元美之亟贊也或謂爲王四而作故以琵琶隱四王字則誠元本止書館相逢其賞月掃松二闋爲朱敎諭所補王已譏其非實曲藻云嘗見人歌浪暖桃香欲化魚期逼春闈詔赴春闈郡中空有辟賢書心戀親闈難捨親闈頗疑兩下句意各重又曰詔曰書都無輕重後得一善本上下句作期逼春闈難捨親闈下下句作心戀親闈難赴春闈意旣不重而與上句各相呼應益見作者之工

琵琶燒夜香句云樓臺倒影入池塘綠樹濃陰夏日長一架荼蘼滿院香寫景俊語也

明太祖嘗稱琵琶如珍玉百味富貴家不可缺

拜月亭元施君美撰何元朗謂勝琵琶却無裨風敎不似琵琶能使人墮淚也如金釵雖動人而俗香囊雖不動人而雅亦琵琶之類未可廢也

衡曲塵譚屠赤水爲辭古鬱曇花一記具見婆心吳載伯凌初成淸言楚楚詞林之彥

吳騷合編王伯良卜大荒袁凫公皆生動圓轉聲傳三籟

雨村曲話卷下

臧懋循字晉叔號顧渚長興人萬歷庚辰人所選元人雜劇百種二十卷元一代之曲借以不墜快事也嘗云曲自元始有南北各十七宮調而北西廂諸雜劇無慮數百種南則幽閨琵琶二記而已自高則誠琵琶首爲不尋宮數調之說以掩覆其短今遂藉口謂曲嚴于北而疏于南豈不謬乎大抵元曲妙在不工而工其精者採之樂府而粗者雜以方言至鄭若庸玉玦始用類書爲之而張伯起之徒轉相祖述爲紅拂記則濫觴極矣何元朗評施君美幽閨遠出琵琶上王元美謂好奇之過夫幽閨大半已雜贋本不知元朗能辨此否余嘗于酒次論及琵琶梁州序念奴嬌序二曲不類永嘉人口吻當是後人竄入元美尙津津稱許惡知所謂幽閨

荆釵一記晉叔自謂得元人秘本信韻叶矣然如草舍茅簷一曲本用監咸險韻而又有一二犯韻何也至莫忘雌炊扊一語句則妙矣然一望而知非元人面目也

曲不欲多白尤不欲多駢偶如琵琶黃門諸篇業且厭之而屠長卿曇花白終折無一曲梁伯龍浣紗梅禹金玉盒終本無一散語其謬彌甚湯義仍紫荆四記中間北曲駸駸乎涉其藩矣獨音韻少諧不無鐵綽板唱大江東去之病南曲絕無才情若兩手出何也伯龍名辰魚字少白明崑山人國學生

明以南曲名于江左者如祝允明字希哲號枝山長洲人中鄉榜倅南京兆唐寅字伯虎吳人中解元及

吳人鄭若庸皆首選也希哲能爲大套才情富有而多雜伯虎小詞翩翩有致鄭所作玉玦記最佳他未稱是曲藻評論如此鄭特工于用筆耳紅拂句如春眠乍曉處處聞啼鳥問開到海棠多少又章柳路渺天涯何處無芳草皆嫌于用成句大熟

東郭記全以一部孟子演成其意不出求富貴利達一語蓋罵世詞也劇目俱用孟子成語不出措大習氣曲中之別調也

明珠記即無雙傳明陸天池采所撰乃兄浚明給事助成之王氏以未盡善余以爲元美特走馬看花耳未細加涉獵也曲中佳語雖少其穿插處頗有巧思工俊宛展固爲獨擅非梁梅翟派頭其北尾云君王的兀自保不得親家看窮秀才空望着京華淚痕滿直逼元人矣元美以爲未盡善以其不用故實也中有鳳尾箋鮫綃帕芙蓉帳翡翠堆等語未脫時尚故見曲藻不然則不發及矣我謂未盡善正在此不在彼也

洞天元記陶情樂府續陶情樂府俱新都楊升菴撰流膾人口北曲爲多而頗不爲當行所許王元美譏爲蜀人多用川調不諳南北本腔妄也蜀何嘗有川調之名南北九宮譜中原音韻世所通行之譜豈獨吳人設用而蜀人不許乎各分町畦互相攻擊雖文人相輕亦小人黨習也其佳句如費長房縮不就相思地女媧氏補不完離恨天別淚銅人共滴愁腸蘭焰同煎和愁和悶經歲經年又倣霜雪鏡中

紫髯任光陰眼前赤電仗平安頭上青天皆生別不拾人牙慧乃元美摭拾其嫩塞生花底數語以爲抄錄元人秘本掩爲已有噫是何肺腸必不容升菴出一頭地也亦褊之至矣

北曲在明如李空同王浚川何粹夫韓宛洛何太華許少華皆有樂府未盡傳曲藻云所知者李先芳張重劉時遠皆可觀馮惟敏獨爲深出其板眼務頭攛搶緊緩無不曲而盡才氣亦足發明祗用本色過多北音太繁爲白璧微纇耳

作曲最忌出情理之外王舜耕所撰西樓記于撮合不來時脫出一須長公殺無罪之妾以刼人之妾爲友妻結構至此可謂自墮苦海舜耕高郵人

西樓工于調譃其第六齣私契所白見了錦帆樂府日夜稱頌大名乃舜耕自負故云語兒曹陽春古奏和者甚寥寥

湯顯祖字義仍號若士臨川人萬歷癸未進士所著玉茗四種還魂記爛柯記邯鄲夢紫釵記以還魂爲第一部俗呼牡丹亭句如雨絲風片烟波畫船皆酷肖元人惜其使才于韻脚所限多出以鄉音如子與宰叶之類其病處在此佳處亦在此

武功康德涵海以附劉瑾敗家居能自彈琵琶唱新詞有侍郎楊廷儀者新都楊介夫廷和弟即升菴叔也以使事北上過康置酒廷儀徐謂家兄恆相念但得一書吾爲道地史局語未畢康大怒罵若伶人

我耶手琵琶擊之格胡牀迸碎楊跟蹌走避康猶口咄咄蜀子更不相見蜀子詈語也子者蜀人罵人之賤稱今猶有湖廣子陝西子江西子之語與康同時有王敬夫鄠杜人劉瑾以鄉人爲吏部掌文選瑾敗貶壽州州同爲人傲睨工詞曲所編有杜少陵春傳奇劇罵李文正公館閣皆爲其輕薄人譏之于李遂褫官不復用二公皆工樂府敬夫將塡詞以厚貲募國工杜門學按琵琶三絃盡其技而後出每敬夫曲成德涵爲奏云雖老樂師不逮也然敬夫作南曲且盡杯中物不飲靑山暮以物爲護王元美謂南北混淆然元美但知護非南音不知物非護音而護亦非北音評者以敬夫秀麗雄爽康大不如至謂聲價不在關漢卿馬東籬下二公皆陝人工詞皆以瑾敗亦異事也

谷繼宗濟南人所爲樂府頗有才情尙出諸公之下此外如趙王之紅箋驛使梅遂菴楊之指冷鳳凰笙陳石亭之梅花序顧未齋之單題梅皆膾炙人口然較之專門終有間也王威寧越黃鶯兒只是諢語然頗佳常明卿有樓永樂府雖詞氣豪逸亦未當家俱見曲藻

臧賢正德嬖伶也時有號髯仙者樂府不能如陳大聲穩協而俠少推爲渠帥正德南征髯仙夤緣賢薦得幸命調提六院事髯仙名霖失其姓賢復薦楊南峯循吉應制成打虎曲稱旨授官如霖楊大愧駭曲今存不大佳信乎鬱輪袍之不獨王摩詰也

陳大聲金陵將家子曲多蹈襲梅花一闋爲世所傳然只可供絃索三弄而已

金白嶼鑾有名北里曲爲當家所貴氣弱而才薄元美賞其石橋下水粼粼蘆花上月紛紛之句亦老生常話耳

王渼陂有一天霜雪曉排衙句爲人傳播然多粗句如翻身跳出麒麟洞大似秦腔王元美譏之不爲苛

徐文長自號天池生所著有四聲猿袁石公令錢塘見之以爲明第一曲四聲猿者四劇也一咏彌衡一咏玉禪師一咏木蘭一咏黃崇嘏取杜詩聽猿實下三生淚而名也應以彌衡劇爲最

尋親記詞雖稍俚然讀之可以風世又有後尋親盡收拾前記所未結諸色末余曾見演者亦復可觀焉

曲始於元大略貴當行不貴藻麗蓋作曲自有一番才料其修飾詞章塡塞故實了無干涉也故荊劉拜殺爲四大家而長才如琵琶猶不得與以琵琶漸開琢句修詞之端也明如湯菊莊馮海浮陳秋碧輩雖無常本而製曲直闖其藩元音未絕自梁伯龍出始爲工麗濫觴蓋其生嘉隆間正七子雄長之會詞尚華靡弇州於此道不深徒以維桑之誼盛爲吹噓不知非當行也故吳音一派竟爲勦襲靡詞如綉閣羅幃銅壺銀箭紫燕黃鶯浪蝶狂蜂之類啓口即是千篇一律甚至使僻事繪隱語不惟曲家本色語全無即人間一種眞情話亦不可得元音之所以塞而不開也不知以藻績爲曲譬如以排律諸聯入陌上桑董妖嬈樂府諸題下多見其不類又何曲之足云

白兎殺狗二記今世所傳本謬誤至不可讀皆後人竄改蓋其詞原太質人於方言不諳處輒改之面目

全失矣荆拜二記亦然然所存原筆處多有後人不能辨也元美摘拜月以爲詞家大學問正謂其無與中一種惡套耳豈不寃甚觀元美於西廂祇取雪浪拍長空東風搖曳垂楊線等句其所尙可知矣安不擊於新篁池閣長空萬里二曲而謂其在拜月上乎

沈伯英審於律而短於才亦知用故實用套詞之非宜然作當家本色俗語却又不能直以淺言俚句掤拽牽湊自謂獨得其宗號稱詞隱而越中一二少年學慕吳趨遂以伯英爲開山私相伏膺紛紜競作非不東鐘江陽韻韻不犯一稟德淸而以鄙俚可笑爲不施脂粉以生硬稚率爲出之天然較之套詞故實一派反覺雅俗懸殊使伯龍禹金輩見之益當千金自享家帚矣

張伯起小有俊才而無長料頗有一二眞語氣亦疏通一欲故實便堆砌拼輳亦是倣伯龍使然自恐寂寥有意塗飾是其病處

紅梨花一記其稱率川本者大是當家手佳思律句直逼元人惜逸其名所作此詞乃點竄元張壽卿腔然其文足觀也有武林本甚不堪

改北調爲南曲者有李日華西廂增損字句以就腔已覺截鶴續鳬如秀才們聞道請下增先生二字等是也更有不能改字亂其腔以就字句如來回顧影文魔秀士欠酸丁是也本風欠刪去風字復成何語蓋西廂爲詞宗欲歌南音不得不取李本亦無可奈何矣

魏良輔曲律云簫管以尺工猶琴之勾剔

吳騷合編云俗刻遴奇振雅南詞韻選大略雷同

譚曲雜箚玉環記隔紗窗日高花弄影改元劇喬夢符筆也喬煞尾末句云比及你見那負心薄幸多管我魂靈先到洛陽城此等語不但慘慽回環抑且以之作收力有萬鈞今以混入猫兒墜中急腔唱過大減分數矣而尾聲末句則以專聽春雷第一聲收之豈不村殺然此記賓白及曲中佳處亦能彷彿非近時脚手

譚曲雜箚呂勤之序坡中蕉帕記有云詞隱先生之條令清遠道人之才情又云詞隱取程於古詞故示法嚴清遠翻抽於元劇故遺調俊又云詞忌組練而晦白忌堆積駢偶而寬其語良當勤之越人即所稱蔚藍生者也頗嗜曲而亦見一斑者故其語若此乃其所校訂友人諸戲殊少合作即蕉帕一記頗能不塡塞間露一二佳句而每每苦稚至尾必雙收則弋陽之派尤失正體

衡曲麈譚袁凫公奉譜嚴整謂元宮詞譜

五倫全備記三本瓊臺邱濬撰兄二十八段所述皆名言天下大倫大理盡寓于是言帶詼諧不失其正蓋邱文莊公假此以勸善者見百川書志

綵毫記屠赤水隆作其詞塗金績碧求一眞語雋語快語本色語終卷不可得

紅拂記明張伯起所撰王元美謂潔而俊失在輕弱亦未必然如春絲未許障紅樓籠欄淨掃窺星斗吐氣自不凡也元美賞其愛他風雪等句則不但襲宋人朱希眞詞亦本未見出色

驚鴻臥冰二記俱詞句鄙俚曲之最下乘也宜乎其人亦不傳

閱世道人不著氏名所輯有六十種曲大抵皆南曲也但不列撰人姓名除可考已見前說外其餘撰人皆不可考今記其全目以備觀覽雙珠記尋親記東郭記金雀記焚香記荊釵記霞箋記精忠記浣沙記琵琶記南西廂幽閨記明珠記玉簪記紅拂記還魂記紫釵記邯鄲夢南柯夢北西廂春蕪記琴心記玉鏡記懷香記綵毫記運甓記鸞鎞記玉合記金蓮記四喜記三元記投梭記鳴鳳記飛丸記紅梨記八義記西樓記牡丹亭繡襦記青衫記錦箋記蕉帕記紫簫記水滸記玉玦記灌園記種玉記雙烈記獅吼記義俠記千金記殺狗記玉環記龍膏記贈書記曇花記日兎記香囊記四賢記節俠記

李漁音律獨擅近時盛行其笠翁十種曲十種者憐香伴風箏誤意中緣鳳求凰奈何天比目魚玉搔頭巧團圓愼鸞交勾吳廣巍序而行之稱笠翁妻妾和諧雖長貧賤不作白頭吟另具紅拂眼亦可取也世多演風箏誤其奈何天曾見蘇人演之

阮大鋮自號百子山樵所撰燕子箋名重一時然其人心術既壞惟覺淫詞可憎所謂亡國之音也

洪昉思昇作長生殿盡刪太眞穢事時朱門綺席酒社歌樓非此曲不奏纏頭宮詹趙執信以聽演去官

不復起有可憐一夜長生殿斷送功名到白頭之句可想其工其彈詞爲一篇驚策所謂白頭宮女在閑坐說元宗

孔東塘桃花扇今盛行其曲包括明末遺事所寫南渡諸人而口畢肖一時有紙貴之譽其首演者李本庵總憲也班名金斗

董恒岩芝龕記特爲秦忠州沈道州二奇女行傳全寫蜀中事北京綿花七條衚衕有石芝龕爲四川會邸其遺蹟也而明季史事一一根据可爲杰作但意在一人不遺未免失之瑣碎演者或病之焉

顧天臺小忽雷傳奇亦董恒岩筆董工詞而顧工音故爲詞家所尙

今所傳若耶野老載花舲香草吟二本詞調卑靡頗不足觀而香花吟全以藥名演成傳奇雖其家數略小亦具靈思曲中之另一體也

張漱石有玉燕堂四種夢中緣梅花簪懷沙記玉獅墜也懷沙撤合國策而成堪稱曲史

杭州夏綸有無瑕璧杏花村瑞筠圖廣寒梯南陽樂花萼吟四種其南陽樂作諸葛武侯攘星獲生滅魏吳以成一統意本之返精忠以平人心詞更慷慨激昂可歌可頌

金椒蘭臯所撰旗亭記爲詩人爭聲價詞雖久老亦樂府中之一大楔子也

鉛山編修蔣心餘士銓曲爲近時第一以腹有詩書故隨手拈來無不蘊藉不似笠翁輩一味優伶俳語

也余往粵東過南昌其時蔣已入京其子知廉來謁問其詩已付水伯以所著空谷香冬青樹香祖樓雪中人四本見貽余詩曾有空谷香中人去遠之句蓋懷心餘也舟中爲批點一過不覺日行數百里但見青山紅樹雲烟奔湊應接不暇揚帆直過十八灘渾忘其險也心餘與余交最契其再補官也爲貧而仕非其本懷壬寅相見於順城門之撫臨館歡甚曾許題余醒園圖未幾病痺右手不能書今已南歸矣然聞其疾中尙有左手所撰十五種曲未刊蔣與武陵袁枚時人有兩才子之目晚年俱落落不得志余嘗欲選二家詩爲袁蔣採驪不果袁詩曾爲選刊粵中蔣詩竟棄波濤良可惜也

銓部錢塘韓朝衡開雲有詠　京官曲九褶皆寫宅內家人日用瑣事曾記其中二闋云公堂事了拜客去西頭路須親到借債去東頭舖須親造亟歸家柵閉溝開沿路遶「去聲」淡飯兒剛一飽破被兒剛一覺怎當得有個人兒細把家常道道則道非絮叨你淸俸無多用度饒房主的租銀絕早家人的公食嫌少這一雙破鍋兒等米淘那一雙寒爐兒待炭燒且休管小兒索食傍門號怎當得這啞巴生口無夫草況明朝幾家分子典當沒絲毫情眞景眞聞者莫不絕倒惜忘其六褶糞溝開京中四月事韓曲不多見惟此最傳

曲話序

去歲梁子章再以圓香夢樂府寄予淒切清豔情止乎義有風人之遺予題詞復之今年秋自大良泛舴艋檥珊瑚洲登岸謁予譚次以所著曲話質自元明暨近人院本雜劇傳奇無慮數百家悉爲討論不黨同而伐異不榮古而陋今平心和氣與作者揚搉於紅牙紫玉之間知其用力於此道者邃矣扶犁擊壤後有三百篇自是而騷而漢魏六朝樂府而唐絕而宋詞元曲爲體屢遷而其感人心移風易俗一爾蓋文之至者傾肺腑而出其詞明白坦易雖婦人孺子莫不通曉故聞忠孝節義之事或軒蹇而舞或委涕泣而道而南北曲者復以妙伶登場服古冠巾與其聲音笑皃而畢繪之則其感人尤易入也顧世之論曲者不以文以律曰某字宜平而仄與五聲乖也曰某字宜陽而陰與九宮戾也夫律則何譜之有三百篇之與韶武不啻遠矣而孔子絃歌以合之律果有譜乎予觀荊劉拜殺暨玉茗諸大家皆未嘗斤斤求合於律俗工按之始分出襯字以爲不可歌其實得國工發聲愈增韻折也故曲無定以人聲之抑揚抗墜以爲定是書亦間論律而終以文爲主其所見尤偉誠足爲曲家之津梁也已嘉應李黼平序

曲話卷一

藤花主人梁廷枏撰

古人作曲本多自隱其名氏而鄙俚不文之作又往往詭託於古之詞人及當代名流而出之又或原有姓名相傳既久不免失脫者故曲本之考證最難也

作曲人自一種至數十種有姓氏可考及或隱其本名而寓以他稱者以雜劇言之其人各一種者元人如李文蔚作燕青博魚李直夫作虎頭牌岳伯川作鐵拐李樂楊文作奎翠紅鄉戴善甫作風光好李壽卿作伍員吹簫孫仲章作勘頭巾高文秀作雙獻功王仲文作賢母不認屍王實甫作麗春堂宮大用作范張雞黍范子安作竹葉舟張壽卿作紅梨花李行夫作灰闌記谷子敬作三度城南柳會瑞卿作留鞋記楊景賢作劉行首王子一作誤入桃源孟漢卿作魔合羅石子章作竹塢聽琴記君祥作趙氏孤兒康進之作李逵負荊李致遠作還牢末李好古作張生煑海王曄作桃花女先凱作昊天塔明人如梅鼎祚作崑崙奴凌初成作虬髯翁王九思作曲江春康海作中山狼汪廷訥作廣陵月僧湛然作魚兒佛王應遴作逍遙游林章作青虬記北海馮氏作不伏老幔亭仙史作雙鴛傳竹癡居士作齊東絕倒澹居士作櫻桃夢蘧然子作蕉鹿夢秦樓外史作男王后破慳道人作一文錢亟三館作紅蓮債衞蕪室作再生緣

國朝如空觀主人作蓦忽姻緣二鄉亭主人作祭皋陶鄒兌金作空堂話孟稱舜作眼兒媚查繼佐作續西廂陸世廉作西臺記堵廷棻作衛花符土室道民作鯁詩讖黃家舒作城南寺碧蕉軒主人作不了緣張來宗作櫻桃宴張龍文作旗亭燕孫源文作臥方朔高應玘作北門鎖鑰其人各二種者元入如吳昌齡之風花雪月東坡夢秦簡夫之趙禮讓肥東堂老楊顯之臨江驛酷寒亭石君寶之李亞仙秋胡戲妻白仁甫之梧桐雨牆頭馬上明人如許「月歲」之絡水絲春波影梁伯龍之紅線女紅綃徐陽輝之脫囊穎有情癡陳與郊之昭君出塞文姬入塞　國朝如嵇留山之楊州夢讀離騷蝙奇居士之茄騷長生殿補闕田氏之蓬島瑤瑤花木題名其人各三種者元人如喬孟符之金錢記揚州夢王簫女張國寶之合汗衫薛仁貴相國寺鄭廷玉之楚昭公後庭花忍字記武漢臣之老生兒生金閣玉壺春鄭德輝之倩女離魂王粲登樓㑳梅香買中名之意馬心猿玉梳記蕭淑蘭尙仲賢之單鞭奪搠氣英布柳毅傳書明人如沈自徵之鞭歌妓簪花髻霸亭秋楊慎之洞天元記蘭亭會大和記　國朝如石牧之裴航過仙張旭觀公孫大娘舞劍鬱輪袍元成子之藍采和阮步兵鐵氏女蔣士銓之四絃秋一片石忉利天南山逸史之半臂寒長公妹中郎女其人各四種者明人如徐渭之女狀元雌木蘭翠鄉夢漁陽弄汪道昆之遠山戲高堂夢洛水悲五湖游王衡之鬱輪袍哭倒長安街眞傀儡沒柰何國　朝如徐又陵之買花錢大轉輪浮西施拈花笑尤侗之讀離騷弔琵琶黑白衛淸平調華玉山樵之廬從史老客歸長門賦燕子

樓林於閣之義犬記淮陰侯中山狼蔡文姬其人各五種者明人如孟稱舜之桃花人面英雄成敗死裏逃生花前緣紅顏年少　國朝如張國壽之脫穎茅廬章臺柳韋蘇州申包胥其人各六種者　國朝如黃印之倚門再醮淫僧偷期督妓變童慢內其人各七種者元人如馬致遠之漢宮秋薦福碑三醉岳陽樓陳摶高臥黃粱夢青衫淚三度任風子明人如許潮之武陵春龍山宴午日吟南樓月赤壁游同甲會寫風情葉憲祖之碧蓮綉符丹桂鈿盒北邙說法團圓天桃紈扇素梅玉蟾易水寒其人各八種者元人如關漢卿之玉鏡臺謝天香望江亭救風塵金線池竇娥寃蝴蝶夢魯齊郎　國朝如萬樹之珊瑚珠舞霓裳藐姑仙青錢賺焚香鬧罵東風三茅宴玉山宴以傳奇言之其人各一種者元人如董解元作絃索西廂明人如高則誠作琵琶柯丹邱作荆釵蘇復之作金印王雨丹作連環邵給諫作香囊周夷玉作紅梅周螺冠作錦箋端鏊作蜃樓梁伯龍作浣紗梅鼎祚作玉石龍膺作藍橋余聿文作量江馬夢龍作雙雄黃伯羽作蛟身陸弼作也此出一當作清風亭謝讜作四喜陳與郊作鸚鵡洲許潮作泰和張大和作紅拂錢直之作忠節章大綸作符節金天垢作呼盧陸濟之作題橋張午山作雙烈吳世美作驚鴻王世貞作鳴鳳徐叔回作八義祝金粟作題江顧懋仁作五鼎顧懋儉作椒觴汪錂作春蕪喬夢符作金滕呂大成作神鏡湯賓陽作玉魚陸江樓作玉釵朱春霖作牡丹楊柔勝作綠綺盧鶴江作禁煙庚生子作歌風兩宜居士作鋸鋙利閣居士作奪解王桓作合璧鹿陽外史作雙環朱鼎作玉鏡臺吳鵬作金魚

張從懷作純孝玉女峯作焚香吳大震作龍劍黃惟楫作龍綃心一子作遇仙顧懷琳作佩印朱期作玉丸李玉田作玉鐲月榭主人作釵荆劍楊之炯作玉杵張漱濱作分釵趙心武作泚園鄒海門作覓蓮汪宗姬作丹笑馮之可作護龍沈祚作指腹黃廷章作白璧邱瑞吾作合釵龍渠翁作藍田陽初子作紅梨太華山人作合劍盧次楩作想當然涵陽子作策杖施君美作幽閨顧景星作虎媒沈孚中作宰戍　國朝如吳偉業作秣陵春哀介昭作西樓洪昉思作長生殿釋智達作傳燈錄張世偉作玉麟記吉衣道人作玉符記尤侗作鈞天樂蒼山子作廣寒香雪蘿道人作五倫鏡陳貞禧作梅花夢爭中道人作息宰河白雲道人作醉鄉記石牧作忠孝福他山老人作陰陽判介石逸叟作宣和譜蔗清軒作合扇記夢覺道人作鴛簪合螭寄居士作英雄報吳渑玉作河陽覲曹巖作風前月下玉介人作紅情言朱龍田作壺中天去村作三生錯嵇留山作雙報應月鑑主人作月中人李本宣作玉劍緣玉斐作拜針樓研露老人作雙仙記楊國賓作東廂記勝樂道人作長命縷周冰持作雙忠廟女道士姜玉潔作鑑中天離幻老人作添繡鞋朱京樊作風流院本鄭含成作富貴神仙錢唐女史梁素夸素作相思硯錢夫人林亞青作芙蓉峽其人各二種者明人如李開先之寶劍斷髮任誕先之櫻桃夢靈寶刀卜世臣之乞麾冬青單槎仙之蕉帕露綬戴子晉之鞦韆青連車任遠之彈鐵四夢陳汝元之金蓮紫懷程文修之玉香望雲高濂之節孝玉簪史考叔之夢磊合紗楊第白之龍膏錦帶謝天祐之狐裘靖虜　國朝如史集之之清風寨五羊

皮毛大可之放偷買嫁王香裔之非非想黃金臺廣山之廣寒香易水歌耶溪野老之香草吟截花舲可笑人之珊瑚玦元寶媒研雲子之翻西廂賣相思沈嵊之倌春園息宰河徐復祚之梧桐雨一文錢張瀓石之玉獅墜懷沙記崔應堦之煙花債情中幻盧見曾之旗亭玉尺樓其人各三種者明人如姚靜山之雙忠金丸精忠沈練川之千金還帶四節鄭若庸之玉玦大節綉襦屠赤水之彩毫曇花修文鄭之文之白練裙旗亭勺藥胡全菴之奇貨三普犀珮　國朝如馬亘生之索花樓荷花蕩十錦塘劉晉充之羅衫合天馬媒小桃源馮猶龍之萬事足風流夢新灌園陳二白之雙冠誥稱人心彩衣歡陳子王之三合笑玉殿　歡喜緣朱良卿之奇觀血影石一捧花其人各四種者明人如邱瓊山之五倫投筆舉鼎羅囊願大典之葛衣義孔青衫風聲編沉鯨之雙珠鮫綃青瑣分鞋王翊之紅情言榴巾怨詞苑春秋博浪沙

國朝如吳石渠之畫中人療妬羹綠牡丹西園盛際時之人中龍飛龍蓋胭脂雪雙虬判石恂齋之兩度梅錦香亭天燈記酒家傭張異資之崖州路麒麟夢鴛鴦梳黃金盆其人各五種者明人如湯顯祖之紫簫紫釵還魂南柯邯鄲葉憲祖之金瑣玉麟四艷雙卿鸞鎞陸采之明珠南西廂懷香記椒觴分鞋阮大鋮之雙金榜牟尼盒忠孝環春燈謎燕子箋　國朝如范香令之花筵賺鴛鴦棒倩畫姻勘皮靴夢花酣其人各六種者　國朝如薛既揚之書生願醉月緣戰荊軻蘆中人昭君夢狀元旗畢萬侯之紅芍藥竹葉舟呼盧報三報恩萬人敵杜鵑聲夏惺齋之花萼吟杏花村南陽樂無瑕璧廣寒梯瑞筠圖蔣士銓之

香䤈樓雪中人臨川夢桂林霜冬青樹空谷香其人各七種者明人如張鳳翼之紅拂虎符竊待扊扅祝髮平攞灌園　國朝如邱嶼雪之虎囊張黨人碑百福帶幻緣箱歲寒松御袍恩鬧勾闌其人各八種者　國朝如葉稚斐之琥珀匙女開科開口笑三擊節遜國疑英雄槩人翼飛人中人萬樹之風流棒空青石念八翻錦塵帆十串珠黃金甕金神鳳資齊鑑其人各九種者明人如汪廷訥之種玉獅吼天書長生同昇三祝高士二閣投桃金懷玉之繡被香裘妙相八更望雲完福寶釵桃花摘星其人各十二種者　國朝如周坦綸之大白山竹漓鸞八仙圖火牛陣竟西廂福星臨指南車綈袍贈萬金資鏡中人金橙樹玉黛鵉朱雲從之靈犀鏡齊案眉照膽鏡人面虎石點頭小蓬萊別有天龍燈賺赤鬚龍兒孫福兩乘龍萬壽鼎其人得十四種者　國朝高奕之春秋筆雙奇俠貂裘賺丫金笑聚獸牌錦中花學香園古交情四美坊眉仙嶺如意冊風雪緣固哉翁續青樓其人各十五種者　國朝如朱素臣之振三綱一着先萬年觴錦衣歸未央天狻猊壁忠孝閭四聖手聚寶盆十五貫文星見龍鳳錢瑤池宴朝陽鳳全五福李漁之奈何天比目魚蜃中樓憐香伴風箏誤慎鸞交凰求鳳巧團圓玉搔頭意甫恂偷甲記四元記雙錘記魚籃記萬全記「按李庶閒情偶寄自稱已經行世有前後八種已　未刻之內外八種其十六種」其人得十六種者　國朝張心期之如是觀醉吾提海潮音釣魚船天下樂井中人快活三金剛鳳獺鏡緣芭蕉井喜重重龍華會雙節孝雙福壽讀書聲娘子軍其人至二十一種者明人沈璟之桃符義俠理劍

分柑十孝分錢結髮珠串雙魚博笑四墜釵了衫奇節鴛衾鱉井紅渠者英會翠屏山望湖亭一種情其一人而多至三十一種者　國朝李元玉之一捧雪人獸關永團圓占花魁麒麟閣風雲會中頭山太平錢連城璧眉山秀昊天塔三生果千忠會五高風雨須眉長生像鳳雲翹禪眞合雙龍珮千里舟洛陽橋虎邱山武當山淸忠譜掛玉帶意中緣萬里緣萬民安麒麟種羅天醮秦樓月「按此就大略言之考證當不止此俟再補入」

其餘無名氏可考亦無別寓他名而其曲仍行於世者以雜劇言元人有馮玉蘭碧桃花貨郎旦晉錢奴連環計抱粧盒白花臺忿兒鬼度柳翠梧　誶范叔漁樵記馬陵道淸風府神奴兒太　遲凍蘇秦硃砂擔龐居士鴛鴦被殺狗勸夫風魔蒯通陳州糶米合同文字舉案齊眉冤家債主隔江鬭智三虎下山明人有相思譜錯轉輪　國朝有勘鬼獄瑤池會翠微亭補天夢可破夢王維裴航飲中八仙杜牧以傳奇言元人有伏虎繼明人有王煥張叶牧羊敎子孤兒玉環綵縷百順鸞釵白兎躍鯉雙江四景尋親金雀水滸鷄釵雙孝玉佩千祥羅衫麒麟異夢七國黑鯉題門殺狗東郭投梭金花錦囊情郵瑞玉蟠桃絨衣珠四豪二桂花閤靑樓砷渠紅絲霞箋犀盒赤松鑲環綈袍箜篌東牆江流鴛簪五袖離魂菱花金臺南樓臥冰節俠飛九四賢琴心運璧雙紅目蓮救母　國朝有精忠　麒麟罽綱常記芝龕記鐵面圖北孝烈義貞記四大癡蝴蝶夢鳳求凰納履記丹忠記十義記赤壁游魚水緣藍橋驛飲中仙夢中緣石榴

記化人游財神濟雙翠圓翠翹記續牡丹亭慈悲願夫容樓千忠祿雷峯塔曲春衣爛柯山浮邱傲落花風埋輪亭籌邊樓隋唐壽爲先盤陀山十錯記後漁家樂十美圖鬧花燈倭袍長生樂大吉慶杜陵花濤風塞陀羅尼百福帶兩情合螭虎釧情中岸七才子東塔院一枝梅三奇緣百子圖鴛鴦結錦繡旗黃鶴樓倒銅旗燕臺筑上林春瑤池宴金蘭誼逍遙樂文星劫錦衣歸合虎符蟠桃會人生樂安天會萬倍利元寶湯江天雪沉香亭花石綱四屏山翻浣紗平妖傳西川圖黎匡雪續尋親狀元香昭君傳風流烙紫金魚贅人龍報恩亭平頂山翻七國王燕釵三異緣歲寒松鸞鳳釵快活仙八寶箱補天記祥麟兒珍珠塔姊妹緣奉仙緣醉西湖三鼎爵英雄槩遍地錦雙瑞記梅花簪玉杵記後一捧雪定天山南樓月山堂詞餘雄精劍還帶記後西廂飛熊兆紫瓊瑤賜繡旗齊天樂翡翠園玉麟符粉紅闌喜聯登狀元旗雙和合三笑姻緣碧玉燕九曲珠四奇觀後繡襦折桂傳飛熊鏡白鶴圖白羅衫乾坤鏡還魂記後珠球好逑傳四大慶青蛇傳四安山天然福摘星樓雲合奇蹤花花樓醉將軍描金鳳吉祥兆續千金劉成美青釭嘯軟藍橋天緣配桃花寨雙錯巹沉香帶鴛鴦幻三世修文章用造化圖祝家莊綵樓記鳳鸞裳陰功報福鳳緣觀星臺督亢圖征東傳北海記三俠劍千秋鑑千里駒雙珠鳳十大快鸞釵記禪真逸史春富貴翻天印黃河陣古城記月華緣五虎寨五福傳昇平樂賜錦袍百花臺爲善最樂雙螭璧遍地錦雙姻緣鬧金釵三鼎甲鴛鴦被天貴圖鐵鋼俠一疋布封神榜滄浪亭二龍山天平山河燈賺玉麒麟通天犀碧

玉串鐵弓鞋未央天二十四孝千祥佐龍飛順天時混元盒彩衣堂珍珠旗元都觀金花記金瓶梅後嶽傳合歡慶三鳳緣太平錢合歡圖鴛鴦孩問口笑

古今曲本有命名相同者元喬孟符雜劇有揚州夢而國朝嵇留山亦有揚州夢關漢卿有玉鏡臺而明朱鼎亦有玉鏡臺傳奇朱凱有昊天塔而國朝李元玉亦有昊天塔傳奇關漢卿有蝴蝶夢而國朝無名氏亦有蝴蝶夢傳奇白仁甫有梧桐雨而國朝徐復祚亦有梧桐雨傳奇明陸采傳奇有分鞋記而沈鯨亦有分鞋記張鳳翼傳奇有紅拂記而張太和亦有紅拂記端鏊傳奇有扊扅記而張翼鳳亦有扊扅記程文修傳奇有望雲而金懷玉亦有望雲海康雜劇有中山狼而國朝林於閣亦有中山狼王衡雜劇有鬱輪袍而國朝石牧亦有鬱輪袍許潮雜劇有赤壁游而國朝無名氏傳奇亦有赤壁游破慳道人雜劇有一文錢而國朝徐復祚亦有一文錢葉祖憲傳奇有玉麟記而國朝張世㺯亦有玉麟記王翊傳奇有紅情言而國朝王介人亦有紅情言明鄭之文傳奇有旗亭記而國朝盧見曾亦有旗亭記無名氏傳奇有綵樓記而國朝無名氏亦有綵樓記湯顯祖傳奇有還魂記而國朝無名氏亦有還魂記國朝尤侗雜劇有讀離騷而嵇留山亦有讀離騷李漁傳奇有鳳求凰而無名氏亦有鳳求凰李漁傳奇有意中緣而李元玉亦有意中緣薛既揚傳奇有狀元旗而無名氏亦有狀元旗一曲而數人合作者王實甫作西廂記關漢卿續之國朝西泠野史與無枝甫合作雜劇四種一曰

鈿盒奇緣二曰蟾蜍佳偶三曰義妾存姑四曰人鬼夫妻朱確過孟起盛國琦三人同作傳奇一種曰定蟾宮

西廂作自元人董解元作絃索西廂王實甫作西廂記關漢卿作續西廂記明陸采作南西廂　國朝周坦綸作竟西廂研雪子作翻西廂無名氏作後西廂查繼佐玉續西廂

以曲牌名名曲如元人之風光好　國朝人之天下樂錦上花快活三齊天樂之類頗覺耳知一新

閨秀撰曲　國朝吳江女史葉小紈作鴛鴦夢錢塘女史梁夸素作相思硯錢夫人林亞青作芙蓉峽長安女史王筠作繁華夢

方外撰曲明僧湛然作魚兒佛　國朝僧智達作傳燈錄即歸元鏡也

女道士姜玉潔作鑑中天此又方外而兼閨秀者

娼夫撰曲元人多有之趙明鏡作啞觀音錯立身武王伐紂張酷貧作合汗衫薛仁貴高祖還鄉紅字李二作扳背兒病楊雄武松打虎花李郎作相府院釘一釘

元曲同本而異名者誤入桃源即誤入桃園望江亭即切鱠旦對玉鏡即對玉釧黃花峪即萬花堂錢太尹即鬼報錢太尹單鞭奪槊即二奪槊黑旋風三獻功即三獻頭傷梅香即翰林風月玉壺春即玉堂春救孝子即不認屍留鞋記即才子佳人誤元宵張天師即辰鉤月賞黃花即黃花峪　按此爲吳昌齡撰

與萬花堂不同[一]史魚屍諫卽衛靈公東堂老卽破家子弟楚昭公卽疎者下船四馬投唐卽驪馬奔陣誤入桃源卽劉阮天台花間四友卽燕鶯蜂蝶羅李郎卽大鬧相國寺謝金吾卽私下三關朱砂擔卽朱砂記桃花女卽智賺花女昊天塔卽孟良盜骨神奴兒卽大鬧開封府飛刀對箭卽跨海東征相府院卽勘吉平金銀交鈔卽三告狀以上各種元人本各異名至臧晉叔刻元曲選始以其可合者合之如楚昭公疎者下船之類是也

臧晉叔元曲選首列元人雜劇與子所考多不同且有較子爲多者今並錄之馬致遠十三種漢宮秋任風子薦福碑岳陽樓靑衫淚黃粱夢陳摶高臥誤入桃源酒德頌齋後鐘歲寒亭戚夫人踏雪尋梅王實甫二十二種西廂記五本芙蓉亭麗春堂破窰記二本多月亭販茶船二本明達賣子陸績懷橘七步成章麗春園二本于公高門二本進梅諫二本雙題怨關漢卿六十種救風塵鏡玉臺謝天香望江亭蝴蝶夢竇娥寃金線池緋衣夢對玉梳哭魏徵裴度還帶哭存孝復落娼黃花峪哭香囊三負心鬼團圓進西施春衫記立宣帝拜月亭劉夫人鵰鴞天汴河寃勘龍衣雙駕車宣華妃三撇嵌牽龍舟薦馬記救啞子哭昭君雙赴夢酹江月調風月江梅怨認先皇三嚇赦鬧邢州狄梁公柳絲亭王皇后玉簪記破窰記二本錢大尹救周勃姻緣簿銅瓦記鑿壁偷光綠珠墜樓管寧割席敬德歸唐織錦迴文孫康映雪高鳳漂麥陳母教子擔水澆花旦二本降生趙太祖金銀交鈔單刀會白仁甫十七種梧桐兩牆頭馬上流紅葉

錢塘夢銀箏怨崔護謁漿二本祝英臺斬白蛇幸月宮東牆記高祖歸莊蕭翼賺蘭亭燈月鳳凰船絕纓會閤師道趕江二本喬孟符八種金錢記揚州夢兩世姻緣黃金臺認玉釵勸風情節婦碑荊公遣妾賞唐臣三種斬鄧通貶黃州韋賢儭金宮大用六種范張雞黍托公書釣魚臺汲黯開倉越王嘗膽御賞鳳凰樓尙仲賢十種柳毅傳單鞭奪槊張生煮海崔護謁漿秉燭旦王魁負桂英越娘背燈歸去來兮諸葛論功庾吉甫十六種薦馬周淩波夢蘭昌宮靑陵臺華清宮霓裳怨蘗珠宮罵上元麗春園二本買臣負薪雞鳴度關周處三害琵琶怨江月錦帆舟裴航遇雲英高文秀三十五種誶范叔黑旋風雙獻功謁魯肅打瓦勸鬬雞會論杜康鬧啞禪並頭蓮打召胥鎖水母牡丹園潘安擲果廉頗負荊趙堯辭金張敞畫眉班超投筆二本霸王舉鼎子胥走樊城門神訴冤風月害夫人二本趙元遇上皇養子不及父敷演劉要和黑旋風喬教學麗春園二本窮秀才雙棄瓢劉先主襄陽會豹子秀衣不當差豹子令史乾請俸謊秀才黑旋風借屍還魂窮風月鄭德輝二十二種㑳梅香倩女離魂王粲登樓細柳營二本紫雲娘秦樓月採蓮舟哭晏嬰伊尹扶湯縣鹽破壞月夜聞箏梨園樂府周公攝政太后揮印指鹿道馬三戰呂布二本玉樹後庭花哭孫子李文蔚九種燕青博魚圮橋進履金水題紅怨燕青射雁魚雁傳情謝玄破苻堅漢武帝哭李夫人禁蕭宗翻寫石州慢蘆亭亭擔水澆花旦侯正卿一種燕子樓史九敬先一種莊周夢孟漢卿一種魔合羅戴善夫五種風光好紫雲亭瓠江樓紅衣怪伯瑜泣杖張時起三種別虞姬辣韃怨

昭君出塞李寬甫一種問牛喘彭伯城一種京娘怨趙公輔四種倩女離魂二本東山高臥二本李行道一種灰闌記趙君祥一種春夜梨花雨費君祥一種菊花會紀君祥八種趙氏孤兒韓退之松陰夢錯勘贓二本販茶船二本驢皮記趙天錫八種何郎傅粉金釵剪燭梁進之四種于公高門二本進梅諫二本汪澤民一種糊突包待制楊顯之十種瀟湘夜雨酷寒亭旦末二本師婆旦黑旋風喬斷案劉泉進瓜小劉屠蒲魯忽劉屠大拜門陳定甫一種兩無功李壽卿十一種伍員吹簫斬韓信歎話髏臨歧柳鑑湖亭船子和尚秋蓮夢王伯成二種貶夜郎張騫浮槎張仲辛三種張鼎勘頭巾白頭吟遺留文書趙明遠二種韓湘子范蠡歸湖劉唐卿一種麻地傍印李子中二種韓壽偷香崔子弒齊君武漢臣十二種老生兒生金閣玉壺春魯義姑錯勘贓二本天子班關山怨三戰呂布二本韓信築壇掛甲朝天王仲文十一種救孝子五丈原錦香亭石守信王孫賈諸葛祭風董宣强項張良辭朝韓信乞食王祥臥冰陸顯之一種宋上皇碎冬凌李取進三種欒巴噀酒復奪受禪臺窮解子破雨傘于伯淵六種小秦王武三思珍珠旗斬呂布鬼風月餓劉友岳伯川二種鐵拐李夢斷楊貴妃康進之二種李逵負荊黑旋風老收心王廷秀四種細柳營焚典坑儒鹽客雙告狀石頭和尚草庵歌石子章二種竹塢鳴琴竹窓雨趙子祥三種石守信二本崔和擔生范子安三種竹葉舟曲江池杜甫游春李好古四種張生煑海二本鎮凶宅巨靈神劈華山曾瑞卿一種留鞋記狄君厚一種火燒介子推張壽卿一種紅梨花孔文卿二種東窓事犯姚守中

三種逢萌掛冠扯詔立中宗郝廉留錢李直夫十三種虎頭牌水渰藍橋孝諫鄭莊公反鬧娘子勸丈夫伯道棄子火燒祆廟夕陽樓古斷風光念奴敎樂錯立身二本壞盡風光風月郎君怕媳婦吳昌齡十五種張天師東坡夢西天取經六本賞黃花搜胡洞眼睛記抱石投江狄青博馬夜月走昭君貨郎末尼石君寶十種曲江池秋胡戲妻哭周瑜雪香亭紫雲亭歲寒三友柳眉兒金錢記女秋香怨呂太后醢彭越窮解子紅綃傘金志甫八種西湖夢追韓信蔡琰還漢東窻事犯二本韓太師鼎鑊諫抱子設朝陳存甫二種悞入長安錦堂風月睢景臣三種屈原投江千里投人牡丹記周仲彬五種蘇武持節孫武敎兵二本杜韋娘戲諫唐莊宗吳仁卿三種子房貨劍手卷記火燒正陽門顧仲清三種火燒紀信陵母伏劍沈和甫六種樂昌分鏡燕山逢故人朱蛇記郭興阿楊歡喜寃家瀟湘入景鮑吉甫八種史魚尸諫曹娥泣江宋宏不諧班超投筆哭秦少游比干剖腹楊震畏金爲富不仁趙文寶六種孫武敎女兵二本姜肱曲被糜竺收資七德舞執笏諫孫子羽一種月夜紫鸞簫秦簡夫四種東堂老趙禮讓肥剪髮待賓玉溪館張鳴善二種烟花鬼夜月瑤琴怨鄭廷玉二十一種忍字記楚昭公寃家債主智勘後庭花雙敎化王公綽打李渙送寒衣金鳳釵鳳凰兒復勘贓四馬投唐貶揚州欒城驛哭韓信漁父辭劍孫洛遇猿劉斌料到底風月七眞堂因禍致福貧兒乍富范冰壺一種鷫鸘裘柯丹邱十二種私奔相如九合諸侯豫章三害勘妒婦瑤天松鶴白日飛昇獨步太羅蕭滄瀚海辯三敎煙花判客窻夜話楊娛復落娼王子一四種

悞入桃源海棠風楚岫雲花間四友劉東生三種嬌紅記二本月下老世間配偶谷子敬三種城南柳枕中記雪恨鬧陰司楊舜民二種嬌紅記風月瑞仙亭楊景玄二種風月海亭史敬坊斷生死夫妻賈仲名一種金安壽楊文奎四種兒女團圓玉盒記王魁不負心封陟遇上元羅貫中一種龍虎風雲會李致遠一種還牢末楊景賢一種劉行首張國賓一種羅李郎無名氏可考者百又五種馬陵道氣英布賺蒯通凍蘇秦連環計謝金吾朱砂擔貨郎旦陳琳抱粧盒殺狗勸夫桃花女盆兒鬼鴛鴦被昊天塔舉案齊眉神奴兒飛刀對箭存孝打虎醉寫赤壁賦敬德不伏老病打獨角牛劉宏嫁婢醉走黃鶴樓霍光鬼諫拂塵子夢天台望思臺邢臺記燕山夢博望燒屯彩扇題詩火燒阿房宮蘇秦還鄉豫讓吞炭田單火牛托妻寄子袁覺托色收心猿意馬趙宗讓肥月夜杜鵑啼秋夜雪窗夢留鞋記張千贊殺妻智賺三件長罟二旦滴水浮漚記敬德撾怨鼓四國旦張順水裏報怨京娘盜果任貴五顆頭繼母大賢紙扇記還牢旦一丈青鬧元宵智賺鬼擘口錢神論搥碎黃鶴樓章臺柳馮讙焚券蟠桃合包待制雙勘丁詐遊雲夢斬陳餘盧仝七碗茶千里獨行賢孝牌夜月荊娘墓卓文君駕車昇仙令白蓮池複奪衣襆車打毬會刀劈史鴉霞楊香跨虎打陳平田眞泣樹祭三王策立陰皇后螺獅末尼魯元公主聖姑姑黃魯直打到底三賢婦明皇村院會佳期搬運太湖石雙鬬醫任于四顆頭化胡成佛風流娘子兩相宜桂花精柳成錯背妻雪裏報寃黃花案蔡順分椹佳人寫恨水簾案蜀金帳陶侃拿蘇峻風雪待制望香亭才子留情郭桓

盜官糧哀哀怨怨後庭花危太僕衣錦還鄉所刻多至五百九十餘本惜其選刻止於百種故所遺者今不傳然以予論之元人之曲如今之制義當時作者累萬盈千不可數計此五百餘種大抵皆噪名一時所以能傳之明代臧晉叔所選之百種不必其盡爲絕唱懸知所遺而不刻者亦未必盡屬巴詞也蓋傳與否固有幸有不幸矣同一故事且同一正名而人各一本疑爲當時主司所定題目今傳世者卽其科場之選本若今之魁墨然

曲話卷二

漢宮秋混江龍云料必他珠簾不掛望昭陽一步一天涯疑了些無風竹影恨了些有月窗紗他每見絃管聲中巡玉輦恰便似斗牛星畔盼浮槎是誰人偷彈一曲寫出嗟呀莫便要忙傳聖旨報與他家我則怕乍蒙恩把不定心兒怕驚起宮槐宿鳥庭樹棲鴉又賺煞云你是必悄聲兒接駕我則怕六宮人攀例撥琵琶寫景寫情當行出色元曲中第一義也中有可議者尙書勸元帝以昭君和番駕唱云怎下的教他環珮影搖靑塚月琵琶聲斷黑江秋明妃死於北漠其葬地生草後人因以靑塚名之未出塞時安得有此二字且其第三折昭君跳死黑龍江番王明云就葬此江邊號爲靑塚者此白又與曲自相矛盾矣以白引起曲文曲所未盡以白補之此作曲園密處元人百種多未見及金錢記第三折韓飛卿占卦白中連篇累牘接下紅綉鞋一曲並未照應一字後人每事勝前人卽此一節已然矣還魂記云轉過這芍

藥欄前緊靠着這湖山石邊湧曲已膾炙人口而不知實以喬孟符金錢記我見他恰行這牡丹亭又轉過芍藥闌荼蘼後數語爲藍本也

關漢卿玉鏡臺溫嶠上場自點絳唇接下七曲只將古今得志不得志兩種人鋪敘繁衍與本事沒半點關照徒覺滿紙浮詞令人生厭耳律以曲法則入手處須於泛敘之中略露求凰之意下文情款彼美計賺婚姻文義方成一串否則突如其來閱之者文增一番錯愕也荊榴拜殺曲文俚俗不堪殺狗記尤惡劣之甚者以其法律尙近古故曲譜多引之元無名氏有殺狗勸元雜劇四折中可覺鋪敘費力兒仲爲全部無怪其一覽無餘味也

吳昌齡風花雪月一劇雅馴中饒有韻致吐屬亦清和婉約帶白能使上下串連一無滲漏布局排場更能濃淡疏密相間而出在元人雜劇中最爲全璧洵不多覯也

繡襦記傳奇曲江池雜劇皆鄭元和李亞仙事也元和之父曰鄭公弼爲洛陽府尹繡襦記作鄭儋爲常州刺史各不相符曲江之張千即繡襦之來興曲江以元和授官縣令不肯遽認其父繡襦則謂以狀元出參成都軍事父子萍逢兩劇雖屬冰炭要於曲義無關惟亞仙刺目勸學一事繡襦極意寫出曲江概不敍入似乎疏密判然第雜劇限於四折且正名以李亞仙花酒曲江池爲題似此閒筆亦可無庸煩纓也

鄭廷玉作楚昭公雜劇第一二折曲詞平易尚無大出色處至昭公送申包胥乞師秦國云你去後我夜夢到明明夣到晚若是那秦公子將卿傲慢你則索將火性兒全然都放退是必休便冒瀆容顏數語已暗逗起七日哭庭之意第三折以下則字字珠璣言言玉屑自尾倒嘗漸入佳境論者謂元人雜劇至第四折爲强弩之末未盡然也

言情之作貴在含蓄不露意到即止其立言尤貴雅而忌俗然所謂雅者固非浮詞取厭之謂此中原有語妙非深入堂奥者不知也元人每作傷春語必極情極態而出白仁甫牆頭馬上云誰管我衾單枕獨數更長則這半牀錦褥枉呼做鴛鴦被流落的男游別郡躭閣的女怨深閨偶爾思春出語那便如許淺露況此時尚未兩相期遇不過春情偶動相思之意並未實着誰人則男游別郡語究竟一無所指至云休道是轉星眸上下窺恨不的倚香腮左右偎便錦被翻紅浪羅裙作地席既待要暗偷期咱先有意愛別人亦捨了自已此時四目相覷閨女子公然作此種語更屬無狀大抵如此等類確爲元曲通病不能止摘一人、一曲而索其瑕也

其鵲踏枝一曲云怎肯道負花期惜芳菲粉悴胭憔池綠暗紅稀九十春光如過隙怕春歸又早春歸如此則情在意中意在言外含蓄不盡斯爲妙諦惜其全篇不稱也

元人雜劇多演呂仙度世事疊見重出頭面强半雷同馬致遠之岳陽樓即谷子敬之城南柳不惟事蹟

相似即其中關目線索亦大同小異彼此可以移換其第四碧必於省誤之後作列仙出場現身指點因將羣仙名籍數說一過此岳伯川之鐵拐李范子安之竹葉舟諸劇皆然非獨岳陽樓城南柳南種也岳陽樓水仙子云這一箇是漢鍾離現掌着羣仙籙這一個是鐵拐李髮亂梳這一個是藍采和板撒雲陽木這一個是張果老趙州橋倒騎驢這一個是徐神翁身背着葫蘆這一個是韓湘子韓愈的親姪這一個是曹國舅宋朝的眷屬則我是呂純陽愛打的簡子愚鼓城南柳水仙子云這個是攜一條鐵拐入仙鄉這個是袖三卷金書出建章這個是敲數聲檀板游方丈這個是倒騎驢登上蒼這個是提笊籬不認楸房這個是背葫蘆的神通大這個是種牡丹的名姓香貧道因度柳呵道號純陽鐵拐李二煞云漢鍾離有正一心呂洞賓有貫世才張四郎曹國舅神通大藍采和拍板雲端裏響韓湘子仙花臘月裏開張果老驢兒快我訪七眞游海島隨𠂆、仙赴蓬萊竹葉舟十二月云這一個倒騎驢疾如下坡這一個吹鐵笛韻美聲和這一個貌娉婷笊籬手把這一個髩蓬鬆鐵拐橫拖這一個藍關前將文公度脫這一個綠羅衫拍板高歌又堯民歌云這一個是雙丫髻常喫的醉顏酡則俺曾夢黃粱一晌滾湯鍋覺來時蚤五十載鬧消磨纔知道呂純陽是俺正非他

湯若士邯鄲夢末折合仙俗呼爲八仙度盧爲一部之總匯排場大有可觀而不知實從元曲學步一經指摘則數見者不鮮矣混江龍云一個漢鍾離雙丫髻蒼顏道扮一個曹國舅八采眉象簡朝紳一個韓

湘子棄舉業儒門子弟一個藍采和他是個打院本樂戶官身一個拄鐵拐的李孔目又帶些殘疾一個荷飯笊何仙姑挫過了殘春眼睜着張果老把眉毛褪通曲與元人雜劇相似然以元人作曲尚且轉相沿襲則若士之偶爾從同者抑無足詆譏矣

唐李泌枕中記開元十九年呂翁經邯鄲道上以枕授盧生使於夢中歷盡榮適醒後旅主人蒸黃粱未熟生憮然悟拜謝而去若士本此演爲邯鄲記其中層折一依枕中記所載而稍潤色之馬致遠黃粱夢乃作漢鍾離度脫呂公一夢十八年黃粱未熟豈漢鍾離度呂而呂復度盧皆此邯鄲道耶抑統是一事而元人所演爲空中樓閣耶范子安竹葉舟亦作呂仙自云偶然間經過邯鄲逢師點化黃粱醒後因此上把塵心一郤勾擄此則元人多主度呂一說非致遠所獨創矣

于幼時戲作了緣記有云聲喚不如歸恰似孤燈枕畔寒風窓裏怯聽子規啼有曲客見之笑曰是必從尤展成鈞天樂教我琵琶怎抱行不得也哥哥句脫化來也不知此等句法元曲中已先有之石君寶秋胡戲妻雜劇云作待要諧比翼你也曾聽杜宇他那裏口口聲聲攛掇先生不知歸去鄭德輝倩女離魂云只聽的花外杜鵑聲催起歸程此在元曲偶一見之尚覺新巧動人近時人則多解爲此反索然矣

元曲多有以本人名姓直入句中讀之愈覺情文眞切者然亦止可一部中偶爾一用多則易傷俚俗如武漢臣之玉壺春云願你個李素蘭常風韻則這個玉壺生永結緣又云則這個玉壺生更和這素蘭女

則索告你倜柳靑娘又云這的是玉壺生小詞章又云玉壺生拜辭了素蘭香一劇中凡數見同不如其已也

四書語入曲最難巧切最難自然惟元人每喜爲之西廂仁者能仁等語固屬大謬不倫馬致遠薦福碑云我猶自不改其樂後來便爲官也富而無驕又云誰似晏平仲善與人交又云誰肯學有朋自遠方來又云想吾豈瓠瓜也哉又云無錢的子張學干祿又云又不會巧言令色鄭德輝㑳梅香云他文質彬彬才有餘和俺這相府潭潭德不孤更怕甚文不在茲乎又云留心在九大經吾日三省又云早搀個束帶立於朝尙仲賢單鞭奪槊去尉遲恭威而不猛以上等語幾成笑伯矣

薦福碑云如今這聰明越受聰明苦越癡呆越享了癡呆福越糊塗越有了糊塗富則這有銀的陶令不休官無錢的子張學干祿此雖憤時嫉俗之言然言之最爲痛快讀至此不泣數行下者幾希矣

倩女離魂通劇中無甚出色在元曲可列中等惟末折喜遷鶯云據才郎心性眞不是向天公買撥來的聰明二語靈心慧舌其妙無對較之小姐多丰采君瑞濟川才眞霄壤矣

喬孟符揚州夢有那吒令云天有情天亦老春有意春須瘦雲無心雲也生愁張壽卿紅梨花一煞云你休愁我衾寒枕剩人孤另我則怕你酒醒燈昏夢不成皆一劇中之警句也

今人每一曲中疊用一字爲韻脚其法亦本元人揚州夢那吒令云倒金缾鳳頭捧瓊漿玉甌蹴金蓮鳳

頭並淩波玉鉤鏨金釵鳳頭露春纖玉手氣英布那吒令云喒道你這三對面先生來瞰我那裏是八拜交仁兄來訪我多應是兩賴子隨何來說我薦福碑叨叨令云往常我青燈黃卷學王道劃地來紅塵紫陌尋東道如今十個九個人都道都道是七月八月長安道

㑳梅香混江龍云孔安國傳中庸語孟馬融集春秋祖述著左丘明演周易關西夫子治尚書魯國伏生校禮記舛謅揚子雲作毛詩箋注鄭康成無過是闡大道發揚中正紀善言答問詳明元人曲詞每多腐語如此等類直是一幅策論豈復成聲律耶又況其出自閨閣兒女之口也

灰闌記留鞋記蝴蝶夢神奴兒生金閣等劇皆演宋包待制開封府公案故事賓白大半從同而神奴兒生金閣兩種第四折魂子上場依樣葫蘆略無差別相傳謂扮演者臨時添造信然漁樵記劇劉二公之於朱買臣王粲登樓劇蔡邕之於王粲舉案齊眉劇孟從叔之於梁鴻凍蘇秦劇張儀之於蘇秦皆先故待以不情而暗中假手他人以資助之使其銳意進取及至貴顯不肯相認然後旁觀者爲說易就裏不特劇中賓白同一板印即曲文命意遣詞亦幾如合掌此又作曲者之故尚當同而非獨扮演者之臨時取辦也

㑳梅香如一本小西廂前後關目插科打諢皆一一照本模擬張生以白馬解圍而而訂婚姻白生亦因挺身赴戰而預聯姻好一同也鄭夫人使鶯鶯拜張生爲兄裴亦使小蠻見白而改稱兄妹二同也張生

假館於崔而白亦借寓於裴三同也鶯鶯動春心不使紅娘知而紅娘自知樊素亦逆揣主意而勸使游園四同也張生琴訴衷曲白亦琴心挑逗五同也强生積思成病白亦病眠孤館六同也張生向紅娘訴情白亦於樊素前盡傾肺腑七同也張生跪求紅娘白亦向樊素折腰八同也張生倩紅傳寄錦字素亦與白密遞情詞九同也鶯鶯窺簡佯怒小蠻亦見詞罪婢十同也紅娘佯以不識字自解樊素亦反問詞中所語云何十一同也紅見責而戲言將告夫人樊亦被詰而詐爲出首十二同也鶯鶯答詩自訂佳期小蠻亦答詩私約夜會十三同也張生誤以紅娘爲鶯鶯白亦誤將樊素作小蠻十四同也鶯鶯燒香小蠻亦燒香十五同也崔夫人拷紅裴亦打問樊素十六同也道不堂前巧辦而歸罪於崔樊素亦據理直權而諉過於裴十七同也崔夫人捉張應試裴亦使白赴京十八同也鶯鶯私以汗衫裏肚寄張小蠻亦有玉簪金鳳贈白十九同也張衣錦還鄉白亦狀元及第二十同也不得謂無心之偶合矣

百種雜劇目正名題目各一句多用七字其人九字者雖有而少惟城南柳風光好蝴蝶夢勘頭巾等劇正名題目各二句耳

百日中第一折必用仙呂點絳唇套曲第二折多用南呂一枝花套曲餘則多用正宮端正好商調集賢等調蓋一時風氣所尙人人習慣其聲律之高下句調之平仄先已熟記於胸中臨文時或長或短隨筆而赴自無不暢所欲言不然何以元代才人蠭出心思才力日趨新異獨於選調一事不厭黨同也

傷梅香鄭德輝撰載白敏中父參裴度軍陣中救度受傷頻死度以女小蠻許字敏中度死度妻韓夫人將背前約有侍婢樊素者從中撮合始克成婚其大致如此按雲溪友議白居易有妓樊素善歌小蠻善舞嘗爲詩曰櫻桃樊素口楊柳小蠻腰年既邁而小蠻方豐艷因作楊柳詞以託意又按女世說樊素二十餘綽綽有歌舞態善唱楊柳樂天以巳年高將放之適馬有名駱者同時議鬻馬出而首反顧素聞馬嘶泣拜曰駱將去其鳴哀素將去其辭苦豈主君獨無情哉然則兩人爲樂天愛妾恩至義盡具有明徵敏中爲樂天從祖弟史稱其與樂天相友愛者乃妄以其兄之妾爲其弟之妻且婢使千古而下閱者疑敏中有陳平爲盜之謗朕棲欲治之心顛倒倫常莫斯爲甚彼琵琶之厚誣伯喈者抑無論矣

擬元兩劇蕭山王叔盧撰以質吳江沈長康謂不合宮調令其改作及改而仍不合乃就毛西河商之無何叔盧死西河哀其志而爲更定其詞會兵變失去夜臥嵩山夢叔盧來曰予詞寄君所未見還醒而異之後復購得其稿會病又夢叔盧曰脫君死予詞奈何因中夜力疾起校補而梓行之故西河序其首謂靈均作涉江懷沙盧其遺亡乃於晉咸安之季白晝見形向顧珏自誦之以比叔盧之入夢夫身後之名才人所愛雖至死而其魂魄猶將戀戀且雖詞曲小技而鄭重珍惜一至於此是誠不可解者矣

曲話卷三

乾隆中　高宗純皇帝第五次　南巡族父「森」時服官浙中奉檄恭辦梨園雅樂先期

命下即以重幣聘王夢樓編修『文治』塡造新劇九折皆即地即景爲之曰三農得澍曰龍井茶謌曰祥徵冰繭曰海宇歌　恩曰燈燃法界曰葛嶺丹爐曰山醞延齡曰瑞獻天台曰瀛波清宴選諸伶藝最佳者充之在西湖　行宮供奉每演一折先寫黃綾底本恭呈　御覽輒蒙　褒賞

賜予頻仍今日重披法曲猶仰見當年海宇又安民康物阜　古稀天子省方問俗桑麻阡陌間與百姓同樂一種雍熙氣象爲千古所希有眞盛典也

紅樓夢工於言情爲小說家之別派近時人艷稱之其書前夢將殘續以後夢卷牘浩繁頭緒紛瑣吳洲仲雲澗取而刪汰幷前後夢而一之作曲四卷始於原情終於勘夢共得五十六折其中穿插之妙能以白補曲所未及使無罅漏且借周瓊防海事振以金鼓俾不終場寂寞尤得本地風光之法惟以副淨扮鳳姐丑扮襲人老旦扮史湘雲脚色不甚相稱耳近日荆石山民亦塡有紅樓夢散套題止歸省葬花警曲擬題聽秋劍會聯句癡誄顰誕寄情走魔禪訂焚稿冥昇訴愁覺夢十六折而已其實此書中亦究惟此十餘事言之有味耳其曲情亦凄婉動人非深於四夢者不能也

番禺令仲拓菴『振履』卸事後寓省垣作雙鴛詞八折即別駕李亦珊事也起伏頓挫步武井然惜點譜一折八手太閒歌賽一折收場太重通體八齣雜劇則太多傳奇又太少古今曲家無此例也

金陵張漱石懷沙記依史記屈原列傳而作文詞光怪全部楚詞隱括言下著騷大指天問山鬼沉淵魂

游等折皆穿貫本書而成洵曲海中巨觀也惟尤西堂讀離騷不然不屑屑模文範義通其意而肆言之陸離斑駁不可名狀至云便百千年難打破悶乾坤只兩三行怎弔盡愁天下發千古不平於嬉笑怒罵中悲壯淋漓包以大氣與懷沙立意不同然固異曲同工也

漱石又有玉獅墜設想甚奇其毀奩一折如蟻穿九曲愈折愈深如云你要我無瑕體自比玉潔便河東吼不迭豈眞有竹杖爲龍那便提似舄成鳧沒些差別負的我騰空飛越管籠禽脫離羅網怕終做不分玉石焚身烈提摋向樓前墜也一玉獅耳想出如許情緒第一猜教其守貞二猜可以因而脫禍三猜默示以狗身魯公書筆力透紙背矣

錢唐夏惺齋『綸』作六種傳奇其南陽樂一種合三分爲一統尤稱快筆雖無中生有一時游戲之言而按之直道之公有心人未有不拊掌呼快者第三折誅司馬師一快也第四折武侯命燈倍明二快也第八折病體全安三快也第九折將星燦爛四快也十五折子午谷進兵偏獲奇勝五快也十六折殺司馬昭六快也擒司馬懿七快也十七折曹丕就擒八快也殺華歆九快也十八折掘曹操疑塚十快也二十二折誅黃皓十一快也二十五折陸伯言自裁十二快也孫權投降十三快也孫夫人歸國十四快也三十折功成歸里十五快也三十二折北地受禪十六快也立言要快人心惺齋此曲獨得之矣

惺齋作曲者意主懲勸常舉忠孝節義各撰一種以無瑕璧言君臣教忠也以杏花村言父子教孝也以

瑞筠圖言夫婦敎節也以廣寒梯言師友敎義也以花蕚吟言兄弟敎弟也事切情眞可歌可泣婦人孺子觸目驚心洵有功世道之文哉

李笠翁云湯若士之牡丹亭邯鄲夢傳奇得以盛傳於世吳石渠之綠牡丹畫中人得以偶登於場皆才人徼倖之事非文至必傳之理也語見所著閒情偶寄石渠才情綺麗撰曲四種甚爲藝林所稱笠翁引與玉茗並論不爲無見

笠翁十種曲自俱近平妥行世已久姑免置喙近人惟緜州李太史『調元』最深喜之謂如景星慶雲先覩爲快家居時常令歌伶搬演爲樂其第十種名比目魚有自題詩云邇來節義頗荒唐盡把宣淫罪戲場思借戲場維節義繫鈴人授解鈴方太史謂讀是詩方知其編曲心苦蓋追十種中命意結穴在此也客有笑其偏嗜笠翁曲者太史嘗誦此詩答之

笠翁以琵琶五娘千里尋夫隻身無伴因作一折補之添出一人爲伴侶不知男女千里同途此中更形曖昧是蓋矯琵琶之弊而失之過且必執今之關目以論元曲則有改不勝改者矣笠翁痛詆南西廂其論誠正至欲作北琵琶以補則誠之未逮未免自信太過毋論其才不及元人卽使能之亦殊覺多此一事也

石渠四種中以綠牡丹爲最療妬羹畫中人次之療妬羹題曲一折逼眞牡丹亭如云一任你拍斷紅牙

拍斷紅牙吹酸碧管可賺得淚紛沾袖總不如牡丹亭一聲河滿便潛然四壁如秋半晌好迷留是那般憨愛那般勞瘦只見幾陣陰風涼到骨想又是梅月下俏魂游天那若都許死後自尋佳耦豈惜留薄命活作羅四此等曲情置之還魂記中幾無復可辨

西園記亦石渠四種之一也末道場一折車遮韻純用入聲尖刻流利允稱神技

旗亭記作王之渙狀元及第語雖荒唐亦快人心之論也沈歸愚尚書題詞云特爲才人吐奇氣鵷雛卑伏忽飛鶱科名一準方千例地下何妨中狀元按琵琶記以蔡邕爲狀元彼時原無此名故介閱者爲之絕倒唐時雖已有狀元之名其實授官始於宋代初階不過僉判廷評歷俸既深然後入館承制馴至宰執非若今之狀元甫經釋褐即蹬清華如登仙爲科名之冠也然則唐之狀元於之渙何關輕重作是曲者亦如尤西堂之扮李白登科徒爲多事矣顧青蓮不必登科而以玉環考試則不妨作第一人想若黃河遠上之詞雙鬟久具隻眼又何論之渙之狀元不狀元乎

燕子箋一曲鸞交兩美燕合雙姝設景生情具徵巧思春燈謎之十錯認亦似有悔過之意隱然露於緒墨外然其人既已得罪名教節使陽春白雪亦等諸彼哉之倒置而不論可矣況其文章之未必能醉人心腑耶

蜀鵑啼蘇州邱園爲成都令吳志衍作也志衍爲梅村之兄攜家之任由滇入蜀値北都城陷西土淪亡

全家死之邱故撰是劇尤西堂跋所謂爰有邱生聞之累息問弱弟之奔喪傷心哭雁弔孤臣而流涕染血啼鵑者也梅村詩觀蜀鵑啼劇有感云紅豆花開聲宛轉綠楊枝動舞婆娑不堪唱徹關山調血污游魂可奈何其詞之感人故深矣

錢唐洪昉思昇撰長生殿爲千百年來曲中巨擘以絶好題目作絶大文章學人才人一齊俯首自有此曲毋論驚鴻綵毫空慚形穢卽白仁甫秋夜梧桐雨亦不能穩占元人詞壇一席矣如定情絮閣窺浴密誓數折俱能細針密線觸緒生情然以細意熨貼爲之猶可勉强學步讀至彈詞第六七八九轉鐵撥銅琶悲涼慷慨字字傾珠落玉而出雖鐵石人不能爲之斷腸爲之下淚筆墨之妙其感人一至於此眞觀止矣

梧桐雨與長生殿亦互有工拙處長生殿按長恨歌傳爲之刪去幾許穢跡梧桐雨竟公然出自祿山之口長生殿驚變折於深宮歡燕之時突作國忠直入草草數語便爾啓行事雖急遽不至是梧桐雨則中間用一李林甫得報轉奏始而議戰戰旣不能而後定計幸蜀層次井然不紊梧桐雨第一折醉中天云我把你半嚲的肩兒凭他把個百媚臉兒擎正是金闕西廂扣玉局悄悄廻廊靜崇着這招彩鳳舞靑鸞金井梧桐樹影雖無人竊聽也索悄聲兒海誓山盟第二折普天樂云更那堪滻水西飛雁一聲聲送上雕鞍傷心故園西風消水落日長安第三折殿前歡云他是朵嬌滴滴海棠花

乍做得鬧荒荒亡國禍根芽再不將曲彎彎遠山眉兒畫亂鬆鬆雲鬢堆鴉怎下的磣磕磕馬蹄兒臉上踏則將細裊裊咽喉掐早把條長攙素白練安排下他那裏一身受死我痛煞煞獨力難加數曲力重千鈞亦非長生殿可及

長生殿至今百餘年來歌場舞榭流播如新每當酒闌燈灺之時觀者如至玉帝所聽奏鈞天法曲在玉樹金蟬之外不獨趙秋谷之斷送功名到白頭也然俗伶搬演率多改節聲韻因以參差雖有周郎亦當掩耳而過近日古吳馮雲章「起鳳」撰爲吟香堂曲譜以縹緲之音度娟麗之語迎頭拍字按板隨腔允稱善本且其宮譜字音多加考訂毫無遺漏謂之長生殿第一功臣可也石太史「韞玉」爲之序云謂非嬴女吹簫馮夷擊鼓不能使笑者解頤泣者俯首如是信然

桃花扇筆意疎爽寫南朝人物字字繪太繪聲至文詞之妙其艷處似臨風桃蕊其哀處似着雨梨花固是一時傑構然就中亦有未愜人意者福王三大罪五不可之議倡自周鑣雷演祚今阻奸折竟出自史閣部則與設朝折大相逕庭使觀者直疑閣部之首鼠兩端矣且既以媚座爲二十一折矣復如入孤吟一折其詞義猶之家門大意是爲蛇足總屬閒文至若曲先詞調伶人任意删改不斯文一大恨事然未有先慮其删改而特花作曲時爲俗伶豫留地步者今桃花扇長者七八曲其少世四五曲未免故走易路又以左右部分正間合潤四色以奇偶部分中戾餘煞四氣以總部分經緯二星毋論有曲以來萬無

此例卽謂自我作古亦殊覺淡然無味不知何所見而云也「然琴川瞿　鶴歸來曲首折發端末折收場似做桃花扇爲之不特從來院本所未有亦院本所不必有也」

桃花扇以餘韻折作結曲終人杳江上峯青留有餘不盡之意於煙波縹緲間脫盡團圓俗套乃顧天石改作南桃花扇使生旦當場團圓雖其排場可快一時之耳目然較之原作孰劣孰優識者自能辨之

石榴記如皐黃瘦石「振」作也詞白都有可觀神感諸折暗以牡丹亭作譜子至夢圓折則明白落玉茗窠臼顧其自然情韻卽未必青出於藍而模山範水庶幾亦步亦趨也

陽羨萬紅友「樹」寢食元人深入堂奧得其神髓故其曲音節瞭喨正襯分明吳雪舫稱爲六十年第一手信知言也生平所作甚富如錦麈帆十串珠黃金甕金神鳳資齊鑑珊瑚毬舞霓裳藐姑仙青錢賺焚書鬧罵東風三茅宴玉山庵等作幾於汗牛充棟而稿多散失不存今世合刻者空青石念八翻風流棒稱擁艷三種而已紅友爲吳石渠之甥論者謂其源淵有自其實平心論之粲花三種情致有餘而豪宕不足紅友如天馬行空別出機杼宗旨固不同也

紅友關目於極細極碎處皆能穿插照應一字不肯虛下有匣劍帷燈之妙也曲調於極閒極冷處皆能細斟密酌一句不輕放過有大含細入之妙也均非龍梭鳳杼能令天衣無縫乎

紅友之論曰曲有音有情有理不通乎音弗能歌不通乎情弗能作理則貫乎音與情之間可以意領不

可以言宣悟此則如破竹建瓴否則終隔一膜也介觀所著莊而不腐奇而不詭艷而不淫戲而不虐而且宮律諧協字義明晰尤爲慣家能事情理音三字亦惟紅友庶乎盡之蔣心餘太史『士銓』九種曲吐屬清婉自是詩人本色不以矜才使氣爲能故近數十年作者亦無以尚之其至離奇變幻者莫如臨川夢覺使若士先生身入夢境與四夢中人一一相見請君入甕想入非非娓娓清言猶餘技也桂林霜一片石第二碑冬青樹四種皆有功名教之言忠魂烈魄一入腕中覺滿紙颯颯尚餘生氣香祖樓空谷香兩種於同中見異最難下筆蓋夢蘭與淑蘭皆淑女也孫虎與李蚓皆繼父也吳公子與扈將軍皆樊籠也紅絲高駕皆介紹也成君裴畹皆故人也且小婦皆薄命而大婦皆賢淑也使出自俗筆雖免雷同乃合觀兩劇非惟不犯重複且各極其錯綜變化之妙故稱神技四絃秋因青衫記之陋特創新編順次成章不加渲染而情詞悽切言足感人幾令讀者盡如江州司馬之淚溼青衫也雪中人一劇寫吳六奇頰上添毫栩栩欲活以花交折結束通部更見匠心獨巧心餘強袁子才觀其所撰曲曰先生只當小病一場寵賜披覽袁不得已觀之次日問可有得意處否袁曰任爾忒聰明猜不出天情性惟兩語極佳耳心餘笑曰畢竟先生是詩人非曲客造物豈憑翻覆手窺天難用揣摩心此商寶意聞雷詩爲予曲之藍本也

乾隆十六年恭逢　皇太后萬壽江西紳民遠祝　純嘏雜劇四種亦心餘手編第一種曰康衢

樂第二種曰忉利天第三種曰長生籙第四種曰昇平瑞徵引宏富巧切絕倫倘使登之　明堂定爲承平雅奏不僅里巷風謠已也

吳穀人先生詞學近時人不多覯痛除凡響壁壘一新集中南北曲數套妙墨淋漓幾欲與元人爭席所作漁家傲樂府詞壇藝苑交口稱之其自序云游余富春之渚經七里之灘萬竹光中斜陽曬網一波折處細雨施罛緬懷高寄之蹤指點歸耕之處徑路或迷於黃葉人家全在乎翠微弄水相思尋烟欲問羣高百尺其釣維何祠閱千秋伊人宛在祗覺風流之足慕敢辭水調之難工忝我楮毫被之絃索演遁民之列傳寫漁父之家風人將讀之而解頤吾亦因之而寄傲也

錢竹初明府亦工音律所著鸚鵡媒乞食圖二種不及心餘之爽豁餘亦不及其淸麗也也曲中佳句如只恐半腔愁都被春風吹破又若不是嫦娥流彩怎牽將對月顏開難比說書生稔色他往常間眼不輕抬又則這簾外幽禽還喚的俺俏書生夢兒遠又這羞態能禁架玉容淺霞早則是消盡溫存憐煞他又你人前只管嬌眠能休問俺雲踪那答則這一幅花枝可也障的咱「以上鸚鵡媒」婚姻簿料來夢幻骨肉恩如何割忍除非是歸來環珮認我夜深魂又怎知他水邊梅影窺愁破還有俺門畔桃花望眼多些兒個一樣的毫端知已嵌入心窩「以上乞食圖」

西樓記爲姑蘇袁凫公「白賓」作于叔夜者凫公託名也「按宋牧仲筠廊偶筆云袁籜菴以西樓傳

奇得名蘇州府志云袁于令字令號籜菴堯峯文鈔袁褒曾孫于令官荊州知府吳梅村集有贈荊州守袁大韞玉詩四首詞客開元擅威名又云彈絲法曲楚江情然則西樓作于籜菴于叔夜者以名爲姓耳鳧公之稱僅見近人詩話「鳧公短身赤鼻長於詞曲穆素徽不過中人之姿面微麻性耽筆墨故兩人交好爲趙萊所忌因假趙不將以刺之此康熙中年事王子堅先生猶得親見所云絕代佳人者妄也」按艮齋雜說籜菴守荊州謁某道卒然問曰聞貴府有三聲謂棋聲牌聲曲聲也袁徐應曰下官聞公亦有三聲道詰之曰算盤聲天平聲板子聲袁竟以此罷官又按順治十年三月湖廣撫臣題參袁于令等官十五員侵盜錢糧據此則西樓之作當在奪職以後「其同邑人龍子猶有重定本多所刪節較六十種曲所刻尙覺簡當楚江情一闋原乏佳處其膾炙人口實所不解

筠廊偶筆載籜菴與人談及西樓記輒有喜色一日出飲歸月下肩輿過一大姓門其家方燕賓演霸王夜宴與人云如此良夜何不唱繡戶傳嬌語乃演千金記耶籜菴聞之狂喜幾至墜輿吳之紀春日袁荊州過訪百花洲口占二絕云契闊經今兩白頭建牙吹角古荊州東山嘯咏西樓夢故國重逢話昔游一曲方成傳樂府十千隨到付纏頭當時記得輕分手王粲高樓鸚鵡洲兩樓記爲一如所重如此

龍氏有憨墨齋轉可定本十種新灌園酒家傭女丈夫量江記精忠旗雙雄妃萬事足夢磊記灑雪堂楚江情「一曰西樓記」皆取近時名曲再加刪訂而成頗稱善本

鳴鳳記河套一折膾炙人口然白內多用駢儷之體頗礙優伶搬演上場純用小詞亦新耳目但多改用古人名作爲之大雅所弗尙也至爭寵一折亦肚子不上場只用道童答應省卻許多頭緒在俗手必於末折作神仙示現報應又多一番結束矣

集牌名成曲最難自然明珠記煎茶折長相思云念奴嬌歸國遙爲憶王孫心轉焦楚江秋色繞月兒高燭影搖爲憶秦嬌夢轉迢漢宮春信悄運用自然情致春蕪記阻遇折偶一爲之頗覺新異至鳴鳳之狀子精忠之頌雖皆集曲名而成然支離牽扯不足數矣

玉茗四夢。牡丹亭最佳邯鄲次之南柯又次之紫釵則强弩之末耳

南柯情著一折以法華普門品入曲毫無勉强毫無遺漏可稱傑搆末折絕好收束排場處復盡情極態全曲當以此爲冠冕也

牡丹亭對宋人說大明律春蕪記楚國王二竟有不怕府縣三司作之句作者故爲此不通語駭人聞聽然插科打諢正自有趣可以令人捧腹不妨略一見之至若元人雜劇凡駕唱多自稱廟謚如漢某帝唐某宗之稱眞堪噴飯矣

琴心記棨返折紅衲襖曲捕魚翁錯認酒家敲又怎許詩人帶月敲一曲兩用敲韻明珠記禁怨折一曲兩用怨韻荊釵堂試折亦一曲兩用錢韻

明曲齣目多四字國朝多二字惟東郭記皆用孟子語爲之玉鏡臺則或二字或三四字參差不一蓋變例也

懷香記佳會折全落西廂窠臼而解袍歡山而紅數曲在旁眼偷窺寫得歡情如許美滿較十二紅正不啻青出於藍而過於藍余嘗謂小姐多丰采君瑞濟川才爲元曲中之最庸惡陋劣者緣落想便俗故也

紫釵記最得手處在觀燈時即出黃衫客下文劍合自不覺突而中借馬折避却不出使有草蛇灰線之妙稍可幾者有門楣絮別矣接下折柳陽關便多重疊且墮惡套而歎檄折兩使臣皆不上場亦屬草率

金雀記苦無丑淨至强以左太冲張孟陽當之亦不善挪虛步閒之輒不滿人意

荊釵曲白都近自然惟赴試折家國離情路上自不必向朋輩喁喁緒語且末淨合唱蒙囑咐牢記取敎我成名先寄數行書又居然與王十朋心事關照殊嫌着相焚香記寄書折關目與荊釵記大段雷同金員外潛隨來東孫汝權亦下第留京一同也賣燈科錄人寄書承局亦寄書二同也同歸寓所寫書同調開肆中飲酒同私開書包同改寫休書無之不同當是有意勦襲而爲之

曲有覆述上文仍襲用前曲如西廂之鎖南枝焚香之玉交枝皆不復增減一字

浣沙記第十三折之虞美人第十五折之浪淘沙引皆竊古人名詞改易數字雖與本曲情節相同按之原詞究多勉强其十三折竊四石室以間一曲爲一日關目尤欠分明也

雙珠記通部細針密線具穿穴照應處如天衣無縫其見巧思惟每人開口多用駢白頭面雷同且中有未盡合口吻者乃爲美玉之玷

明珠記別母折老旦曲云只憶情人在網籠又傷嬌女去漂蓬情人二字施之白頭兩老稱謂甚怪作曲者偶然失檢便予人可擬可見此這一字不容苟下也

曲話卷四

樂府興而古樂廢唐絶興而樂府廢宋人歌詞興而唐之歌詩又廢元人曲調興而宋人歌詞之法又漸積於廢詩詞空具聲音元曲則描寫實事其體例固別爲一種然毛詩氓之蚩蚩篇綜一事之始末而具言之木蘭詩事蹟首尾分明皆已開曲伎之先聲矣作曲之始不過止被之管絃後且飾以優孟元人院本至今傳者寥寥數種其實雜劇爲多明以後則傳奇盛行下筆動至數十折一人多至數本十數本數十本其始大旨亦不過歸於勸善懲惡而已及其末流淫侈競尚蓋自明中葉以後作者按譜填字各逞新詞此道遂變爲文章之事不復知爲律呂之舊矣推此以論則雖謂今曲盛而元曲之聲韻廢亦無不可也

元人百種佳處恆在第一二折奇情壯采如人意所欲出至第四折則了無意味矣世遂謂元人以曲試士百種雜劇多出於場屋第四折爲强弩之末故有工拙之分然考之元史選舉志固無明文或亦傳聞

之誤也」按明沈德符撰顧曲雜言謂元人未滅南宋以前以雜劇試士吳梅村序廣正譜亦謂當時以此取士皆傳粉墨而踐排場一代之人文皆從此描眉畫頰詼諧調笑而出之固宜其擅絕千古是二說者固當有所本也」

雕蟲館曲選亦謂元取士有塡詞科主司所定題目外止曲名及韻其賓白出於演劇伶人一時所爲故鄙俚蹈襲之語爲多予謂此蓋論百種雜劇然耳若西廂等本其白爲曲人所自作關目恰好字句亦長短適中迥不侔也

北曲有名同詞異者如黃鍾宮有古水仙子而商調及雙調皆有水仙子有古神仗兒而仙呂亦有神仗兒有古寨兒令而越調亦有寨兒令有柳葉兒而仙呂及商調皆有柳葉兒有侍香金童而商調亦有侍香金童有賀聖朝而中呂及商調皆有賀聖朝有女冠子而大石亦有女冠子正宮有端正好而仙呂亦有端正好仙呂有上京馬而商調亦有上京馬有祆神急而雙調亦有祆神急中呂有鬥鵪鶉而越調亦有鬥鵪鶉有紅芍藥而南呂亦有紅芍藥有思三台而越調亦有思三台

工尺四上樂之聲也而不知其字已見於楚詞大招云工尺字譜四上競氣則來歷已久矣

樂以詩爲本詩以聲爲用隋唐以來三百篇中僅傳鹿鳴關雎十二章宋趙彥肅將句字配協律呂因垂作譜於鹿鳴等六詩爲黃鍾淸宮注云俗稱正宮關雎等六詩爲無射淸商注云俗稱越調人但知南北

曲有正宮越調而不知實麗於風雅也說本廣山周祥鈺

四聲二十八調者宮聲七調曰正宮高宮中呂宮道宮南呂宮仙呂宮黃鍾宮商聲七調曰大石調高大石調雙調小石調歇指調商調越調羽聲七調曰般涉調高般涉調中呂調平調南呂調仙呂調黃鍾調角聲七調曰大石角高大石角雙角小石角歇指角商角越角此二十八調之分統於四聲也按宋志以夾鍾收宮商角閏四聲閏爲角其正角變徵正徵皆不收而獨用夾鍾爲律本

曲譜長短句法自一字至十餘字其源皆起於古之歌詞可取而證賡歌都俞一字之始也風之蘄父雅之肇禋二字之始也江有汜思無釋三字之始也五六七字爲句所在多有姑不具論我不敢效我友自逸爲八字之始唐堯山垤之戒曰人莫躓於山而躓於垤爲九字之始孔氏銘曰饘於是粥於是以餬予口爲十字之始七字而外句法雖長皆可讀矣

調有大石大石本外國名有般涉般涉卽般贍譯言般贍華言曲也語見續文獻通考一按顧曲雜言謂遼史樂志大食調曲譜誤作大石因有小石以配之不知小石之名自宋已有王珪詩號王寶丹秦觀詩號小石調不由曲譜之譌也一

四時聲律其分配各有所宜如春季屬木其氣疎達則聲宜嘽緩而駘宕若仙呂之醉扶歸桂枝香中呂之石榴花漁家傲大石之長壽仙芙蓉花人月圓之類是也夏季屬火其氣恢台則聲宜洪亮震動若越

調之小桃紅亭前柳正宮之錦纏道玉芙蓉普天樂之類是也秋之氣颯爽而清越若南呂之一江風浣溪紗商調之山坡羊集賢賓之類爲宜冬之氣嚴凝而靜正若雙調之朝元令柳搖金黃鍾之絳都春畫眉序羽調之四季花勝如花之類爲宜

合南北曲所存燕樂二十三宮調諸牌名審其聲音以配十二月正月用仙呂宮仙呂調二月用中呂宮中呂調三月用大石調大石角四月用越調越角五月用正宮高宮六月用小石調小石角七月用高大石調高大石角八月用南呂宮南呂調九月用商調商角十月用雙調雙角十一月用黃鍾宮黃鍾調十二月用羽調平調『按羽調卽黃鍾調蓋調缺其一故兩用之而十一月爲子字當夜半介兩日之間於義亦宜』閏月則用仙呂八雙角『按仙呂卽正月所用雙角十月所用合而一之履端於始歸餘於綠綠之義也』如此則聲音氣象自與四序相合矣

吳門李元玉有一笠菴廣正九宮譜採元人各種傳奇散套及明初諸名人所著之北詞依宮按調彙爲全書於牌名體格同異處辨證甚爲精詳所收尤博多今未見者先是華亭徐于室輯有原稿李氏取而參討之吳梅村之序稱爲騷壇鼓吹堪與漢文唐詩並傳不朽可謂知言『按雍熙樂府列黃鍾正宮大石小石仙呂中呂南宮雙調越調商調商角般涉十二調其商角及般涉有目無詞李氏書雖多道宮高平歇指宮調角調五類而歇指及宮角三調皆有目無詞核其體例實以雍熙樂府爲本偶有增益亦因

彼而推廣之耳」

九宮譜定不知誰氏所作但署東山釣史𢇁湖逸者同輯蓋隱其名矣所論皆南曲篇首諸論多能切中其論務頭云凡曲遇揭起其音而宛轉其調如俗之所謂做腔處即是務頭其論甚創「按中原音韻於北曲之務頭臚列甚詳而南曲務頭絕無道及又按嘯餘譜哉務頭一卷然於務頭二字究未說明李笠翁謂二字既不得其解當以不解解之不得爲謎語欺人者所惑此說良當」如云各調皆有引子獨羽調無引子當借仙呂引子用之又云犯曲只宜犯本宮或偶犯別宮則音調必稍異如醉太師貓兒出隊之類只宜直作本曲之名不必分作犯體又云大套必用尾惟仙調之不了牙等調大石之一撮棹等調商呂之鎖窓寒等調黃鍾之刮地風等調商調之啄木鸝等調或二調四皆可不必用尾擇取亦淸淘稱善本非深入其域者不能道也

是書論平仄有過寬者如引幽閨之黃鍾絳都春云得到今朝謂可用平平平去正宮普天樂云割得斷兄妹腸肚謂可用八平平平八平平仙呂卜算子云病染身着地謂可用仄仄仄平平琵琶之中呂菊花新云封書遠寄到親闈又見關河朔雁飛謂二句可用仄仄平平仄仄平平平仄平仄平荊釵之南呂臨江仙云渡水登山須子細謂可用仄仄平平仄仄平牧羊之越調云甚日信復中郞將謂可用仄仄平平平仄仄臥冰之商調逍遙樂云人阻陽臺煙霞暝謂後三字可用去平平雙調眞珠簾云停針久可用

上平平綵樓之仙呂八雙調金水令云娘子志誠兩意相投二句謂可用仄仄平平平仄平仄幽閨之刎調排歌云不忍聽謂可用平平仄如此類可以互易者不可枚舉須知曲有一定之平仄中有數曲幷仄中之上去亦不可改其平可以使仄仄可以使平者必古曲音律不諧而後善謳者酌而改之此雖有而不多見豈能任意互易而云無礙耶持論雖活然或病其過活也

莊親王博綜典籍尤精通音律能窮其變而會其通所著九宮大成南北宮譜多至數十卷前此未有也其持論有特識精卓不刋能闢數百年詞家未闢之祕如南譜舊有仙呂入雙調一門其音聲迥不相合今譜中將仙宮歸仙呂雙調歸雙調而用南仙呂步步嬌北雙角新水令等曲合成套數別爲閏卷又詞家以各官牌名彙而成曲俗稱犯調譜中以犯字意義無本更其名曰集曲其集曲有名義可取而聲律失調者有節奏克諧而名義欠雅者悉爲釐正不拘於古人成式又中原音韻八聲分派三聲之內但止於平聲分陰陽而上去不分尙欠精晰詳中每字定以工尺而陰陽自分可補周德清之所未備又舊譜俱限七字爲句無論文義如何皆截爲襯字幾不成文理今譜中多留一二正字全其文義除去正文中間作讀章句益覺完美又譜中有一牌名同字異者以至先者爲正體餘爲又一體亦洗嘯餘譜第一體第二體之陋確爲有見凡此皆創例也

康熙五十四年　命詹事王弈淸等撰曲譜十四卷蓋與詞譜同時而成北曲四卷南曲八卷附失

宫犯調各曲一卷曲文每句注句字韵注韻字每字旁注四聲「按九宮大成每曲文在句注讀於用中原韻處注韻沈韻所通注叶中原韻所無沈韻不通者注押與此少異」於入聲字或宜作三聲者皆一一詳注舊譜譌句亦一一爲之辨證以附於後

曲話以涵虛曲論爲最先取詞客九十八人而品題之如云馬東籬如朝陽鳴鳳張小山如瑤天笙鶴白仁甫如鵬摶九霄李壽卿如洞天春曉等類其題目雖佳然未必人人切當不移也王實甫之撰西廂見太和正音譜王弇州曲藻謂實甫原本至碧雲黃花而止矣後所續爲關漢卿筆世謂止於草橋驚夢者非也金按漢卿所撰曲多至六十餘本其目不載西廂且續本多鄙陋不倫之句尤可疑也

陶宗儀輟耕錄謂董解元西廂作於金元宗時世代未遠尚罕傳者何況今曲之兄按董解元嘯餘譜首引之止稱始作北曲並未及西廂也永嘉高則誠作琵琶故百川書志稱永嘉先生作原本止於書館相逢賞月掃花爲朱教諭隋補

近日高伯陽作續琵琶記空虛結撰出奇無窮一雪中郎之寃吳穀人先生爲之序云伯陽借一家之依稀拓千古之心胸娉飾勝緣挨張廢事如織女之酬郭介如青洪之贈歐明遂使銀鹿坐兒金龜得埒科名草長旌節花開但爭春夢之長不厭夏雲之幻數語曲中大致遺矣

曲有句譜短促又爲平仄所限最難諧叶者李笠翁謂遇此等處當以成語了之是固一說但强押亦難

巧合如還魂記之烟波畫船何嘗不是絕妙好詞何嘗不平仄諧叶較春蕪之心愁意慵等語豈止上下床直是天淵之隔矣　國朝惟萬紅友長此如仙呂之長拍中有四上聲字爲句最難自然紅友則肆應不竭愈出愈奇如睍睆好鳥祇我與爾我有斗酒等句皆異常巧合能奪天工者

紅友院本中有佛曲直佳按佛曲佛舞在隋唐時已有佛隋唐樂府有普光佛曲日光明佛曲等八曲入婆陀調釋迦文佛曲妙花佛曲等九曲入乞食調大妙至極曲解曲入越調摩尼佛曲入雙調蘇密七俱佛曲日光騰佛曲入商調邪勒佛曲入徵調婆羅樹佛曲等四曲入羽調遷星佛曲入般涉調提梵入移風調固不始於金元也

北人有所謂打連廂唱連廂者蓋連廂詞作於元曲未作之先其例專設司唱者一雜設諸執器色者笙笛琵琶各一人排坐場端吹彈數曲而後敷白道唱男名末尼女名旦兒幷雜色人等上場扮演依唱詞而作舉止毛西河有擬連廂詞曰賣嫁白放偷古法猶存今人不復能也古人歌者舞者各自爲一兩不照應至唐人柘枝詞蓮花鏇歌則舞者所執與歌人所歌之詞稍有相應矣猶羌無故實也至宋趙令畤作商調鼓子詞譜西廂傳奇始有事實矣然尚無演白也至董解元作西廂搊彈詞曲中夾白搊彈念唱統屬一人然尚未以人扮演也金人仿遼大樂之製而作淸樂中有連廂詞則扮演有人矣猶然司舞者不唱司唱者不舞也至元曲則歌舞合於一人然一拆自首至末皆以其人專唱非正末則正月唱者爲

主而白者爲賓則連廂之法未盡變也今之雜色上場無不可唱此實起於元末明初其由來亦已久矣

元曲疊字多新異者今摘錄之嚮丁丁冷淸淸罨嘍嘍虛飄飄各剌剌『雕輪碾落花』撲騰騰寬綽綽笑呷呷香馥馥鬧炒炒輕絲絲『黃柳帶栖鴉』碧茸茸煖溶溶靜巉巉『的綠愁紅醮』氣昂昂醉醺醺怨呆鄧鄧『把衣裳袒裸』亂蓬蓬叫吖吖白鄧鄧黑突突戰欽欽慌張張昏慘慘疎剌剌『的風雨篩』舞旋旋叫喳喳撲碌碌惡狠狠哭啼啼淚紛紛黑黯黯戰兢兢白茫茫寒森森滴溜溜『絆我個合撲地』篤簌簌密濛濛亂紛紛稀剌剌『草戶扃』破殺殺『磚窰靜』喜孜孜明晃晃眼睜睜可撲撲『膽驚心懼』亂慌慌忙劫劫慌速速急煎煎翻滾滾悲切切痛煞煞急忙忙苦孜孜淚絲絲磣可可『停着老子』撲咚咚窮滴滴淚漣漣亂烘烘粗坌坌『幾根柴』顫欽欽『惹的我心兒準』冷丁丁羞答答實丕丕『與你情親』心恐恐淸耿耿番滾滾赤歷歷『那電光掣』不明明『在這門額上顯』分朗朗雄赳赳喜都都瘦懨懨乾剌剌足律律懰憋憋『開聖旨』黃甘甘惡哏哏撲碌碌篤速速『眼跳』心切切眼巴巴困騰騰惡歆歆謾憋憋『愁萬縷』信拖拖另巍巍『手中擎』曲躬躬翻滾滾可丕丕甘剌剌悶懨懨沉默默淚汪汪青滲滲黃穰穰嗔忿忿急攘攘淚盈盈夜迢迢星耿耿笑欣欣暖溶溶苦懨懨悶沉沉火匝匝『把衣服緊揩着』鬧抄抄凍欽欽病懨懨天憕憕人紛紛鬧火火靜悄悄困騰騰步遲遲恨緜緜笑哈哈酸溜溜韻悠悠笑哈哈舞飄飄撲簌簌骨碌碌合剌剌『轆轤響』各瑯瑯『

釣搗碓聲』淅零零急騰騰急旋旋碧遙遙喝嘍嘍七林林『過曲欄』沉默默勢雄雄威糾糾齊臻臻鬧垓垓濕浸浸磕擦擦『登山驀嶺』緝林林志昂昂氣騰騰與悠悠嬌滴滴樂陶陶曲彎彎高聳聳明朗朗嚮潺潺香噴噴鬱沉沉碧油油黑漫漫焰騰騰絮叨叨假惺惺不鄧鄧撲鼕鼕響璫璫忽剌剌木騰騰磣磕磕密匝匝笑微微立欽欽醉醄醄支楞楞低矮矮羞怯怯風颯颯怒忿忿顫兢兢黃登登氣撲撲淚簌簌沸瀼瀼直梃梃鬧嚷嚷綠茸茸吃登登『催着玉驄』恨匆匆斷踏踏赤力力骨都都各支支烟支支『的撒滯殢』涎鄧鄧情默默望迢迢青湛湛細濛濛忒楞楞氣咍咍冷淸淸意懸懸嘴巴巴碧泠泠玉鏗鏗綠依依碎紛紛可擦擦穩丕丕粗剌剌黑婁婁鐵屑屑

曲話卷五

金聖嘆强作解事取西廂記而割裂之西廂至此爲一大厄又以意爲更改尤屬鹵莽驚艷云你道是河中開府相公家我道是南海水月觀音院改爲這邊是河中開府相公家那邊是南海觀音院借廂云我若共你多情小姐同鴛帳怎捨得你疊被鋪床改爲我若與你多情小姐同鴛帳我不敎你疊被鋪床又你撇下半天風韻我捨得萬種思量改爲你也掉下半天風韻我也颩去萬種思量酬韻云隔牆兒酬和到天明方信道惺惺自古惜惺惺改爲便是惺惺惜惺惺又便是鐵石人鐵石人也動情删去疊鐵石人三字寺警云便將蘭麝熏盡只索自溫存改爲我不解自溫存又果若有出師的表文嚇蠻的書信但願

你筆尖兒橫掃了五千人改爲他眞有出師的表文下燕的書信只他這筆尖兒敢橫掃五千人請宴云受用些寶鼎香濃繡簾風細綠窗人靜改爲你好寶鼎香濃又請字兒不曾出聲去字兒連忙答應改爲我不曾出聲他連忙答應賴婚云誰承望你即即世世老婆婆敎鶯鶯做妹妹拜哥哥改爲眞是即世老婆婆甚妹妹拜哥哥前候云一納頭安排着憔悴死改爲一納頭只去憔悴死鬧簡云我也回頭看看你個離魂倩女怎發付擲果潘安改爲今日爲頭看看你那離魂倩女怎生的擲果潘安拷豔云我只神鍼法灸誰承望燕侶鶯儔改爲定然是神鍼法灸難道是燕侶鶯儔猛凝眸只見你鞋底尖兒瘦改云怎凝眸又那時間可怎生不害半星兒羞改爲那時間不曾害半星兒羞哭宴云兩意徘徊落日山橫翠改爲兩處徘徊大家是落日山橫翠驚夢云愁得陡峻瘦得啅嗻却早掩過翠裙三四褶改爲愁得陡峻瘦得啅嗻半個日頭早掩過翠裙三四褶此類皆以意爲更易又有過爲删減者借廂云過了主廂引入洞房你好事從天降删爲曲廂洞房又軟玉溫香休道是相偎傍删爲休言偎傍請宴云聘財斷不爭婚姻立便成删爲聘不見爭親立便成琴心云靡不有初鮮克有終删爲靡不初鮮有終驚夢云聰一聰着你化爲醯醬指一指教你變做醬血騎着一匹白馬來也删去三二字近日嘉應吳石華學博以六十家本六幻本琵琶本葉氏本與金本重勘之科白多用金本曲多用舊本『原序以六十家爲舊本』取金本所改錄其佳者如借廂云若今生難得有情人則除是前世燒了斷頭香改爲若今生不做並頭蓮難道前

世燒了斷頭香寺警云學得來一天星斗煥文章不枉了十年窓下無人問改爲我便知你一天星斗煥文章誰可憐你十年窓下無人問又你那裏問小僧敢也那不敢我這裏啓大師用俗那不用俗改爲你休問小僧敢去也那不敢我要問大師眞個用俗也不用俗又劣性子人皆慘捨着命提刀仗劍更怕我勒馬停驂改爲就死也無憾我便提刀仗劍誰還勒馬停驂又我將不志誠的言詞賺倘或紕繆倒大羞慚改爲便是言詞賺一時紕繆半世羞慚琴心云則爲那兄妹排連因此上魚水難同改爲將我厮字排連着他魚水難同賴簡云恁的般受怕擔驚又不圖甚浪酒閒茶改爲我也不去受怕擔驚我也不圖浪酒閒茶又從今悔非波卓文君你與我學去波漢司馬改爲小姐你息怒回波俊文君張生你游學去波渴司馬後候云將人的義海恩山都做了遠水遙岑改爲甚麼義海恩山無非遠水遙岑又雖不會法灸神鍼猶勝似救苦難觀世音改爲他不用法灸神鍼他是一尊救苦觀世音哭宴云留戀別無意見據鞍上馬閣不住淚眼愁眉改爲留戀應無計一個據鞍上馬兩個淚眼愁眉其實聖嘆以文律曲故每於襯字刪繁就簡而不知其腔拍之不協至一牌畫分數節拘腐最爲可厭所改縱有妥適存而不論可也李笠翁從而稱之過矣

董解元西廂今傳者爲楊升菴定本繪象則唐伯虎筆刻極工緻石華最賞其愁何似似一川烟草黃梅雨二語謂似南唐人絕妙好詞可謂擬於其倫其後王實甫所作蓋探源於此然未免瑜瑕不掩不如實

甫之玉璧全完也石華手錄　者十餘調附刻所定西廂記後較元本詞字略有增損如燈兒一點被颩吹滅元作甫能吹滅又披衣獨步冷淸淸看那斷橋月色元作扳衣獨步在月明中凝睛看天色又待赶上個夢兒睡也再睡不着元作媚媚的不乾抑也抑得着所改特饒神韻電白邵子言學博亦亟稱之世傳實甫作西廂至碧雲天黃花地西風緊北雁南飛搆想甚苦思竭扑地遂死平心論之四語非不佳妙然此等句法元人所不尙故元曲中亦少見今則以爲小家取巧矣

周德淸中原音韻全爲北曲而設以入聲叶入三聲亦有所本檀弓子辱與彌牟之弟游注謂文子名木緩讀之則爲彌牟古樂府江南曲以魚戲蓮葉北韻魚戲蓮葉西注亦稱北讀爲悲是以入叶平也春秋盟于蔑穀梁傳作盟于眛定姒卒公羊傳作定弋卒是方言相近上去入可以轉通也蓋北方之音舒長遲重不能作收藏短促之聲凡入聲皆讀入三聲自是風土使然作北曲自宜歌以北音德淸之書亦因其節之自然而爲之耳

詞曲本里巷之樂初無正聲其體雖創自唐代然唐無詞韻初唐回波諸篇唐末花間集所用韻皆與詩同至宋始有以入代平以上代平之例然三百年來絕無詞韻一書不過稍叶以方音而已蓋唐時去古尙未遠方言猶與韻合宋雖去古已遠而諸方各隨其土語不能定爲一格故兩代均無專書元則北曲立爲專門勢不得不定爲韻譜義各有當時使之然也

周韻以上支紙寘分作支思韻下支紙寘分作齊微韻上麻馬禡分作家麻韻下麻馬禡分作車遮韻而入聲隸之平上去三聲則曲韻不可與詞韻混也乃胡文煥文會堂詞韻平上去三聲用曲韻入聲用詩韻是韻行而作曲者或捨周韻而就之而此道慚有歧途之惑沈去矜著詞韻以正當世誤用曲韻之病如肱轟崩烹盲弘鵬等字沈韻收入庚梗韶而周韻收入東鐘韻浮字沈韵收入尤有韻而周韻收入魚模韻詞韻平聲獨用上去通用有三聲通押者而入聲不與周韻則四聲通用是周韻之斷不可通於詞韻明矣而近時詞家間以周韻爲詞韻夫作詞可用周韻作曲何不可用胡韻乎此中界限原易明悉而誤者紛出所不解也

毛西河作韻學指要謂古今無二韻自三古至今經史載籍以至矢口所誦俱無有二所繇然特出別成一例者祇元人北曲韻耳若詩餘南曲卽無一不與五部三聲兩界兩合四門相符故宋人亦並無有造詞曲韻者今人妄作詞韻以作宋元人爲詩餘者且有以南曲無韻將中原音韻北曲之韻責之南曲『如西樓記以中原音韻註每折下南詞新譜反口古曲爲失韻類』是欲冠夏人以幪頭衣周嬪以窮袴也又云詩餘南曲亦俱有支魚一界嘗誦元人曲詞迢迢路不知是那裏前途去未審安身在何處此界韻也後在白門聽伎有歌何處爲何地者此又近論韻家所改竄字按南曲固無專韻然如西河言則南曲韻究無定主故九宮大成選古詞以補南曲所無其南詞凡例謂詞韻與曲韻不同度曲者仍用中

原韻塡之夫南曲既可用中原韻是仍以四聲通用爲正矣梅嶺記之傾杯序云霧鎖烟林映峭壁巖壑峯巒翠散曲之傾杯賺云紅裝素態擎淸露景堪錄繫百索衫裁艾虎此皆南曲以入聲與三聲並押之證

順治末武林陳次升作南曲詞韻欲與周韻並行緣事中輟李笠翁謂南韻深渺卒難成書塡詞家卽將周韻就平上去三音中抽出入聲字另爲一聲備南曲之用是又一說

南北曲聲調雖異而過宮下韻則一自高則誠作琵琶創爲不尋宮數調之說以掩己所短後人遂藉口謂北曲嚴而南曲疎臧晉叔譏之是也

何元朗評施君美幽閨記稱其遠出琵琶上王元美譏之以爲元朗好奇之過臧晉叔則以琵琶梁州序念奴嬌序二曲不類永嘉口吻意爲後人竄入謂元朗稱許琵琶自不識所謂幽閨不知作曲各得其性之所近閱曲者亦嘉其性之所近即如若士之才不可一世而紫釵一記亦長於北而短於南倘必膠一已偏執之見輾轉譏彈務求必勝亦古人之不幸也

臧晉叔家藏元人秘本雜劇最多復從劉延伯借所錄御戲監本二百種參伍校訂擇其佳者百種以甲乙釐爲十集梓行今所傳元曲選也其所棄而不入者不可得見亦一恨事

曲白不欲多西廂二十一折原白本自寥寥也白無駢偶則直駢偶多則詞意又晦琵琶之黃門諸篇已

覺取厭而曇花記終折竟無一曲浣紗玉盒終折無一散白更無謂矣但非所論於雜劇雜劇以四折敍傳奇故事其白不得不密不得不多然亦有至累千百言者則作者之妄也

予幼喜讀曲今成癖矣消愁遣悶殆勝小說每欲即所見各爲點論彙選千種成曲海巨觀未果也上秋游頂湖阻風肇慶孤篷悄坐輙雜憶而隨記之了無倫次歸乃補綴成帙甲申臘盡廷枏記

序

古者入學習樂弟子職也少者可學必非難事自高視闊論者執孔子樂云樂云鐘鼓乎哉之說窮極精微屢牘連篇究莫得善美之蘊不知孔子所論乃指作樂而云然謂必有盛德大業方可作一代之樂非謂舍鐘鼓而別有所謂樂也孟子曰今之樂猶古之樂古有樂今亦有樂古樂云亡舍今奚從而今日之樂大而清廟明堂燕享祭祀小而樵歌牧笛婦孺謳吟凡有聲者皆可謂樂以此爲樂則弟子可學矣文祺奉使入覲

大朝得遇湖北護貢官楊都轉晨夕晤對一月有餘無日不有唱和湖光山色助我詩情既讀其詩集詞集矣漢陽旅次又以院本數種見贈文祺受而讀之第覺其詞旨圓美齒頰生香而於製曲之源流瞢如也一再叩其底蘊都轉略示梗概並出是卷讀之卷分三類一曰原律辨論宮商審明清濁一曰原文凡曲之高下優劣經都轉論定者悉著於篇一曰原事詼諧雜出耳目一新製曲之道思過半矣較之隨園詩話制藝叢談楹聯叢話更足啓發心思昭示來學不得以曲子相公爲名臣累也下邦有白毫子明命王之十子今王之叔父也嘗以宮中應制第有魚龍曼衍之戲爲陋訪得故黎承值樂工善吹笛者出新意製曲凡數十套按節而歌應聲而舞四十年來內廷賜宴小臣得與聞焉在下邦以創始爲奇未嘗不咨嗟歎賞以爲古之樂則吾不知若今之樂亦觀止而不敢復請惜白毫子薨已十有二年不獲睹是編

而考證之亦憾事也付梓後願以百本見寄海邦童子倘多穎秀之資倘循是以求其精微不獨今之樂可學即古樂之善美者不亦可測其涯涘耶丁丑秋九月越南國貢部正使珠江裴文禩殷年甫拜序於漢陽鸚鵡洲舟次

詞餘叢話卷一

長沙　楊恩壽　朋海

原律

乾隆六年開律呂正義館莊親王董其事王撰分配十二月令宮調論最爲精核因備錄之宋史燕樂志以夾鐘收四聲曰宮曰商曰羽曰閏閏爲角其正角聲變徵聲徵聲皆不收而獨用夾鐘爲律本宮聲七調曰正宮高宮中呂宮道宮南呂宮仙呂宮黃鐘宮商聲七調曰大石調高大石調雙調小石調歇指調商調越調羽聲七調曰般涉調高般涉調中呂調平調南呂調仙呂調黃鐘調角聲七調曰大石角高大石角雙角小石角歇指角商角越角此其四聲二十八調之略也顧世傳曲譜北曲宮調凡十有七南曲宮調凡十有三其名大抵祖二十八調之舊而其義多不可考又其所謂宮調者非如雅樂之某律起宮某聲起調往往一曲可以數宮一宮可以數調其宮調名義既不可泥且燕樂以夾鐘爲黃鐘變徵爲宮變宮爲閏其宮調聲字亦未可据按騷隱居士曰宮調當首黃鐘而今譜乃首仙呂且既曰黃鐘爲宮矣何以又有正宮既曰夾鐘姑洗無射應鐘爲羽矣何以又有羽調既曰夷則爲商矣何以又有商調且宮商羽各有調矣而角徵獨無之此皆不可曉者或疑仙呂之仙乃仲字之譌大石之石乃呂字之譌亦尋

聲揣影之論耳續通考謂大石本外國名般涉即般贍譯言般贍華言曲也夫南北風氣固殊曲律亦異然宮調則皆以五聲旋轉於十二律之中廖道南曰五音者天地自然之聲也在天爲五星之精在地爲五行之氣在人爲五藏之聲由是言之南北之音節雖有不同而其本之天地之自然者不可易也且如春月盛德在木其氣疏達故其聲宜嘽緩而駘宕始足以象發舒之理若仙呂之醉扶歸桂枝香中呂之石榴花漁家傲大石之長壽仙芙蓉花人月圓等曲是也夏月盛德在火其氣恢台其聲宜洪亮震動始足以肖茂對之懷若越調之小桃紅亭前柳正宮之錦纏道玉芙蓉普天樂等曲是也秋之氣颯爽而清越若南呂之一江風浣溪沙商調之山坡羊集賢賓等曲是也冬之氣嚴凝而靜正若雙調之朝元令柳搖金黃鐘之絳都春畫眉序羽調之四季花勝如花等曲是也此蓋聲氣之自然本於血氣心知之性而適當於喜怒哀樂之節有非人之智力所能與者我

聖祖仁皇帝考定元音審度制器黃鐘正而十二律皆正則五音皆中聲八風皆元氣也今合南北曲所存燕樂二十三宮調諸牌名審其聲音以配十有二月正月用仙呂宮仙呂調二月用中呂宮中呂調三月用大石調大石角四月用越調越角五月用正宮高宮六月用小石調小石角七月用高大石調高大石角八月用南呂宮南呂調九月用商調商角十月用雙調雙角十一月用黃鐘宮黃鐘調十二月用羽調平調如此則不必拘拘於宮調之名而聲音意象自與四序相合羽調即黃鐘調蓋調闕其一故兩用

之而子當夜半介乎兩日之間於義亦宜也閏月則用仙呂入雙角仙呂即正月所用雙角即十月所用合而用之履端於始歸餘於終之義也

曲中重句爲疊始於江汜之不我與也其稱爲格者三百篇中或用之或用兮或用止或用只楚辭則用些其鼻祖也如水紅花也囉二字韻在其上也囉爲語助皆此類耳至若一字既不叶韻又無其義如駐雲飛之嗏字則古詩妃呼豨之屬也

句字長短古無定限如二字爲句則祁父肇禋之類是也三字爲句則思無邪於繹思之類是也四五六七字六代以來所常用不具論若八字則我不敢效我友自逸之類是也九字人莫躓於山而躓於垤十字饘於是粥於是以糊余口皆其類也十一字以上荀卿成相辭備有之至少至一字則雖都俞吁咨載在二典而於歌辭不少概見惟宋詞十六字令第一句乃一字一韻也漢曲故春非我春夏非我夏秋非我秋冬非我冬以十七字爲句千古罕偶

元人周德淸評西廂云六字中三用韻如玉宇無塵內忽聽一聲猛驚玉驄嬌馬內自古相女配夫此皆三韻沈景倩謂女古仄聲夫字平聲不若雲斂晴空內本宮始終不同俱平聲乃佳耳究之此類元人多能之不獨西廂爲然如春景時曲云柳綿滿天舞旋冬景云臂中緊封守宮又云醉烘玉容微紅重會時曲云女郎兩相對當私情時曲云玉娘粉粧生香㑳梅香雜劇云不妨莫慌我當兩世姻緣云怎麼性大

偏殺歌舞麗堂春云四方八荒萬邦俱六字三韻穩貼圓美他尚未易枚舉詞曲佳處自有在此特剩技耳

今按樂者必先學笛如五凡工尺上一之屬世以爲俗工俚習不知其來舊矣宋樂書云黃鐘用合字大呂太簇用四字夾鐘姑洗用一字夷則南呂用工字無射應鐘用凡字中呂用上字甤賓用鉤字林鐘用尺字黃鐘清用六字大呂夾鐘清用五字又有陰陽及半陰半陽之分而遼世大樂各調之中度曲協律其聲凡十日五凡工尺上一四六鉤合近十二雅律第於律呂各闕其一猶之雅音之不及商也可見宋遼以來此調已爲之祖宜後之習樂者不能越其範圍

昔人謂詩變爲詞詞變爲曲體愈變則愈卑是說謬甚不知詩詞曲固三而一也何高卑之有風琴雅管三百篇爲正樂之宗固已芝房寶鼎奏響明堂唐賢律絕多入樂府不獨宋元諸詞喝唱則用關西大漢低唱則用二八女郎也後人不溯源流强分支派大雅不作古樂云亡自度成腔固不合拍即古人遺製循塗守轍亦多聱牙人援知其當然不知其所以然之說以解嘲今並當然者亦不知矣詩詞曲界限愈嚴本眞愈失

古人製曲神明規矩無定而有定有定仍無定也樂譜鹿鳴之詩首章我爲甤有爲林嘉爲應賓爲南次章我爲林有爲南嘉爲應賓爲黃同一我有嘉賓初無高下輕重之別何以互異若是可見諸律原可通

不必拘拘工尺也旨哉沈蘅漁之言曰選字就調可以恕古而不可以恕今

舊唐書音樂志享龍池樂章十首姚崇蔡孚等十人之作皆七律也沈佺期之盧家少婦一章卽樂府之獨不見也陳標飲馬長城窟一篇亦是七律楊升菴草堂詞選序曰唐七言律卽塡詞之瑞鷓鴣七言八韻卽塡詞之玉樓春也至於醉草淸平旗亭畫壁絕句入樂府者尤指不勝屈此曲與詩詞異流同源也

元曲音韻講求最細膾炙人口者莫若琵琶猶不免借用太雜之譏昔歐陽永叔謂退之古詩工於用韻得寬韻則波瀾橫溢泛入旁韻得窄韻則不復旁入因難見巧塡詞者何獨不然

漢禮樂志武帝定郊祀之禮乃立樂府采詩夜誦有趙代秦楚之謳劉舍人所謂武帝崇禮始立樂府也案孝惠二年夏侯寬已爲樂府令則樂府之立未必始於武帝也

張度西先生嘗謂詞曲之源出自樂府雖世代升降體格趨下亦是天地間一種文字曲譜中大石調之念奴嬌長空萬里般涉調之哨徧睡起草堂皆宋詞可見是時已開元曲先聲如靑蓮憶秦娥爲詞祖妍麗流美而聲之變隨之有莫知其然而然者然如實甫東籬漢卿猶存宋人體格自院本雜劇出多至百餘種歌紅拍綠變爲牛鬼蛇神淫哇俚俗遂爲大雅所憎前明邱文莊十孝記何嘗不以宮商褻演寓垂世立教之意在文人學士勿爲男女媟褻之辭掃其蕪雜歸於正音庶見綺語眞面目耳先生此論與藏園題忠感記安肯輕提南董筆替人兒女寫相思之句相脗合云

自北劇興名男曰末女曰旦南劇雖稍有更易而旦之名不改不解何義按遼史樂志大樂有七聲謂之七旦凡一旦司一調如正宮越調大石中呂之屬此外又有四旦二十八調不用黍律以琵琶叶之卽今九宮譜之始所謂旦者乃司樂之總名金元相沿遂命歌伎領之後改爲雜劇不皆以倡伎充旦則以優之少者假扮爲女漸失其眞

元人云雜劇中用四人曰末泥色主引戲分付曰副淨色主發喬曰副末色主打諢又一人裝孤老獨無旦之色目益知旦爲司調如敎坊部頭色長類也

梁茝鄰中丞浪跡續談生旦淨末之名自宋有之然武林舊事亦多不可解者惟莊岳委談云傳奇以戲爲稱謂其顚倒而無實耳故曲欲熟而命以生也婦宜夜而命以旦也開場始事而命以末也塗汚不潔而命以淨也枝山猥談則云生旦淨末等名有謂反稱又或託之唐莊宗者皆謬也此本金元闤闠談吐所謂鶻伶聲嗽今云市語者也生卽男子旦曰裝旦色淨曰淨兒末乃末泥孤乃官人卽其土音何義理之有堅瓠集樂記注俳優雜戲如獮猴之狀生狌也旦狚也莊子猨猵狙以爲雌淨猙也廣韻似豹一角五尾丑狃也廣韻犬性驕俳優如獸所謂獿雜子女也此近穿鑿恐非事實

院本乃宋徽宗時五花爨弄之遺有散說有道念有筋斗有科汎初與雜劇本一種至元世始分爲兩明則院本不傳久矣今尙稱院本猶沿宋金之舊

毛西河先生於音律有神悟

丹陛樂者黃門鼓吹曲也設笱簴於午門旁太常典之而其曲多誤

聖祖命更定之陳文貞公以列代樂章配音樂識屬先生條上多所采用康熙二十三年

聖祖諭羣臣以徑三圍一隔八相生之法先生遂極意搜討作

聖諭樂本解說

皇言定聲錄及竟山樂錄三十八年

聖祖南巡先生進樂本解說刻本

詔傳至行在獎勞並

勅改刻本訛字宣付專行李剛主走三千里受業凡三日盡得舊所傳五聲二變四清七調九歌十二管並器色旋宮之法且能正先生樂書訛謬二十餘字先生大驚盡出所著俾論定

惠紅豆先生生時其父夢楊文貞公來謁卽以士奇名之學問宏通尤工詞曲撰琴邃理數考四卷其略云十二律黃鐘至小呂爲陽蕤賓至應鐘爲陰陽用正而陰用倍蕤賓長小呂短黃鐘中自古相傳之舊法也晉永嘉之亂有司失傳梁武帝始改舊法黃鐘長應鐘短小呂中由是陽正陰倍之法絕漢魏律遂小呂一均之下徵調黃鐘爲宮有小呂無蕤賓故假用小呂爲變徵黃鐘邃之黃鐘宮爲正宮小呂邃之

黃鐘爲下宮徵最小而以爲宮故爲下宮隋鄭譯遂以黃鐘正宮當之擅去小呂用蕤賓以附會先儒宮濁羽清之說夫宮濁羽清者指下徵調而言譯改爲正宮是以歷代之樂皆患聲高隋唐以來惟奏黃鐘一均而旋宮之法廢矣古法盡亡獨存於琴邃邃孔疏密取則琴暉琴之十二律起於中暉邃之七音生於宮孔黃鐘邃從宮孔黃鐘始一上一下終於蕤賓琴自中暉黃鐘始一左一右終於十暉小呂書成嘉定王進士恪見而喜之餘或莫之解也

江愼修先生博通古今尤專心十三經注疏自少迄老丹黃不去手方侍郎苞吳編修紱皆深於三禮者見先生乃大歎服

高宗詔舉經明行修之儒有薦先生者力辭免以著書自娛旁及詞曲其論黃鐘之宮曰呂氏春秋稱伶倫作律先爲黃鐘之宮次制十二筒以別十二律黃鐘之宮者黃鐘半律後世所謂黃鐘清聲也唐時風雅十二詩譜以清黃起調畢曲琴家正宮調黃鐘不在大絃而在第三絃合於古者黃鐘宮爲律本之意聲律自然古今不異也伶州鳩論七律而及武王之四樂夷則無射曰上宮黃鐘太簇曰下宮蓋律長者用其清聲律短者用其濁聲古樂用均之法雖亡而因端可推韓子外儲篇曰琴以小絃爲大聲大絃爲小聲雖詭辭以諷然因是知古者調瑟之法黃鐘大呂太簇夾鐘姑洗仲呂蕤賓用半而居小絃林鐘夷則南呂無射應鐘用全而居大絃也管子書五聲徵羽宮商角之序亦如此

入聲派入三聲卽中原韻務頭也上聲亦可作平如西廂之清江引下場頭那答兒分付我我字上聲香美娘處分破花木瓜瓜字平聲天下樂汎浮槎到日月邊邊字平聲安排著憔悴死死字上聲此類甚多用上皆可代平但不可用去聲字耳

爾雅徒歌曰謠說文謠作䚻注云䚻从肉言今按徒歌謂不用絲竹相和也肉言歌者人聲也出自胸臆故曰肉言童子歌曰童䚻以其言出自胸臆不由人教也唐人謂徒歌曰肉聲卽說文肉言之意也

詞餘叢話卷二

原文

明曲天寶遺事相傳爲汪太涵手筆當時傳播藝林以余觀之不及洪昉思遠甚窺浴一齣洪作細膩風光柔情如繪汪則索然也備錄如左持月旦評者不河漢斯言汪作「醉花陰」膩水流清漲新綠洗盡胭凝粉聚斗帳錦重圍只恐東君窺見濃勻處「前腔」坐對銀屏困無語一點春心未足睪動不勝嬌偏嚲雲鬟擁被衣金鏤「古神仗兒」塵清洞府風生桂窟夢斷瑤池魂離洛浦雁行鴛序鶯雛燕語侍晨妝翠圍紅簇恐要侍兒扶宜寫在嬾妝圖「前腔」雲窗繡戶光凝綺窟春暖冰肌香溫玉骨芳姿新浴蘭湯乍出汗溶溶潤徹瓊酥似梨花一枝春帶雨洪作「四季花」別殿景幽奇看雕梁畔珠簾外雨捲雲飛逶迤朱闌幾曲環畫溪修廊數層接翠微繞紅牆通玉扉你看清渠屈注迴瀾皺漪香泉柔滑宜

素肌欵解雲衣早現出珠輝玉麗不由我對你愛你扶你覷你憐你『金鳳釵集』花朝擁月夜偎嘗盡溫柔滋相味鎮連似影追形分不開如刀劃水千般擱縱百般隨兩人合一副腸和胃密口意難提寫不迭鴛鴦帳綢繆無盡期悄偷窺亭亭玉體宛似浮波菡萏含露弄嬌姿輕盈臂腕消香膩綽約腰身漾碧漪明霞骨沁雪肌一痕酥透雙蓓蕾半點春藏小麝臍愛煞紅巾罅私處露微微凝晴睇恁孜孜含笑渾似果凝休說俺偷眼宮娥魂欲化則箇他見慣君王也不自持恨不把春泉翻竭恨不把玉山洗頹不住的香肩嗚嘬不住的纖腰抱圍無言匿笑含情對意哈哈靈液春風澹蕩恍如醉波光暖日影暉一雙龍戲出平池險箇襄王渴倒湯臺下恰便似神女攜將把暮雨歸出溫泉新涼透體賭玉容愈增光麗最堪憐殘粧亂頭翠痕乾晚雲生膩看你柳含風花怯露軟難支似嬌無力倩人扶起肩相並手共攜不須花底小車催趁撲面好風歸『凝行雲煞』意中人人中意則那無情花鳥也情癡一般的解結雙頭學並棲

漢書元帝紀賜單于待詔掖庭王檣爲閼氏匈奴傳王牆字昭君惟後漢書南匈奴傳作嬙錢竹汀先生謂說文無嬙字左傳妃嬙嬪御唐石經本作牆則匈奴傳作牆不誤而元帝紀之檣字說文亦未收也琵琶出塞乃烏孫公主事與昭君無涉傳元琵琶賦序曾詳之載在宋書樂志後人因石崇王明君辭序昔公主嫁烏孫令琵琶馬上奏樂以慰其道路之思其送昭君亦必爾也遂附會以爲昭君杜工部亦有琵

琵胡語之句明人演作傳奇敘昭君上馬之頃文武跪送昭君顧而長嘆其詞曰你看這文官濟濟中何用便是那武將森森也枉然卻教我紅粉去和番下語如鑄愧煞千古鬚眉王元美手筆也

虎囊彈院本魯智深醉酒一齣標曰三門疑是山門之譌後見浪迹叢談引釋氏要覽寺宇開三門者謂空門無相門無作門故謂三門然則虎囊彈之標目非誤也是齣結尾『寄生草』漫拭英雄淚相隨處士家謝慈悲剃度蓮臺下沒緣法轉眼分離乍赤條條來去無牽挂那裏去煙蓑雨笠捲單行怎離卻芒鞋破鉢隨緣化聲情激越可泣可歌紅樓夢曾引是曲雖爲寶玉出家借作楔子而於傳奇中獨揀是折可見作紅樓夢者洵此中解人也余尤愛其臨去科白云俺于今不是五台山的和尚了黃鵠舉矣青天廓然昔金聖歎嘗贊西廂記俺去也三字千古猶響余於此十二字亦然

名人下筆一字不苟桃花扇開場云孫楚樓邊莫愁湖上又添幾樹垂楊一又字將宏光荒淫包掃殆盡已必其不能中興蹈陳隋覆轍矣但宏光鄙俚無文惟解縱燒酒漁幼女尚不及玉樹後庭留有南朝餘韻

王船山先生生當勝國末年著述宏富近經曾文正公刻其遺集二百餘卷此外尚多佚本也先生嘗取李公佐謝小娥傳衍作龍舟會雜劇開場敘公佐登晴川閣『鬥鵪鶉』渺渺芳洲桃波微皺草如油紅芽初透春色如斯問何人擱就弔古含愁古人知否『紫花兒序』弄筆尖的把丹青畫餅持牙籌的將

斛斗量沙擁旌旄的似晝錦冠猴目斷長隄楊柳古渡扁舟波流一任乾坤日夜洊問誰是弔北渚靈均哀郢祝東風周郎顧曲望長安王粲登樓淋漓悲壯睥睨古今高調也先生深惡明末諸臣全本結尾賛小娥之復仇『清江引』莽乾坤只有箇閒釵釧劍氣飛霜戳蟒玉錦征袍花柳瓊林宴大唐家九葉聖神孫只養得一夥煙花賤則憤世詞也

程雨蒼孝廉以時文名家詞學蘇辛尤工長調嘗館余家談及玉茗四夢頗有微辭謂先生得意者乃牡丹亭而驚夢一齣疵類尤多余與辨論遂逐句指斥至沉魚落鴈鳥驚喧羞花閉月花愁顫雨蒼以魚鴈下單提鳥字花月下單提花字語落邊際閒凝眄生生燕語明如剪嚦嚦鶯聲溜滴圓以下二句主聽說與上三字不貫此二條余亦不能爲先生附會也昔先生指摘鳳洲文集鳳洲聞之笑曰湯生標塗吾文異日亦必有標塗湯生之文者信然

稽月生秀才無錫人寄籍湘陰六世祖留山先生文敏公之父也居范忠貞公幕府耿精忠之亂同及於難困囹圄時楮墨不給乃燒薪爲炭寫著作四壁殆滿事平獄卒出破書一本反面炭筆字悉詩古文辭也中有續離騷雜劇滿腔悲憤藉以發之杜默哭憤王廟一折尤爲悲壯月暈風悽之夜擫鐵笛吹之老重瞳必淚數行下也『新水令』醉書生瞻眺項王宮恕窮途瓣香虛供寶鼎內不斷絕千載煙江面上常借助一帆風論霸業回首成空遺靈爽古殿寒鐘還想像萬人敵威名重『駐馬聽』父老江東眼盼

旌旂在目中壺漿擔奉悽悽魂斷戰場空實指望車如流水馬如龍誰承想羊欺猛虎鴉欺鳳下場頭誰送終血染丹楓淚滴波濤湧「沈醉東風」學詩書頭烘腦烘學劍術心嬾意慵避會稽藏了銳氣練子弟熟了操縱那怕赤帝梟雄趁著那鰲蹕東巡想截龍小可的擾不碎秦王一統「得勝令」似這般本色大英雄煞强似謾罵假牢籠甯可將三分業輕拋送怎學那一杯羹造孽種破百二秦封秉烈炬咸陽慟噪金鼓關中嚇得衆諸侯拜下風「七兄弟」酒席上殺風算甚麽勇猛放一綫走蛟龍教千秋豪傑如輕重割鴻溝無恙漢家翁慶團欒呂雉諧鴛夢「杏花酒」饔飧藿鬢蓬鬆伴四壁寒蛩訴半夜哀鴻泣孤客雕蟲盲世界精金變作銅鬼窟穴熱夜冷呵風赴滕王扯逆篷赴滕王扯逆篷我這裏乞兒般沒蛇弄你那裏土神樣殺鷄供我這裏蒜筆硯代耕農你那裏與波浪管艄工我這裏盼靑雲黑漆朦你那裏傍烏江晚烟封我那裏萬千苦半生窮你那裏七十戰一場空我這裏饑驅得脚西東你那裏裝飾得廟崇隆郤不道爾無功三條銀蠟夜燒紅抵多少留鍇匹馬戰爭中盡做了千秋碁局五更鐘不由你心不慟俺待瞬開醉眼問天公

昔人謂文章最忌參死句余覺文章中有以死句見妙者會眞記夫人拷問紅娘紅娘直認紅娘你請先行小姐權時落後此十成死語也接云自然是神鍼法灸難道是燕侶鶯儔字字跳脫讀之躍然

吳梅村有兄名志衍爲成都令死張献忠之難邱嶼雪譜成蜀鵑啼院本以紀其事梅村觀演是劇有詩

云平生兄弟劇流連高會南樓盡少年往事酒杯來夢裏新聲歌板出花前靑城道士看游戲白髮衰翁漫放顛雙淚正垂俄一笑承君眞已作神仙惜此書今佚尤西堂題嶼雪像贊云君善顧曲梨園樂府吾和而歌紅牙畫鼓名重若此傳播旗亭者必不止蜀鵑啼一種也容再訪之

董恒岩芝龕記以秦良玉沈雲英二女帥爲經以明季事涉閨閣暨軍旅者爲緯穿插野史頗費經營惟分爲六十齣每齣正文外旁及數事甚至十餘事者隸引太繁止可於賓白中帶敘篇幅過長正義不免稍略喧賓奪主眉目不淸考据家不可言詩更不可度曲論者謂軼桃花扇而上則非蒙所敢知也第五十七齣有悼南都漁歌三折酣暢淋漓性靈流露似集中僅見之作「滿江紅」如此江山又見「永嘉南渡可念取衣冠原廟龍蟠虎踞白水除新啼淚少靑山似洛豪華故視耽耽定策入綸扉奇功據燕子叫春燈覷瑤池宴迷樓住看疇咨獻納者般機務蟒玉江干楊柳態貂蟬河榭芙蓉步召南薰歌舞奏中興風流足芳樂鶯聲已忘邵杜鵑啼血淆混著孤鴻羣雀淮揚旌節半壁山川防禦綏六朝金粉徵求切問無愁天子爲何愁梨園缺挺擊變妖書揭紅丸反移宮掣又重鈎黨禍仍依璫輸玉合王孫耽玉笛金貂宦孽操金玦聽秦淮遺韻似天津鳴鶗鴂塵涴西風昏慘煞臺城秋柳競塡補伏波前欠明珠論斗監紀中書隨地是職方都督盈街走擁貂冠魚袋出私門多於狗練湖佃洋船摟蘆洲課爪儀斷更分文觔兩旗亭稅酒礦使又差肥豕腹宮娃再選驚螓首唱江風鼓棹說興衰漁婆口

桃花扇結尾一首彈詞一套北曲亦是悼南都以余論之似高於芝龕記也彈詞「秣陵秋」陳隋烟月恨茫茫井帶胭脂土帶香駘蕩柳綿黏客鬢叮嚀鶯舌惱人腸中興朝市繁華續遺孽兒孫氣燄張只勸樓臺追後主不愁弓矢下殘唐蛾眉越女纔承選燕子吳歈早擅場力士籤名搜笛步龜年協律奉椒房西崑詞賦新溫李烏巷冠裳舊謝王院院宮粧金翠鏡朝朝楚夢雨雲牀五侯閫外空狼燧二水洲邊自雀航指馬誰攻秦相詐人林都畏阮生狂春燈已錯從頭認黨禍重鉤無縫藏借手殺仇長樂老脅肩媚貴半閒堂龍鍾閣部啼梅嶺跋扈將軍譟武昌九曲河流晴渙渡千尋江岸夜移防瓊花劫到雕闌損玉樹歌終畫殿涼滄海迷家龍寂寞風塵失伴鳳徬徨青衣銜璧何年返碧血濺沙此地亡南内湯池仍蔓草東陵輦路又斜陽全開鎖鑰淮揚泗難整乾坤左史黃建帝飄零烈帝慘英宗困頓武宗荒那知還有福王一臨去秋波淚數行北曲「新水令」山松野草帶花挑猛抬頭秣陵重到殘軍留廢壘瘦馬臥空壕村郭蕭條正對著夕陽道「駐馬聽」野火頻燒護墓長松多半焦山羊羣跑守陵阿監幾時逃鴿翎蝠糞滿堂拋枯枝敗葉當階罩誰祭掃牧兒打碎龍碑帽「沉醉東風」橫白玉八根柱倒墮紅泥半堵牆高碎琉璃片瓦多爛翡翠窗櫺少舞丹墀燕雀常朝直入宮門一路蒿住幾箇乞兒餓殍「折桂令」開秦淮舊日窗寮破紙迎風壞檻當潮目斷魂消當年粉黛何處笙簫罷燈船端陽不鬧收酒旂重九無聊白鳥飄飄綠水滔滔嫩黃花有些蝶飛新紅葉無箇人瞧「沽美酒」你記得跨青谿半里橋舊紅板

沒一條秋水長天人過少冷清清落照賸一樹柳灣腰『太平令』行到那舊院門何用輕敲也不怕小犬哰哰無非是枯井頹巢不過些磚苔砌草手種的花條柳梢儘意兒采樵這黑灰是誰家廚竈『離亭宴帶歇拍煞』俺曾見金陵玉殿鶯啼曉秦淮水榭花開早誰知道容易冰消眼看他起朱樓眼看他讌賓客眼看他樓塌了這青苔碧瓦堆俺曾睡風流覺將五十年興亡看飽那烏衣巷不姓王莫愁湖鬼夜哭鳳凰臺棲梟鳥殘山夢最眞舊境丟難掉不信這輿圖換稿譜一套哀江南放悲聲唱到老

長平公主經烈皇手刃斷臂不殊入我

朝後奉

詔訪原聘駙馬周世顯照公主例

賜婚厚澤深仁超軼往古芝龕記有感徵一齣叙此事不甚周備海鹽黃韻珊譜作帝女花院本本末較詳詞筆偪近藏園非芝龕可同日語也長平憂患餘生雖沐殊恩重諧佳偶而橋陵弓劍故國河山觸目興悲自多苦語余愛寫長平處愈熱鬧愈悽涼瑟柱琴絃但覺商音滿指『粉蝶兒』簾幙秋涼畫眉痕舊時宮樣倩寒波替照新粧病半神愁影子鏡中搖颺步轉衣香凭西風吹來鬟上『泣顏回』提起便心傷十六年中苦況勘除夢幻早拚祝髮空王恁情絲未盡壽陽梅再見優曇相溯前情異樣酸辛到今朝纔能依傍『前腔』那時殺氣滿陳倉帝后殘屍血葬香銷半臂凝魂同見高皇死灰未冷苦韶華偏

要閻羅賞愧西門殺賊秦休趁東風來嫁周郎『撲燈蛾』血盈盈胭脂染繡袍夢沉沉絲靈透羅帳雲漠漠夜臺隨風去雨綿綿落花催葬遠迢迢兎兒藥臼冷清清月魄墮微茫閃搖搖慈悲一見惜惺惺旃檀燒做返魂香『前腔』悶悶的無聊感傷忽忽的無端惆悵蕭蕭的秋影涼懨懨的春夢長當不起淅淅颯颯驚風兒送響眼睜睜無須睡鄉事了了醒透肝腸只覺得酸酸楚楚難言病狀瑟瑟的殘魂恐逐杜蘭香

王陽明先生傳習錄古樂不作久矣今之戲子尚與古樂意思相近韶之九成便是舜一本戲子武之九變便是武王一本戲子聖人一生實事俱播在樂中所以有德者聞之便知其盡善盡美與盡美未盡善處若後世作樂只是做詞調於民俗風化絕不干涉何以化民善俗今要民俗反樸還淳取今之戲本將妖淫詞調删去只取忠臣孝子故事使愚俗人人易曉無意中感發他良知起來卻於風化有益

劉念臺先生人譜類記曰梨園唱劇至今日而濫觴極矣然而敬神宴客世俗必不能廢但其中所演傳奇有邪正之不同主持世道者正宜從此設法立教雖無益之事未必非轉移風俗之一端也先輩陶石梁曰今之院本卽古之樂章也每演戲時見有孝子悌弟忠臣義士激烈悲苦流離患難雖婦人牧豎往往涕泗橫流不能自已旁觀左右莫不皆然此其動人最懇切最神速較之老生擁臯比講經義老衲登上座說佛法功效百倍至於渡蟻還帶等劇更能使人知因果報應秋毫不爽盜殺淫妄不覺自化而好

生樂善之念油然生矣此則雖戲而有益者也

尤西堂樂府流傳

禁中

世祖親加評點稱爲眞才子者再吳園次奉

敕譜忠愍記由中書遷武選司員外郎卽以椒山原官官之二公固極儒生榮遇已康熙時桃花扇長生殿先後脫稿時有南洪北孔之稱其詞氣味深厚渾含包孕處蘊藉風流絕無纖褻輕佻之病鼎運方新元音迭奏此初唐詩也藏園九種爲乾隆時一大著作專以性靈爲宗具史官才學識之長兼畫家皴瘦透之妙洋洋灑灑筆無停機乍讀之幾疑發洩無餘似少餘味究竟無語不鍊無意不新無調不諧無韻不響虎步龍驤仍復周規折矩非兔西笠翁所敢望其肩背其詩之盛唐乎

空谷香香祖樓兩種蕙蘭若蘭同一淑女也孫虎李蚓同一繼父也吳公子扈將軍同一樊籠也紅絲高駕同一介紹也成君美裴畹同一故人也姚李兩小婦同一短命也王曾兩大婦同一賢媛也各爲小傳尙且難免雷同作者偏從同處見異夢蘭啓口便烈若蘭啓口便恨孫虎之愚李蚓之狡吳公子之憨扈將軍之俠紅絲之忠高駕之智王夫人則以賢御下曾夫人則因愛生憐此外如成裴諸君各有性情各分口吻無他由於審題眞措辭確也兩種均有混江龍長調一則就情字生議經史皆成注脚引商刻羽

居然蘇海韓潮一則醜詆鹺商郎牡丹亭所謂紙銅錢夜市揚州界也香祖樓云情字包羅天地把三才穿貫總無遺情光彩是雲霞日月情慘戚是雨雪風雷情厚重是泰華嵩衡搖不動情活潑是江淮河海挽難回情變幻是陰陽寒暑情反覆是治亂安危情順逆是征誅揖讓情忠敬是夾輔維持情剛直是忠臣龍比情友愛是兄弟夷齊情中倫是顏曾父子情台式是梁孟夫妻情結納是綈袍墓劍情感戴是敝蓋車帷情之正有堯舜軒羲情之變有桀辛幽厲情之正有禹稷臯夔情之變有廉來梟羿更有那蹇叔祁奚申公伯嚭聶政要離汪錡鉏麑妲己褒姒呂雉驪姬數不盡豺聲鳥啄狐首蛾眉一半是有情癡一半是無情鬼一班兒形骸齒髮一班兒胎卵毛皮空谷香云一答山川邪穢瓊花開後古風微耳靡靡詩傳鄭衛眼夢夢世降陳隋掘邗溝流一派桃花當戶水煎碧海簇幾處赤甲白鹽堆燈搖得綺羅香牆張錦繡風吹來酒肉臭犬饜甘肥大白晝聚人妖圖開秘戲鬧黃昏呼狎客帳列優施看不見秦宮花底摸不著赤鳳樓西買午香悄褻了籃中茉莉鄂君被明遮住雨後虹霓九萬貫大攤錢賢者樂此十四鹽强押韻商也言詩可歎那擠觔播兩增價值抵多少假公濟已算毫釐巧估了銀壟斷不畏天公忌硬燒些紙銅錢還將神鬼欺一班兒沒些見識千般樣做出張致垂涎恁侏儒飽死辱抹煞逢掖威儀苦支支郤怎生捱過了半世黃虀急攘攘爲甚麼甘受他一場周濟贈君厚也救不得畢生飢教人輕郤乾折盡斯文氣本來是兩不相謀郤正好各行其志驀然間莽銅山陷做窮坑地纔曉得人心枉昧天道無私

香山琵琶行不過自寫其淪落耳青衫記以香山曾妮此伎送客時始得重見納爲簉室命意遣辭齷齪可鄙茗生先生嘗客揚州偶見是劇遂別塡四絃秋院本七日而成就本詩布局組織香山本傳憲宗時事絕無添設自具波瀾洵足洗青衫記之陋送客一齣老伎口吻宛然近日旂亭惟此齣傳唱更夥『新水令』弄冰絃遣悶撥金釵驚動了官船主客招邀偏急促梳裹欠安排掠鬢提鞋一面舊琵琶遮不住洗退的桃花色『折桂令』住平康十字南街下馬陵邊貼翠門開十三齡五色衣裁試舞宜春掌上飛來第一所煙花錦寨第一面風月牙牌颭鴉鬟紫燕橫釵蹴羅裙金縷兜鞋這朶雲不借風行這枝花不倩人栽『鴈兒落帶得勝令』老伶工梨園兩善才小忽雷樂府雙渠帥五陵兒同催百寶粧錦纏頭一笑千金買但歌成聲節碎金釵但粧成信手添螺黛甚冬郎媚得眼兒乖甚秋娘妬的心兒壞筵開酒涴了芙蓉色花開香迷了荳蔻胎『收江南』算一年間歡笑一年來托春花秋月漸丟開可憐人福過定生災歎從軍弟幼姨衰邁赴黃泉死埋葬沙場活該只留下江湖憔悴一裙釵『沽美酒帶太平令』冶游稀閉綠苔冶游稀閉綠苔洗紅粧嫁茶客他一去浮梁不見來守空船難耐歡娛夢好傷懷把四絃收一聲裂帛曲終時低鬟重拜料西舫東船不解只一片江心月白做官人榮哉美哉爲甚的青衫淚灑把一箇白江州無端哭壞『尾聲』年華不改人相代歎兒女收場一樣哀天下不得意的人兒淚同灑案伎名花退紅亦寓言也梁應來詩云夜半琵琶發曼聲青衫有客淚縱橫空江一箇商人婦傳到而今沒

姓名

兩般秋雨盦隨筆空谷香傳奇魯學連移宮齣內桂花新一支云山平水遠出桐江柔艣聲中過富陽塔影認錢塘何處是故人門巷叙自嚴州至省城光景歷歷如在目前余久羈嶺表夢繞家山一再誦之悠然神往

葉廣堂謂元人百種元氣淋漓直與唐詩宋詞爭衡惜今之傳者絕少百種乃臧晉叔所編觀所删改直是孟浪文律曲律皆非所知不知埋沒元人許多佳曲

王夢樓先生以書法名海內性喜詞曲行無遠近必以歌伶一部自隨客至張樂共聽窮朝暮不倦其辨論音律窮極要眇長洲葉氏纂納書楹偏取元明以來院本審定宮商世所稱葉譜也其中多先生所糾正論者謂葉譜功臣云先生斥燕子箋以尖刻爲能自謂學玉茗堂全未窺其毫髮笠翁惡札從此濫觴是說余不以爲然。圓海詞筆靈妙無匹。不得以人廢言。雖不能上抗臨川。何至下同湖上。寫像一齣膾炙人口余尤愛霍秀夫與華行雲畫小照後行雲索秀夫自貌於側秀夫云畫眉郎怎自把眉兒畫死典活用字字靈通此豈芥子園所能夢見第二十八齣閨憶寫行雲在酈府時離情如繪香吻宛然「山坡羊」澹慘慘芙蓉霜悴冷蕭蕭芭蕉風碎聒刺刺疏櫺紙鳴一陣陣天外飛鴻至憶嬌癡當年正授衣物在人亡疊在空箱裏那禁月上梧桐又砧聲敲起悽其掃不盡香閨落燕泥傷悲挽不斷雕窗掛網絲「前腔』亂轟轟笳聲如沸慮飄飄楊花無蒂迫忙忙萍水相逢親切切闌干相依倚最慘淒霜寒烏夜啼紅餤雙花怎照著孤衾睡怕熱鑪香也嬾描眉翠腰圍黃花瘦一枝皈依曇花禮六時

小青詩云冷雨淒風不可聽挑燈閒看牡丹亭世人亦有癡于我豈獨傷心是小青療妬羹就此詩意演成題曲一齣包括還魂記大旨處處替寫小青心事確是小青題牡丹亭不是吳江俞二姑題牡丹亭也『桂枝香』杜公名守陳生宿秀俏書生小姐聰明頑伴讀梅香卽溜咏關雎好逑咏關雎好逑春心逗逗向花園行走夢綢繆軟款眞難得纏綿不自由『前腔』雖則想邊虛搆也是緣中原有小花神妒色驚回老冥判原情寬宥恨風光不留恨風光不留把死生參透只要與夢魂厮守甚來由假際猶擔害眞時怎著愁『前腔』這是相思證候誰識箇中機彀石姑姑禁術無靈陳教授醫功莫奏把丹青自勾把丹青自勾不在梅邊相就便在柳邊相遘下場頭院草堆墳樹衙齋改寺樓『前腔』風聲冬吼雨情秋溜似同咱淚點飄零敢也爲嫦娥儔儷想情緣未酬想情緣未酬湖山鑽透覓得個風魔消受叫無休直叫得冷骨心還熱僵魂意轉柔『前腔』半年幽媾一言明剖注重生陽壽還該歷萬劫情腸不朽笑拘儒等儔笑拘儒等儔生人活口直認做子虛烏有漫推求相府開甥館天街報狀頭『前腔』魂還非謬詞傳可久若不信拔地能生可聽說和天都瘦怕臨川淚流怕臨川淚流好趁你殘香餘酒略寫我慵妝繡數更籌燭閃寒衣護窗開剪紙修『長拍』一任你拍斷紅牙吹酸碧管可賺得淚絲沾袖一聲何

滿地潸然四壁如秋半晌好迷留是那般憨愛那般癆瘦幾陣陰風涼到骨想又是梅月下悄魂游若都許死後自尋佳偶豈惜留薄命自作羈四『短拍』便道今世緣慳來生信斷假華胥也不許輕游誰似恁納采挂墳頭把畫卷當綵球拋授若未必癡情絕種可容我偷識夢中愁『尾聲』從今譜夢傳奇後添附新詩一首你可聽說傷心夢裏酬或有謂第四支叫無休三字無謂者是殆未見牡丹亭原本有叫畫一齣更不識其暗用叫真真典耳余尤愛拔地能生和天都瘦二句雖老鵠翁亦不過爾爾

唐雋公先生別號蝸寄居士督榷九江垂二十年宏獎風流愛才如命在琵琶亭置筆硯游客投以詩無不接見投轄般般必得其歡　而去康熙時風雅宗師也著有廣兮夢轉天心諸傳奇余小時曾見鈔本詞曲雖蠹忘之科白排場似近笠翁十種先生自題云酒畔排場莫認作案上文章亦解嘲也

各本傳奇每一長齣例用十曲短齣例用八曲優人刪繁就簡只用五六曲去留弗當孤負作者苦心牡丹亭初出被人刪削湯若士題刪本詩云醉漢瓊筵風味殊通仙鐵笛海雲孤總饒割就時人景郤媿王維舊雪圖俗人慕雅强作解人固應醜詆也自桃花長生殿出長折不過八支不令再刪庶存真面

凡詞曲皆非浪塡胸中情不可說眼前景不可見者則借詞曲以咏之若敘事非賓白不能醒目也便僅以詞曲敘事不插賓白匪獨事之眉目不淸卽曲之口吻亦不合卽如牡丹亭寫杜麗娘游園之時便道不到園林怎知春色如許也緊接原來姹紫嫣紅開徧似這般都付與斷井頹垣若不用賓白呼起則原

來二字不見精神此下敘亭館之勝於陸則朝飛暮捲雲霞翠軒於水則雨絲風片烟波畫船而此闋尙有三字兩句若再寫園景便嫌蛇足故插賓白云好景致老奶奶怎不提起也結便以錦屛人忒看韶光賤反詰之筆足之卽景抒情不見呆相究竟此支詞曲之妙皆由賓白之妙也

張度西先生由舉人官知縣工詩古文辭宏博浩瀚縱筆所之一軌於正七歲游南嶽毘盧寺寺僧以心通白藕命對先生應聲曰舌湧靑蓮僧大駭言其師示寂時留此偶語云有對與相符者卽其後身因鳴鐘集衆膜拜焉先生種此夙因精通內典取東坡與朝雲軼事譜六如亭傳奇敘次悉本正史年譜無顚倒附會之處觀空於佛結穴於仙使放逐之臣離魂之女仗金剛忍辱波羅蜜同解脫於夢幻泡影電露而證無上菩提洵衛道之奇文參禪之妙曲也傷歌一齣乃坡公挈朝雲在海外嘉祐寺松風亭鶴詠命唱自製送春詞唱至吹到柳綿春又少之句嗚咽不能成聲公歎曰吾正悲秋而汝又傷春矣『鳳凰閣』愁來挑吝『去聲』客裏怕將腸慟捲簾人倚問西風忍瘦盡黃花不痛薄寒初中誰挽得年光遠息『二郎神』雙江湧帶秋聲引開愁萬種敢覷著纔入來籬弃靑娥恁早今年刀翦威容紫相丹楓休恃寵看搖落只一場打鬨便松風偏則把蕭蕭百感盈胸『前腔』仙蹤長經受患風流豪縱又不是臨水登山歸客送悲秋老去恁般難自寬容松影搖晴花色重好淸課閨中供奉倒金鍾借一會消磨候雁寒蛩『集賢賓』歌喉乍轉詞未終忽咽煞西風似何滿一聲雙淚迸儘當筵腸斷伶工粉痕界重鬢損

了翠蛾雲鬟非調弄兒女事敢觸著香心疼痛「前腔」柔芳冉冉如夢中耐不得慳忪歎飄盡韶光天
若縱使茫茫烟草連空春歸自懂只有倚絲窗人知重心遂送這一點點都上斷腸枝痛「黄鶯兒」商
氣浩塡胸仗紅牙一拍空甚柔腸打碎人佳重詞飄飄意中聲癡癡恨中淚珠兒不爲飛綿送恁靈通怎
春殘傷感洗不向秋風「黄鶯穿皁羅」匣捻任天公怎飄零怨褪紅巧文心道破繁華哄繫秋光已慵
串春愁忒濃甚東君斷不盡癡根種怕五更風雨今年較恩二分春色明年又濛任小窗兒女喝茫茫身
世吾應共笑萬事浮生夢飄茵落溷算靈光一通愁雲殢雨渺天涯萬重甚乘除起滅來厮哄證東風做
楊花拾起參透禪宗「琥珀貓兒墜」天龍一指勘破粉和紅知非絮非花非曉風把因緣煩惱一齊空
歡悰四縛愁猿徹打玲瓏

或問曲本中多用哎喲哎也哎呀咳呀咳也咳咽諸字同乎異乎曰字異而義略同字同而呼之有輕重
疾徐則義各異凡重呼之爲厭辭爲惡辭爲不然之辭輕呼之爲幸辭爲嬌羞之辭疾呼之爲惜辭爲驚
訝之辭徐呼之爲怯辭爲悲痛辭爲不能辭自支之辭以此類推神理畢見

今人稱曲之高者曰郢曲此誤也宋玉曰客有歌於郢中者則歌者非郢人也又曰下里巴人國中屬和
者數千人陽春白雪和者不過數十人引商刻羽雜以流徵則和者不過數人是郢人能和下曲不能和
妙曲也以其所不能者名其俗不亦僨乎

院本多用寃家小令亦然不知所据烟花記謂寃家之說有六情深意濃彼此牽繫甯有死耳不懷異心此一說也兩情相屬阻隔萬端心想魂飛寢食俱廢此二說也長亭短亭臨歧分袂黯然消魂悲泣良苦此三說也山遥水遠魚鴈無憑夢寐相思柔腸寸斷此四說也憐新棄舊孤恩負義恨切惆悵怨深切骨此五說也一生一死觸景悲傷抱恨成疾迨與俱逝此六說也今有歡喜寃家小說始則兩情眷戀終或怨恚仇殺所謂不是寃家不聚頭也疾讀一過可當慾海淸鐘

太和記按二十四氣每季塡詞六折用六古人故事每事必具始終每人必有本末齣既曼衍詞復冗長若當場演之一折可了一更漏雖出博洽人手然非本色當行又南曲居十之八不可入絃索或云爲楊升庵先生手筆恐未必確先生塡詞甚工今所傳雖皆小令要出太和之上

曾茶村大令與余同學天才豪放著有萬松堂紀事偪近史遷人亦磊落不羈酒戶甚大屢躓秋闈由校官改令粤西非其志也譜有蕙蘭芳傳奇衍張承敞經張獻忠之亂與其婦離而復合插敍流賊本末較詳義夫烈婦勃勃有生氣非苟爲裁紅刻翠也首齣餞花有花開幾千人生幾年花兒慣把人兒騙最堪憐殘紅飄蕩無可奈何天暨問東流此別何年再見之句頗覺不祥踰年果有鼓盆之戚中有感懷一齣敍承敞亂後回家感悼烈婦追遇舊媪始知其婦尚在人間用筆曲折有致「新水令」秋林紅葉鬱蘢蔥返家園雞鳴行早雲寒僧磬溼水落石梁高旅店淸寥馬嚙帶根草「駐馬聽」鼓振兵囂死別生離

離別了劉郎又到入門何處覓雲翹臨風翦紙把魂招妝臺想已生秋草居民盡室逃入殘城料問訊親朋少『沈醉東風』你看拆不完甎牆將倒辨不出街陌何條孤城上黑烏飛破屋裏寒雞諕賣酒家青帘捲了就是那東風信暖也沒錫簫凝眸凴眺只殘花衰柳蒼煙落照『鴈兒落』半扇柴門不用輕敲直走入畫堂前無人報踢破了茸茸附石苔驚起了嚦嚦啼花鳥『得勝令』溝渠內積潦猶未消斃馬兒任風敲蛛網當門結窓櫺沒半條堂坳蝠糞深無人掃牆坳松杉倒任采樵『喬牌兒』餘灰潦草是舊時的廚灶剩幾個破盞殘瓢似寒食人家禁煙寂寥『甜水令』美人久逝蘭房寂靜梁傾玳瑁牀幾箇燕泥巢看日暮東風把花片兒吹起恰似那倩女魂飄『折桂令』悔當初偷生避地棄汝潛逃送離人餞不及螺杯殯香軀繫住了鮫綃向空際號咷急茫茫也懸不及銘旌錦字標況沒箇墳臺可掃更沒件粉黛堪描哭問青霄恨捲紅蕉助我悲聲落葉蕭蕭『碧玉簫』杯酒來澆何處黃泉道楮帛徐焚飛作蝶兒繞須索要展靈旂喟大招種樹天桃把衣襟簪着明歲墓門花照『鴛鴦煞』仙山樓閣殊縹緲上天入地都尋找霞影護藍橋殷然求欣然想倘然遇我說果然又得復會他說前緣未了舊天台終須重到攜手訴離懷還是哭還是笑此齣布局酷似紅梨記趙解元訪素桃花扇侯公子題畫兩齣謝素秋奉勅沒入邊庭李香君被選供奉內廷顧侯二君舊地重游人亡屋在其悽戀不異承敝而詞曲均極工致各盡其妙能手固無間之非異也訪素『宜春令』風月性雲雨腸自生成花狂柳狂新詞楚楚俏名兒

堪與秋娘抗蘇小小才貌相當呂雙雙風流不讓拚醉佳人錦瑟翠屏珠幌「前腔」韋娘面刺史腸斷相逢迷留怎當芳心密意相偎相傍從前講你看雕闌，畔鸚鵡聲喧畫簷邊蜘蛛塵網不見銀箏拋郤玉臺開放「前腔」花容麗玉貌揚敢欺陵邀求鳳凰溫存情況變做了瞞神謊鬼喬模樣昏騰騰楚岫雲遮黑漫漫陽臺霧障渾似籠囚鸚鵡浪打鴛鴦「普天樂」只指望撩雲撥雨巫山嶂誰知道烟迷霧鎖陽臺上姻緣簿空挂虛名離恨債實受賠償想杜枚是我前生樣只合守蓬窗茅屋梅花帳託香腮悶倚迴廊斷難穿淚珠千丈只落得兩淚恩愛做了兩地徬徨「錦纏道」笑村郎強風流攀花隔牆錯認做楚襄王全沒有半星兒惜玉憐香我這裏相思塹危如石梁他那裏愁悶城堅若金湯磨勒在何方沙吒利十分威壯如何更酌量眼見得石沈山障怨只怨孤辰寡宿命相當「小桃紅」搔不著心中癢咽不下尊前釀謊歌郎奪了平康巷花衚衕添了勾魂將溫柔鄉湧出瞿唐浪眼睜睜意惹腸慌「尾聲」休言好事從天降著甚支吾此夜長羞殺畫不就眉兒漢張敞題畫「破齊陣」地北天南蓬轉巫雲楚雨絲牽巷滾楊花牆翻燕子認得紅樓舊院觸起閑情柔如草攪動新愁亂似烟傷春人正眠「刷子序犯」只見黃鶯亂囀人蹤悄悄芳草芊芊粉壞樓牆苔痕綠上花甎應有嬌羞人面映著他桃樹紅妍重來魂似阮劉仙借東風引入洞中天「朱奴兒犯」驚飛了滿樹雀喧踏破了一墀蒼蘚泥落空堂簾半捲受用煞雙棲紫燕閒庭院沒箇人傳躡蹤兒迴廊一徧直步到小樓前「普天樂」手拽起翠生生羅襟軟袖撥開綠楊綫一層層壞梯偏一楷楷塵封網罥蟲濃濃樓外春不淺帳裏人兒腼腆從幾時收拾起銀撥冰絃擺列著描春容脂箱粉盞待做箇女山人畫义乞錢『鴈過聲』蕭然美人去遠重門鎖雲山萬千知情只有閒箋燕儘著狂儘著顛問著他一雙雙不會傳言熬煎纔待轉嫩花枝靠著疏籬顫簾櫳響似有箇人略喘『傾杯序』尋徧立東風漸午天一去人難見看紙破窓櫺紗裂簾幔裹殘羅帕戴過花鈿舊笙簫無一件紅鴛衾盡捲翠菱花放扁鎖寒烟好花枝不照麗人眼『玉芙蓉』春風上巳天桃瓣輕如翦正飛綿作雪落紅成霰濺血點作桃花扇比著枝頭分外鮮攜上粧樓展對遺跡宛然爲桃花結下了死生冤『山桃犯』手捧著紅絲硯花燭下索詩篇一行行寫下鴛鴦劵放一羣吠神仙朱門犬似鵑血亂灑啼紅怨這桃花扇在那人阻春烟『尾犯序』望咫尺青天那有箇瑤池女使偷遞情箋明放著花樓酒榭丟做箇雨井烟垣堪憐舊桃花劉郎又撚料得新吳宮西施不願橫揣俺天涯夫壻永巷日如年『鮑老催』這流水溪堪羨落紅紅英千千片抹雲烟綠樹濃青峯遠春風舊境不曾變沒箇人兒將咱緊戀是一座空桃源趁著未斜陽將棹轉『尾聲』熱心腸早把冰雪嚥活冤業現擺著麒麟楦且抱著扇上桃花閒過遣

趙秋舲對月曲『江兒水』自古歡須盡從來美必收我初三瞧你眉兒鬥我十三窺你妝兒就我廿三覷你寵兒瘦都在今宵前後何況人生怎不西風敗柳初三三句未經人道

西廂套曲不能演唱相傳

國初蘇州俗伶删改始可登場如酬簡佇立閒階彩雲何在改作彩雲開月明如水浸樓臺已屬不通至小姐小姐多丰采尤鄙俚矣但前明楊文襄車駕幸第錄武宗南巡兩幸其第嘗命伶人演西廂侑玉食王文恪賦詩紀之云漫衍魚龍看未了梨園新部出西廂是勝國時已改竄入譜矣

太白詩道字不正嬌唱歌此借入作去之證也宮調則字借作寘韻落藥約樂字借作嘯韻月玉字借作遇韻慧舌脂唇非借作去聲便覺聱牙

倩女離魂古今鍾情人豔稱之嘗欲衍成院本近見兩世姻緣雜劇先得我心詞亦駘宕生姿鯫生當閣筆矣「集賢賓」隔紗窗日高花弄影聽何處囀流鶯虛飄飄半衾幽夢困騰騰一枕春醒趁著那游蜂兒恰飛過柳塢花溪隨著這蝴蝶兒又來到月榭風亭覺來時倚著這翠雲十二屏恍惚似墜露飛螢寸腸千萬結長歎兩三聲「逍遙樂」猶兀自身心不定倚徧危樓望不見長安帝京薄情多應戀金屋銀屏想於咱不志誠空說下磣磕磕海誓山盟赤緊的關河又遠歲月如流魚鴈無憑「上京馬」我覷不的鴈行絃斷臥瑤箏鳳踏聲殘冷玉笙獸面香銷閒翠鼎門半掩悄悄冥冥斷腸人和淚夢初醒「後庭花」想著他和薔薇花露清點胭脂紅蠟冷整花朵心偏耐畫蛾眉手慣輕梳洗能將玉肩並恰似鴛鴦交頸到于今玉肌骨減了九停粉香消沒了半星空凝盼秋水橫甚心情將雲鬢整骨巖巖瘦不勝悶懨

儼扮不成

關帝升列中祀典禮綦隆自不許梨園子弟登場搬演京師戲館早已禁革湖南自涂朗軒督部陳臬時始行示禁所謂單刀會者余固習見之也第二支演帝登舟後掀髯憑眺聲情激越不減東坡酹江月當場高唱幾欲裂鐵笛而碎唾壺「駐馬聽」依舊的水湧山疊好一箇年少的周郎恁在何處也不覺的灰飛煙滅可憐黃蓋暗傷嗟破曹檣艣恰又早一時絕只這鏖兵江水猶然熱好敎俺心慘切這是二十年流不盡英雄血

紅梨記草地「傾杯玉芙蓉」抵多少煙花三月下揚州故國休回首爲甚的別了香閨辭了瑤臺冷了琵琶斷了箏篌怎禁得笳蘆塞北千軍奏怕見那烽火城西百尺樓似青青柳飄零在路頭問長條畢竟屬誰收末三句飄泊生涯不勝身世之感同治庚午蜀女陳姬妙解音律明慧善歌甫至長沙豔名噪甚鴇母居奇擇壻有窗姬不能自主每歌此折聲淚俱下後爲某公子以千金得之惜公子憨跳不韻恐亦如是齣第二支所謂但相逢便與兩字綢繆多少鸞鳳誰是睢鳩鬼狐由錯認做親骨肉也

張漱石以詩文受知鄂文端公列入南邦黎獻集進呈御覽卒無所遇以諸生終嘗作江南秀才歌自嘲譜玉燕堂傳奇四種結尾自題云遣愁腸宮商暗排添一種新聲可愛問知音來也不來只落得敎雪兒歌出沿門賣先生之志雖荒甘遇亦可悲矣四種中梅花簪玉獅墜俱少餘味懷沙記衍屈大夫故事組

纖離騷頗費匠心稍嫌近理惟夢中緣排場變幻詞旨精緻洵足爲昉思之後勁開藏園之先聲湖上笠翁不足數也余尤愛醋詩一齣乃鍾生私訂陰麗娟而以與文媚蘭訂情詩帕爲質麗媚見詩故有是折『粉蝶兒』讒綰青螺又伏定繡衾偷臥待朦朧眺不到這愁魔推枕起重拂拭妝臺清閒坐簾兒外秋意偏多贏不得愁城一箇『小梁州』那裏是字挾風霜老句磨則揣那小名兒一定是閨閣吟哦多管他夢情人唱不出情人和比俺這愁和恨不差多『么篇』女喬才只合香閨作秀才家有甚千科怎等閒閒能拾著斷和得這般停妥又遞與儂怎麼『上小樓』原來他悄向人間別有嬌娥瞞著我藍田先種騙的赤綫重牽顚倒把新詩早和這猜來知他是麼何妨言破多管怕添得我淚珠偷墮『么篇』他將這甜語兒將人籠絡啞謎兒要人猜破再休提花前相誓燈前相訂星前相託叮嚀他莫情多休行錯又把那閒花偷臥那知他恁心邪又勾了別箇『四邊靜』思鈣起羞難躲悔不了輕託終身事果訛反無端釁箇愁窩料從今好事成就閣你把這美前程果了他兀的不下場頭撇開了我

笠翁十種曲鄙俚無文直拙可笑意在通俗故命意遣辭力求淺顯流布梨園者在此貽笑大雅者亦在此究之位置脚色之工開合排場之妙科白打諢之宛轉入神不獨時賢罕與頡頏卽元明人亦所不及宜其享重名也

千鍾祿演建文帝出亡雖据野史究失不經然詞筆甚佳也慘睹一齣發端無限悽涼帝子飄零迥異游

借托鉢選詞何親切乃爾『傾杯玉芙蓉』收拾起大地山河一擔裝四大皆空相歷盡了渺渺程途漠漠平林疊疊高山滾滾長江但見那寒雲慘霧和愁織受不盡苦雨淒風帶怨長城雄壯看江山無恙誰識我一瓢一笠到襄陽余尤愛尾聲既云路迢迢心怏怏何處得穩宿碧梧枝上行將進場矣忽飄來一杵鐘聲遂歎道錯聲了野寺鐘鳴當景陽神情之合排場之佳令人歎絕

吳梅村通天臺雜劇借沈初明流落窮邊傷今弔古以自寫其身世至調笑漢武帝嬉笑甚於怒罵但覺楚楚可憐或謂爲宏光解嘲恐未必然也其第一齣煞尾云則想那山遶故宮寒潮向空城打杜鵑血揀南枝直下倔是俺立盡西風搔白髮只落得哭向天涯傷心地付與啼鴉誰向江頭問荻花眼呵盼不到石頭車駕淚呵灑不上修陵松檟只是年年秋月聽悲笳苦雨淒風燈暈酒醒時讀之涔涔者不覺溼透靑衫較之我本淮南舊雞犬不隨仙去落人間之句尤爲悽惋

臨春閣雜劇哀悱頑豔不類通天臺之悲惋要其用意有在於全篇結尾從冼夫人口中持爲點出蓋諷明末諸帥也詞云俺二十年嶺外都知統依舊把兒子征袍手自縫畢竟掃人家難決雌雄則願你決雌雄的放出個男兒勇

前見嵇留山先生杜秀才痛哭憤王廟已錄其新水令套曲矣尤西堂鈞天樂院本內有哭廟一齣即此事也異曲同工兩不相犯亟錄之『醉花陰』可歎我萬里孤身長流落恨悠悠天荒地老董策蹇遙江

皋戰西風木葉蕭條又聽得趁斜陽烏鴉叫過野店渡溪橋早見一座青山藏古廟『喜遷鶯』俺只見雕梁畫桷閃靈旗香火飄搖英也麼豪到于今可許我寒儒相弔只怕你土木形骸虛畫描圖醉飽長則是喑嗚叱咤不聽我太息號咷『出隊子』誰似我才高年少抱經綸困草茅只堪痛飲讀離騷直欲悲歌舞佩刀這孤負詩書寃不小『刮地風』可笑你假癡呆沒解嘲待我打碎他白馬青袍難道石人土偶能談笑反變了木客山魈活世界無人懇告死俚偪何法推敲可知你心暗焦氣正囂也相憐同調則敎我淚輕拋首漫搔放著這悶葫蘆獨自魂銷『四門子』你入秦關燒破咸陽道救邯鄲受六國朝彭城壓戰兵非弱誰料得走烏江沒下梢楚軍盡逃漢軍又挑悔不向鴻門把玉玦了騅兮正驍虞兮尙嬌怎重見江東父老『水仙子』呀呀呀猛叫號看兩目重瞳血淚澆嘶斷了駿馬金鑣啼溼了美人舞草聽楚歌聲未銷恨不酬勞苦功高賸三尺空祠背漢朝歎英雄失路愚夫笑笑下場頭落魄似吾曹『煞尾』你看撲颼颼餘淚神衣落暫相逢聊解牢騷還借你一陣陰風送我江上棹

詞餘叢話卷三

原事

綵毫記李白脫韡一折人多笑其荒誕不知事本正史舊唐書李白傳日與酒徒醉於酒肆元宗欲造樂府新辭亟召白已臥酒肆矣召入以水灑面卽令秉筆頃之成十餘章帝頗嘉之嘗沈醉殿上引足令高

力士脫鞾由是斥去

世傳太公八十遇文王風雲記則云七十二歲孔叢子記問篇太公勤身苦志八十而遇文王列女傳齊管妾婧語亦同此世俗所据以爲八十也荀子君道篇文王舉太公於州人而用之行年七十有二齫然而齒墮矣東方朔客難太公體仁行義七十有二乃設用於文武韓詩外傳太公年七十二而用之者文王桓譚新論太公年七十餘乃升爲師後漢書高彪傳呂尙七十氣冠三軍皆不言八十始遇文王也此記不知何人手筆曲顛俚拙攷据較詳亦未可厚非

北夢瑣言魏博節度使韓簡性粗質每對文士不曉其說心甚恥之乃召一孝廉令講論語至爲政篇明日謂諸從政曰僕近知古人淳樸年至三十方能行立聞者絕倒釵釧記采作科諢三十而立破題兩箇十五之年雖有椅子板凳而不敢坐焉人第賞其趣不知善於運典也

曲禮介者不拜爲其拜而蓌拜注蓌拜則失容節蓌猶詐也疏著鎧而拜形儀不足似詐也孔叢子問軍篇介胄在身執銳在列雖君父不拜史記絳侯世家亞父持兵揖曰介胄之士不拜請以軍禮見天子皆與曲禮相證滿牀笏郭子儀卸甲封王初以戎服入對云念臣甲胄在身不能全禮全禮二字最典所謂形儀不足也名人涉筆無一字無來歷信然

袁韞玉西樓記初就質馮猷龍馮覽畢置案頭不致可否袁悵然而別馮方絕糧室人以告馮曰無憂袁

大令今夕餽我矣家人以爲誕袁歸躊躇至夜忽呼燈持百金就馮至門門尙開問其僕曰主方秉燭相待袁驚趨而入馮曰吾固料子必至也詞曲俱佳尙少一齣今已爲增入乃錯夢也袁不勝折服

韞玉譜瑞玉記描寫魏忠賢私人巡撫毛一鷺及織造太監李實構陷周忠介公事甚悉詞曲工妙甫脫稿即授優伶郡紳約期邀袁集公所觀演是劇是日諸公畢集袁尙未至優人請曰劇中李實登場尙少一引子乞足之於是諸公各擬一調俄而袁至告以優人所請袁笑曰幾忘之卽索筆書「卜算子」云局勢趨東廠人面翻新樣織造平添一段忙待織就迷天網語不多而句句雙關巧妙無匹諸公歎服各燬其稿一鷺聞之特重幣求袁除其名於是易一鷺曰春鋤

馮猶龍小靑傳宛轉如生低徊欲絕不必紅氍毹上始見亭亭倩女魂也向見療妒羹傳奇大士以慧劍誅妒婦小靑正位偕老已嫌鶻突近有西湖雪小靑改適才子開府杭州逮誅妒婦地下香魂忽被李易安之謗率爾操觚致墮惡道令人欲嘔

洪昉思譜長生殿甫成名動輦下

國忌日演試新曲御史黃某糾之先生革去監生褫號一月文人之厄閱者傷之然因此曲本得邀

睿覽傳唱禁中亦失馬之福也趙秋谷宮允在座觀劇以致落職贈先生詩云垂堂高坐本難安身外鴻毛擲一官獨抱焦桐倚流水哀音還爲董庭蘭直以門下客視先生文人相輕亦可不必查初白老人原

名嗣璉同列彈章革去拔貢改名應試始入詞館贈先生有荆高市上重相見搖手休呼舊姓名之句則和平之音也

朱竹垞先生贈洪昉思詩云海內詩篇洪玉父禁中樂府柳屯田梧桐夜雨聲淒絕薏苡明珠謗偶然注梧桐夜雨元人雜劇亦詠明皇幸蜀事徧查元人百種並無是劇僅於北九宮譜存其名耳

尤西堂先生嘗云著補天石傳奇以彌天地之憾未見其書嘉慶末周文泉大令以任子知邵陽縣事譜補天石八種種各八齣時譚鐵簫太守知寶慶郎以鐵簫正譜楚南宦場風流佳話也備錄八種總目如左太子丹恥雪西秦丞相亮祚延東漢明月胡笳歸漢將春風圖畫返明妃屈大夫魂返汨羅江岳元戎宴集黃龍府賢使君重還如意子眞情種遠覓返魂香

夏惺齋徵君惺齋五種中有南陽樂敘武侯刺殺司馬宣王姜伯約詐降獻城魏延以投魏殺殺布㸃頗覺支離惺齋固通經者其詞亦多近理不若文泉所譜用魏延出子午谷計徑襲長安直截了當不必節外生枝

紅樓夢爲小說中無上上品向見張船山贈高蘭墅有豔情人自說紅樓之句自注蘭墅著有紅樓夢傳奇余數訪其書未得所見者僅陳厚甫先生所著院本耳先生工制藝試帖爲十名家之一度曲乃其餘事儘多蘊藉風流悱惻纏綿之作惜排場未盡善也原書斷而不斷連而不連起伏照應自具草蛇灰綫

之妙先生强爲牽連幷齣正文後另插賓白引起下齣下齣開場又用賓白遙應上齣始及正文頗似時文家作割截題用意鉤聯究非正軌且以柳湘蓮爲紅淨尤三姐爲小丑未免唐突後成男女劍仙更嫌蛇足近日梨園多演之者似非先生得意筆也道光末鹺商演是曲褻人改嫁蔣玉函洞房結綵帳其額未題適梁茝鄰中丞在座提筆書玉軟花嬌四字鹺商歎賞立以珍珠綴而懸之

余九歲寓息機園與鄰兒嬉甚洽後均入塾僅隔堵牆彼此書聲朗朗可聽苦不得見頗涉遐想清明掃墓忽遇於野攜手入城詫爲奇遇時余甫學詔語擬紀以詩未果夏初始讀會眞記忽睹隔花人遠天涯近七字先得我心不禁狂喜急書示鄰兒

桃花扇分三大忠臣史閣部有明忠臣也左甯南烈皇忠臣也黃靖南宏光忠臣也甯南當烈皇時已形跋扈瑪瑙山之戰未嘗無功楊武陵攘爲已有拜斗牛衣之賜賞不及左因此怏怏縱賊中原致不可遏宏光初立擁戴者皆邀殊錫甯南不與率師東下以清君側爲名非爲故太子也孔云亭原稿第十三齣直敍甯南謀逆脅何忠誠公同叛何公投江逆流六十里遇神獲救諸軼事左夢庚急以千金爲云亭壽哀其削去云亭遂改哭主一齣生氣勃勃宛然爲烈皇復仇與史黃鼎立而三爲勝國忠臣之最信乎文人之筆操予奪權也

桐城方劍潭上舍流寓湖湘詩才清妙戚張某作尉沅江方往依之張爲納王姬姿首明豔性絕慧歸方

年餘敎之讀書居然能詩姬父里魁也以張之購女也未取身契歷與需索挾張陰事將訐上官張懼勸方出姬姬歸解鴛鴦帶自絞方大戚乞余譜院本廣其事時咸豐壬子初夏也未幾粵匪撲長沙城余在圍城中日以度曲爲事九月二十八日賊從地道爇火藥南城轟裂城中譁賊入家人走告環立以泣余從容脫稿若弗聞者俄又報鄧忠武公單騎拒陷口手刃登城賊酋餘退敗矣方贈詩云揮毫正寫鴛鴦譜報道城南鎖鑰開蓋紀實也卒成二十四齣名鴛鴦帶插敍時事語多過激亡友郭芳石秀才恐以賈禍力勸焚燬今劍潭墓木已拱冥冥之中負我良友此債何日償耶

野獲編詞曲類紀兩事俱堪絕倒其一梁伯龍亦稱詞家有盛名所作浣紗記至傳海外當初出時梁游青浦値屠緯眞爲令禮以上客卽令優人演新劇爲壽每遇佳句輒酬以大白梁豪飮自快演至出獵有所謂擺開擺開者屠厲聲曰此惡語當受罰蓋預儲洿水以酒海灌三大盂梁氣索强盡之大吐委頓不別竟去屠凡言及必大笑其一屠長卿久廢新復冠帶時寓秦淮慕寇四兒名先以纏頭往至日具袍服頭踏呵殿而至踞廳事南面呼媼出拜令寇姬旁侍行酒更作才語相向次日六院喧傳以爲笑柄江右鄭豹卿遂作一傳奇名白練裙描寫屠憨狀曲盡吳下王百穀時在金陵少時曾眷名妓馬湘蘭馬將耳順王則望七矣兩人尙講衾裯之好鄭亦串入其中備極醜態一時爲之紙貴

高東嘉初演琵琶記座上蠟炬光忽交互頓成異彩如五色雲霞終夕不散湯若士居盧甚隘鷄棲豚柵

之旁俱置筆硯玉茗一樹高出檐際茂而不花譜牡丹亭初成召伶人演之是夕花大放自是無歲不開文章有神聲音動物豈偶然哉

吳吳山初聘黃山陳女將昏而殁既而得其評點牡丹亭上本嘗以未得下本爲憾後娶清溪談女雅就文墨仿陳女意補評下本杪芒微會若出一手未幾夭逝續娶古蕩錢女見陳談評本略參己意出釵釧爲鍥版資郎所傳吳吳山三婦合評本也張元長梅花草堂二談俞娘行二麗人也年十七夭當其病也好觀文史一日見還魂記黯然曰書以達意古來作者多不盡意而出若生不可死死不可生皆非情之至是書眞達意之作矣研丹砂旁注往往自寫所見出人意表如感夢折注云吾每喜睡睡必有夢夢則耳目未經涉皆能及之杜女固先吾著鞭耶如斯俊語絡繹連篇其手蹟遒媚可喜嘗錄一副本將上之湯若士謝君耳伯願爲郵卒不果上其注本遂不傳又小靑傳姬有牡丹亭評跋妬婦爇之今但傳挑燈閒看牡丹亭之句耳是牡丹亭一書三婦合評外尚有二女子評注何閨閣之多才耶妝臺繡閣不乏賞音老鴰翁可無恨矣

嘗見感應篇注有入冥者見湯若士身荷鐵枷人間演牡丹亭一日則笞二十雖甚其辭以警世亦談風雅者不敢不勉也先生本王文肅公門下士文肅中女曇陽子修道有得一時名士無慮數百人頂禮稱弟子豫示化期飛昇亡夫墓次萬目共睹但遺蛻入龕有蜿蜒相隨同掩或疑爲蛇所祟耳數年後忽有

鄞人婁姓以風水游吳越間一妻二子居處無定妻慧美多藝能且操吳音蓄貲甚富捕者疑之蹤跡頗急度不可脫則曰我太倉王姓也於是譁然曇陽復生矣時文肅父子俱在朝僅以族人司家事急召婁夫婦訊之詭稱實未死從龕後穴而逸族人向未見曇陽莫能辨有老僕諦視良久忽省曰汝非二爺房中某娘乎始惶恐伏罪蓋文肅亡弟鼎爵愛妾竊貲以逃者也執付幹僕解送京師婦與幹僕通乘其醉攜二雛故婁夜竄莫知所終當海內轟傳時先生遽采風影之談塡成豔曲初不過游戲三昧不料原本一出遂有千古後人讀其詞未嘗不信其事實爲曇陽之玷先生官職不顯畢世沈淪誠受筆墨之障蔣心餘瓣香玉茗私淑有年臨川夢集夢一齣亦以誣衊曇陽爲非其詞云畢竟是桃李春風舊門墻怎好把帷薄私情向筆下揚他平生罪孽這詞章

張漱石譜夢中緣當時已風行海內乾隆辛卯漱石宿錢唐酒家見老嫗燈下縫裳盤筐內鍼綫簿一本丹鉛粲然則夢中緣鈔本也詢其由云主人有女能讀魯論及毛詩頗嫻吟詠愛誦是編嘗與嫂賭誦其詞以手畫空作圈搖頭若老生狀年十六以瘵亡此其手鈔者今作奩藏鍼綫矣視其書字亦端整惜已殘闕題有七律云拾得新詞第一編攜來妝閣曉風前囊追賀錦才尤麗筆吐江花句欲仙自是有情偏有恨幾多無夢亦無緣背人愛把丹鉛點獨自閒吟獨自憐詰其姓氏嫗不以告乃以一金購其本以歸漱石自述如此果有其事誠詞壇佳話女亦吳江俞二姑哉

蔡中郎贅入牛府人知其冤但受冤之故始終未明或以爲牛思黯之女或以爲鄧生事或以爲王四棄妻別贅豪家琵琶二字之首直書王四王弇州輩皆有說甚辯究未必確又聞元人實有其事蓋不花丞相偪狀元入贅因蒙古語不花爲牛也此說似近理但陸放翁詩云斜陽古柳趙家莊負鼓盲翁正作場死後是非誰管得滿村聽說蔡中郎伯喈受謗宋時已然不始於元也俗傳黃崇嘏爲女狀元因徐文長四聲猿而始也按十國春秋崇嘏好男裝以失火繫獄邛州刺史周庠愛其風采欲妻以女乃獻詩云幕府若容爲坦腹願天速變作男兒庠驚召問乃黃使君女也幼失父母與老嫗同居命攝司戶參軍已而罷歸不知所終今譌傳爲女狀元者以其獻詩自稱鄉貢進士云

隨園詩話徐題客健庵司寇孫也五歲能按拍歌見外祖京江張相國相國愛之抱置膝上乳母在旁夸曰官官雖幼竟能歌曲相國曰眞耶曰眞也相國推而擲之曰若果然兒沒出息矣後徐竟坎壈爲人司音樂以諸生終桐城張文和公爲文端公之子兩代宰平一生貴顯獨無絲竹之好元夕寄弟詩云天與人閒清淨福不能飲酒厭聞歌兩公皆名臣性情相似豈眞金星不入命耶究之謝傅汾陽寄情聲伎亦未嘗爲人品累也

王渼陂好爲詞曲杜甫游春諸雜劇至今傳誦或規之曰太上立德其次立功其次立言公宜留心經世文章渼陂答曰公獨不聞其次致曲

亦巢偶記俗呼熏豬耳爲俏寃家不知何所取義里巷至今傳之一日余同一二友至虎邱游衍久之思飲甚切然所攜杖頭僅百文因豬耳價廉可口令僮買以佐酒久不至一友忽唱琵琶記云俏寃家何事還不到衆大噱

明神宗時張江陵當國將南京內庫高皇所藏寶玩盡取上京中有顛不刺寶石一塊重七分老米色若照日只見石光所以爲寶說見金陵鎖事箋會眞記者以顛不刺爲美好辭不知所据或以爲元時方言如此寶石之名以其美好也

聽雨增記孫汝權乃宋朝名進士有文集行世玉蓮則王十朋女也十朋劾史浩八罪汝權實嗾之理宗雖不聽而史氏子姓怨兩人刺骨故作荆釵記以玉蓮爲十朋妻汝權有奪配之事又南窗開筆錢玉蓮宋名伎從孫汝權某寺殿成梁上題信士孫汝權同妻錢玉蓮喜捨按此則玉蓮確係汝權之妻矣十朋無故受誣殊爲可惡

孫李昭示兒編北朝來祭章獻太后楊大年捧讀祭文僅空紙無一字因自撰云惟靈巫山一朵雲閬苑一堆雪桃園一枝花瑤臺一輪月豈期雲散雪消花殘月缺仁宗深歎其敏捷案此詞浮豔輕佻施之君后失體已甚錢竹汀宮詹云大年死於天僖四年章獻之崩大年死已久矣其爲委巷不經之談無疑荆釵記祭江一齣其祭文云巫山一朵雲閬苑一團雪桃源一枝花瑤臺一輪月妻呵于今是雲散雪消花

殘月缺施之於此則妙文也

兩般秋雨盦隨筆盧代山錢唐人住山兒巷抱經學士族人也家藏葡萄藤小几云是洪昉思按拍者指痕猶隱隱焉昉思先生所著長生殿外尚有天涯淚四嬋娟青衫溼三種稿存黃氏先生文僖公孫壻也

查伊璜孝廉自遭私史禍益放情詩酒家僮侍婢俱解音律悉以些名之有雲些月些二婢尤聰俊孝廉每得佳句而未成套者輒令二些記之續有所得輒歌前句串合成套名曰活錦囊

檐曝雜記李太虛南昌人吳梅村座師也明崇禎中爲列卿國變不死降李自成

本朝定鼎後乃脫歸有舉人徐巨源者其年家子也嘗非笑之一日視太虛疾太虛自言病將不起巨源曰公壽正長必不死詰之則曰甲申乙酉不死則更無死期以是知公之壽未艾也太虛怒然無如何巨源又撰一劇演太虛及龔芝麓降賊後聞

大清兵入急逃而南至杭州爲追兵所蹋匿於岳墳鐵鑄秦檜夫人胯下值夫人方月事追兵過而出兩人頭皆血誇此劇已演於民間稍稍聞於太虛適芝麓以上林苑監謫宦廣東過南昌亦聞此事乃與太虛密召歌伶夜半演而觀之至兩人出胯下時血淋漓滿頭面不覺相顧大哭謂名節掃地至此夫復何言然爲孺子辱必殺以寫忿乃使人俟巨源於逆旅而殺之此事得之於將心餘

和凝少時好爲曲子香奩集其所著也布於洛汴逮在政府契丹稱爲曲子相公凝恥之使人收拾焚燬

不暇遂嫁名於韓偓改署其集曰游藝不及詞曲明夏文愍公善南北曲亦號曲子相公

袁籜庵以西樓記得名一日出飲歸月下肩輿過一大姓家其家方宴客演霸王夜宴輿夫曰如此良宵風月何不唱繡戶傳嬌語乃演千金記耶籜庵狂喜欲絕幾至墮輿

蕁鄉贅筆李笠翁性齷齪善逢迎常挾姬三四人遇貴游子弟便令隔簾度曲捧觴行酒並縱談房術誘賺重價蓋輕薄厚於天性宜其文章纖巧譃浪純乎市井也袁籜庵年逾七旬猶强作少年態喜談閨闥淫詞穢語令人掩耳後寓會稽暑月忽染奇疾口中癢甚自嚼其舌片片而墮不食不言二十餘日舌本俱盡而死孽鏡臺前恐不僅西樓綺語耳

綵舟記演唐六如竊婢秋香事僞病登山賣身入府悉從諸小說衍出託名康宣則因六如本事詩有主人若問眞名姓只在康宣兩字頭句也南京舊院有伎秋香從良後有舊相識求見以扇畫柳題詩拒之云昔日章臺舞細腰任君攀折舊枝條于今寫入丹青裏不許東風再動搖語見梅禹金青泥蓮花記祝枝山亦有題秋香便面詩云晃玉搖銀小扇圖五雲樓閣女仙居行間著箇秋香字知是成都薛校書當時蓋有兩秋香

錢虞山之入我朝也欲秉鈞衡專史席二者皆違其願故多感憤之詞陳臥子先生題拂水山莊詩云黑頭已自羞江總

靑史何曾借蔡邕眞詩史也廙山晚年家居一夕閒步門外衣一輕衫員領窄袖就前明袍料改製未及全易者一秀士趨過稱曰先生可謂兩朝領袖其受侮若此爛柯山演朱買臣去婦故事廙山嘗與當軸張姓宴集演悔嫁一齣劉氏白語中有云你如何嫁了張木匠因尊客姓張恐其觸諱改張爲王廙山因拍案擊節曰得竅阿得 竅俄而劉氏復白云你如何 負了朱氏張亦拍案鑿 蹙曰沒竅阿沒竅廙山大恧

雙文事風流話柄千古豔稱曠園雜志鄭太常恆及崔夫人合葬墓在淇水西北五十里即古淇澳也明成化閒淇水泛溢土崩石出秦給事貫所撰志銘在焉盛稱夫人四德咸備會眞記誣衊殊甚是眞以筆墨換泥犁者

市井以蒙古二字爲銀之隱語謹案國書蒙古原作銀解蓋彼時與金國號爲對耳一文錢傳奇羅夢云蒙古兒覷著他幾多輕重謂元寶也

阮大鋮黨附魏忠賢名列逆案屏居金陵謀復用諸名士檄數其罪作留都防亂揭桐城方密之如皋冒辟疆宜興陳定生商邱侯朝宗實主之所謂四公子也大鋮譜燕子箋家伶一部能演是劇會諸名士以試事集金陵四公子置酒雞鳴埭徵阮伶以侑大鋮心竊喜立遣伶往而令他奴詗之方度曲四座歎賞奴走告大鋮心益喜已而抗聲論天下事語稍及大鋮遂戟手罵詈不絕大鋮乃大怒銜之次骨宏光擁

立大鋮騍枋用興大獄將盡殺復社黨人購四公子甚急定生下獄餘皆走免是四公子之禍實基於鷄鳴埭聽曲時也桃花扇偵戲一齣從大鋮著筆始而驚繼而喜繼而怒且擺寫僉壬失路鬚眉欲活

小說起於宋仁宗時承平已久國家閒暇日進一奇怪之事以娛之名曰小說今之小說則記載矣裴鉶著小說多奇異可以傳示故號傳奇今之傳奇則曲本矣

元人科目最多試錄中一條云軍民僧尼道客官儒回回醫匠陰陽寫算門廚典僱未完等戶願試者以本戶籍貫赴試僧道應試已屬可笑尼亦赴考更怪誕矣相傳元以詞曲取士考選舉志及典章皆無之或另設一門以備梨園供奉乃特試非制科也

嚴分宜勢熾時珍寶充溢旁及書畫鄢懋卿以總理使江淮胡宗憲趙文華以督兵使吳越各承意旨蒐取古玩不遺餘力宋張擇端淸明上河圖在王文恪公家其家鉅萬難以阿堵動有蘇人湯臣者善裝池客嚴門下亦與王思質相往還說王購以獻王重價求之既不可得遂屬蘇人黃彪摹贗本以應黃亦畫家高手也嚴得此卷珍爲異寶以爲諸畫壓卷置酒高會出以相誇客有知之者指爲贋本嚴大慙銜思質次骨適唐荊川從田間起以職方郎中巡視各邊思質時鎮薊門與荊川皆吳人也荊川舉己丑科思質舉辛丑科相去十二年思質掛本兵銜視荊川爲堂屬荊川以前輩自居新被簡命公卿俱下之恚思質簡倨復命疏內糾其一卒不練致觸世宗之怒嚴復下石遂棄西市後有衍作傳奇者淸明上河圖易作

玉杯名一捧雪思質易名莫懷古寓莫以懷古致禍意也譏開之湯卿或以爲卽指荆川不圖賢者亦被惡聲要其褊心未化自取之也案一捧雪確有是物現在內庫

王相國崇簡冬夜箋記每觀傳奇輒歎前賢父母妻妾爲其溷亂如王曾少孤鞠於叔氏無子以弟之子繹爲後而傳奇則載其具慶生子事呂蒙正父龜圖多內寵與妻劉不睦並蒙正出之頗淪躓窘乏劉誓不復嫁及蒙正登第迎二親同堂異室孝養備至傳奇乃以蒙正妻爲其父所逐更爲溷亂

黃粱夢傳奇託言盧生其事乃鍾離雲房點化呂洞賓洞賓遇雲房於長安酒肆同憩肆中雲房自起執炊洞賓忽欲昏睡枕案邊假寐以舉子赴京狀元及第始自州縣小官擢朝署由是臺諫翰苑歷諸淸要升黜不一兩娶富貴家女婚嫁早畢甥孫振振簪笏滿門如此幾四十年前後獨相十年權勢熏炙忽被重罪流於嶺表一身孑然窮苦憔悴立馬風雪中方此浩歎恍然夢覺雲房在旁炊尙未熟笑曰黃粱猶未熟　夢到華胥洞賓驚曰君知我夢耶雲房曰子適來之夢升沈變態榮悴多端五十年間一頃耳洞賓感悟拜求度世法贈詩云應官千里赴神京偶遇仙翁盞便傾未必無心唐事業金丹一粒誤先生自枕中記出湯若士演爲院本邯鄲道上罔非尋夢之人名流題壁之詩指不勝屈矣

明人有洞賓戲妓女白牡丹雜劇向疑以上眞游戲何至媟褻音樓後見冬夜箋記康熙年間洞賓嘗於黃鶴樓降乩曰世傳飛劍斬黃龍乃宋散仙顏洞賓也豈有上眞而嗔惱不除者乎嗔且不可何況乎淫

可見戲白牡丹亦顏洞賓事
洛陽橋傳奇演醉隸下海事人疑其妄明史蔡錫本傳錫鄞人中永樂癸卯鄉試授兵部給事中陞泉州太守時洛陽橋圯有石刻云石頭若開蔡公再來錫至欲修橋橋跨海功難施錫以文檄海神忽一醉卒趨而前曰我能齎檄往但乞酒飲大醉自沒於海若有神人扶掖之者俄而書醋字出錫意必八月二十一日酉時也遂以是日興工潮果旬餘不至工遂成此實事也特以錫爲蔡端明致滋疑惑俗伶又改端明爲蔡中郎更妄語矣其詞亦不雅馴或謂出王百谷手
明神宗時選近侍二百餘名在玉熙宮學習官戲歲時陞座則承應之各有院本如盛世新聲雍熙樂府詞林摘豔等詞又有玉娥兒歌京師人頗能歌之名御製四景玉娥詞嚴分宜聽歌玉娥兒詞詩云玉娥不是世間詞龍艦春湖捧玉卮閭巷教坊齊學得一聲聲出鳳凰池注云上命閣臣應制作也他如過錦之戲約有百回每回十餘人不拘濃淡相間雅俗並陳又如雜劇古事之類引旗一對鼓吹送上所扮備極世間騙局俗態拙婦騃男及市井商賈刁賴詞訟雜要諸項蓋欲深宮九重之中廣識見博聰明順天時恤民隱也水嬉之製用木雕成海外諸國及先賢文武男女之像約高二尺彩畫如生有臀無足而底平以竹板承之設方木池注水令滿取魚蝦萍藻實其中隔以紗幃運機之人皆在[illegible]內游移轉動一人鳴金代爲問答其詞亦詞臣撰也暑天長晝作之以銷炎夏明烈帝每宴玉熙宮作過錦水嬉之戲一日

宴次報至汴梁失守親藩被害遂大慟而罷自是不復幸玉熙宮矣吳梅村琵琶行有云先皇駕幸玉熙宮鳳紙僉名喚樂工苑內水嬉金傀儡殿頭過錦玉玲瓏一自中原盛豺虎煖閣才人罷歌舞插袖停搊素手箏燒燈罷擊花奴鼓蓋指此也迨入我朝玉熙宮改爲內廐過錦水嬉之戲俱罷其詞亦不傳但以供奉內廷之作承值有年意其詞必有可觀諸私家集中當有存者容細訪之

樂府原題公莫舞即巾舞也沛公鴻門會宴項莊舞劍項伯亦舞以袖隔之且語莊曰公莫言公莫害漢王也漢人德之故舞用巾以象項伯衣袖近人演長生殿玉環舞盤念奴輩各以彩巾應節而舞甚合古意

曲談

論傳奇源流

輟耕錄云。稗官廢而傳奇作。傳奇作而戲曲繼。金季國初。「謂元初」樂府猶宋詞之流。傳奇猶宋戲曲之變。世謂之雜劇。金章宗時。董解元所編西廂記。世代未遠。尙罕有人能解之者。況金雜劇中曲詞之冗乎。蓋董西廂作於金末。而雜劇之興。遠在宋初。據輟耕錄所載院本名目。有六百九十種之多。皆宋金人之著作。今俱不傳。傳者惟董西廂。但董西廂之體裁。與元人雜劇。頗有不同。元人雜劇。除楔子以外。長套多而短套甚少。董西廂雖不分折。而一二曲之後。即繫一尾。是皆爲短套。而無長套。元人套數所用曲牌。皆每牌一支。用么篇處甚少。董西廂則每一曲牌必塡二支。猶詞之必有換頭。元雜劇之曲文賓白。皆是劇中人口氣。而非作劇者之口氣。董西廂則通體係作劇者記事之文。而不作代言體。然則世稱董西廂爲元明傳奇之鼻祖。實則體裁各別。未可牽混也。

董西廂之前。以歌曲述會眞記事者。有趙德麟之商調蝶戀花十闋。以一闋起。一闋作結。中間各闋。分詠記中之事。或全撫其文。或止取其意。並置原文於曲前。一似元曲之賓白。以之與董西廂相較。祇繁簡長短。彼此不同。體裁實毫無區別。原詞俱載於侯鯖錄中。毛西河詞話。斷爲今日戲曲之祖。考趙德麟名令時。蘇東坡守潁州時爲其屬官。至紹興初尚存。則其詞當作於元祐靖康之間。在董解元百年以前。由此可知金人之雜劇。並非金人之創作。實沿用宋人之體式。不過宋人全用詞調。金人則稍改爲曲牌。然猶每牌必塡二支。未失詞調體格。則謂金雜劇與宋戲曲。初無二致可也。

宋人歌曲。除用詞調外。尚有所謂大曲者。由散序靸排偏攧正攧入破虛催實催袞偏歇指殺袞而成一曲。有一本多至二十四段者。惟後世製詞家類從簡省。管絃家又不肯從首至尾吹彈。病其學不能盡。見碧雞漫志。此種大曲。唐時已有之。惟其所歌者爲五七言絕句。見郭茂倩樂府詩集。宋時大曲。流傳至今者。有曾布所作水調歌頭大曲。詠馮玉燕事。董頴所作道宮薄媚大曲。詠西子事。此種大曲。雖用詞調。而其字數韻數。均與詞不合。又有平仄通押之處。實已開元曲之先聲。而輟耕錄所載之宋金雜劇。今雖不傳。度其體裁。必與此等大曲不甚相遠也。

曾布據宋史生於景祐大觀之間。董頴據陳振孫書錄解題。爲紹興時人。亦俱在董解元數十年至百年以前。由此可知雜劇之興。確在北宋無疑。但其時雜劇之體裁。尚與元人不同。而與董西廂則相近。特宋人之歌曲。多用詞調。金人已改爲曲牌耳。

元人雜劇。由敍事體而變爲代言體。由有換頭之全闋曲詞。而變爲不用換頭之單支曲詞。此其體裁。亦並非始自元人。楊誠齋之歸去來詞引。純用代言體。且每曲祗塡詞半闋。不用換頭。實與元曲體裁無異。

原詞見誠齋集。草錄於左。

儂家貧甚訴長飢。幼稚滿庭闈。正坐餅無儲粟。漫求爲吏東西。

偶然彭澤近隣圻。公秫滑流匙。葛巾勸我求爲酒。黃菊怨冷落東籬。五斗折腰。誰能許事。歸去來兮。

老圃半榛茨。山田欲蕪蔾。念心爲形役又奚悲。獨惆悵前迷。不諫後方追。覺今來是了。覺昨來非。

扁舟輕颺破朝霏。風細慢吹衣。試問征夫前路。晨光小恨熹微。

乃瞻衡宇載奔馳。迎候滿荊扉。已荒三徑存松菊。喜諸幼入室相攜。有酒盈尊。引觴自酌。庭樹遣顏怡。

容膝易安棲。南窗寄傲睨。更小園日涉趣尤奇。儘雖設柴門。長是閉斜暉。縱遐觀矯首。短策扶持。

浮雲出岫豈心思。鳥倦亦歸飛。翳翳流光將入。孤松撫處淒其。

息交絕友塹山溪。世與我相違。駕言復出何求者。曠千載今欲從誰。親戚笑談。琴書觴詠。莫遣俗人知。

邂逅又春熙。農人欲載菑。告西疇有事要耘耔。容老子舟車。取意任委蛇。歷崎嶇窈窕。邱壑隨宜。

欣欣花木向榮滋。泉水始流澌。萬物得時如許。此生休矣吾衰。

寓形宇內幾何時。豈問去留爲。委心任運無多慮。顧遑遑將欲何之。大化中間。乘流歸盡。善懼莫隨伊。

富貴本危機。雲鄉不可期。趁良辰孤往恣遨嬉。獨臨水登山。舒嘯更哦詩。除樂天知命了。復奚疑。

此引共十二曲。不著調名。以今考之。則其第一第四第七第十支爲朝中措。第二第五第八第十一支爲一叢花。惟其第三第六第九第十二支。調名不可考。似南歌子。而多一末句。此末句似聲聲慢。要亦爲調調無疑。然俱不用換頭。且純用代言體。誠齋生於南宋初。卒於開禧二年。則此曲之作。殆與董西廂同時。然則元人雜劇。固參合宋金兩邦歌曲之體裁。以成一種新體。因此可知今日劇曲之體。仍由詩詞遞演而來。並非由異域所傳入也。

關白馬鄭諸家。皆生於金末元初。其距楊誠齋董解元。爲時至近。而雜劇體裁。至此乃斠若畫一。且作者羣起。爲有元一代文學之中堅。誠不解其何以致此。說者謂元代曾以曲取士。考之於史。殊無確徵。且關白二人。皆爲金代遺民。入元不仕。『關仕金末。官太醫院尹。金亡不仕。見堯山堂外記。仁甫卻開府史公之薦。見王博文撰天籟集序。』馬東籬之秋思散套。鄭德輝之王粲登樓雜劇。襟期高遠。寄託遙深。亦係深於故國之思者。斷無以曲弋取科名之理。余以爲劇曲至元初驟盛者。蓋有二因。金代遺民。於滄桑之際。借此以寫其牢騷。銷磨歲月。一也。金末科舉甚寬。章宗時。一科至取進士九百二十五人。元初科舉驟停。直至皇慶二年而始復。此八十年間。仕途中非介胄之士。即刀筆之吏。文人獨無進身之階。於是心思才力。大都用之於散套雜劇。二也。有此二因。則元曲驟盛之故。未必由於用以取士也。

雜劇傳奇院本三種名稱。其區別頗不分明。曖昧由筆云。有白有唱者名雜劇。扮演戲文跳而不唱者名院本。然則宋金雜劇。不用代言體之賓白者。宜稱之爲院本。以別於元以後之雜劇。至傳奇之名。雖始於宋。而後人尊屬之明以後之劇本。於是用元人體裁。以四折爲一本者。名曰雜劇。用明人體裁。一本多至數十折者。名曰傳奇。又傳奇雜劇之總稱。亦曰傳奇。此爲明代以來所通行之區別也。

王實夫西廂總二十折。後人或列之傳奇中。其實乃疊雜劇五本而成。其末一本。爲關漢卿所續。王伯成之天寶遺事。吳昌齡之西遊記。亦與王西廂相類。故傳奇鼻祖。當推琵琶記。蓋荊劉殺拜。雖有元四大傳奇之目。然荊釵爲明寧獻王所撰。殺狗白兎。文詞庸劣。當是後人僞託之作。非元人手筆也。幽閨爲元季施君美所作。然其所用曲牌。類多生僻。非後人所習用。是則確定傳奇體裁。爲明以來南曲之正宗者。厥惟高則誠之琵琶記而已。則謂傳奇實始於明初。無不可也。

傳奇雖始於明。而南曲之起源。殆在元之中葉。如貫酸齋所撰西湖游賞散套。用中呂紛蝶兒南北合套。沈和甫所作瀟湘八景歡喜冤家諸本。皆用南北合套。是則傳奇未興之先。已有南曲。特作者不多。且僅用於南北合套或小令。『南宮詞紀中選有元人所撰之浪淘沙小令』未有以之作整折之雜劇者。迨元末明初。幽閨琵琶出。始以南曲成整本之傳奇。而明人所撰雜劇中。亦往往參用南曲。然一部傳奇中。又參用一二套北曲。因之雜劇傳奇。未能以南北曲爲區別。祇可就折數之多寡爲區別也。

琵琶荊釵以後。作傳奇者。家數至多。其體裁無甚變更。於套數體式。集曲牌名。雖間有新創者。然甚屬少數。而以依古人成例塡詞者爲多。故傳原源流。至此如百川之盡歸於海。無可更述矣。

傳奇家姓名事跡考畧

自元明以迄我朝康乾之際。雜劇傳奇。有目可稽者。不下數千種。作者名姓。無從考證者。殆居其半。茲就本譜所選錄之雜劇傳奇考其作者之名姓。與當時遺聞軼事之見於記載者。亦兼及焉。

單刀會。元關漢卿撰。其四折之全目曰喬國老諫吳帝司馬徽休官職。魯子敬索荊州。關大王單刀會。前二折久佚。近由士禮居藏元雜劇中。見其曲文。而無賓白。後二折則今所唱之訓子刀會是也。惟今本中沽美酒太平令二曲。乃後人改易。非原文也。關大都人。仕金官太醫院尹。入元不仕。以曲自娛。所撰雜劇。見於太和正音譜者。有六十三種之多。風行一時。楊維楨元宮詞云。開國遺音樂府傳。白翎飛上十三絃。大金優諫關卿在。伊尹扶湯進劇編。關卿卽指漢卿也。然伊尹扶湯。雜劇。據錄鬼簿及太和正音譜。皆作鄭德輝撰。意者關氏亦有此本。而錄鬼簿諸書失載。則關所撰雜劇。更不止六十三種矣。太和正音譜曰。關漢卿之詞。如瓊筵醉客。爲雜劇之始。故卓以前列。關之夫人。亦工吟詠。關悅一媵婢。欲納之。作小令貽夫人云。鬢鴉臉霞。屈殺了將陪嫁。規模全是大人家。不在紅娘下。巧笑迎人。文談回話。眞如解語花。若咱得他。倒了蒲萄架。夫人答以詩云。聞君偷看美人圖。不似關王大丈夫。金屋若將阿嬌貯。爲君唱徹醋葫蘆。關見之。太息而已。關好諧謔。又喜談鬼。著有鬼董狐一書。極諧謔可喜。

唐三藏。元吳昌齡撰。昌齡西京人。其所譔雜劇。見之錄鬼簿及太和正音譜者。共十一種。今所存者。惟元曲選中之風花雪月及花間四友二種而已。太和正音譜云。吳昌齡之詞。如庭草交翠。西游記。亦吳昌齡撰。按錄鬼簿載唐三藏西天取經一本。爲昌齡撰。而也是園書目。有吳昌齡西游記四卷。曹楝亭書目有鈔本西游記六卷。遵王將此書編入傳奇部。不入雜劇部。且此書有四卷至六卷之多。其非限於一本之唐三藏可知。意者昌齡先撰唐三藏。後更作西游記。亦如關漢卿作拜月亭雜劇。而施惠更作幽閨記。但彼出自二人。此係一人所作耳。茲譜中所附思春一折。乃後人所增。非西游原文也。

東窗事犯。元金仁傑撰。原本久佚。近從士禮居藏元雜劇中。得見其曲文。其第二折。卽今之掃秦也。惟掃秦衡場出隊子一曲。係後人由精忠記移於此。非元曲原文也。尙有三折。第一折爲岳樞密寃陷大理獄。第三折爲三忠魂托夢太上皇。第四折爲地藏王折證東窗事。金字志甫。杭人。建康崇寧務官。太和正音譜稱其詞如秋山爽氣。並載其所撰雜劇共七種。

兩世姻緣。元喬吉撰。吉字夢符。太原人。錄鬼簿載其所著雜劇。有十一種。今所存者惟此本及揚州夢金錢記三種。均見元曲選中。太和正音譜稱其詞如神鼇鼓浪。錄鬼簿云。喬夢符。號笙鶴翁。又號惺惺道人。美容儀。能詞章。以威嚴自飭。人敬畏之。居杭州太乙宮前。有趙西湖梧葉兒百篇。名公爲之序。江湖間四十年。欲刊行所作。竟無成其事者。至正五年卒於家。輟耕錄云。喬夢符吉博學多能。以樂府稱。嘗云作樂府亦有法。曰鳳頭猪肚豹尾六字是也。大概起要美麗。中要浩蕩。結要響亮。尤貴在首尾貫串。意思淸新。

能若是斯可以言樂府矣。

昊天塔。元朱凱撰。凱字士凱。里居未詳。錄鬼簿載其所撰雜劇。此本之外。尚有醉走黃鶴樓一種今佚。

不伏老。元楊梓撰。梓海鹽人。從征爪哇有功。官至浙江路總管。追封宏農郡公。謚康惠。其所撰雜劇。有豫讓吞炭。霍光鬼諫。及此本。霍光鬼諫。見士禮居藏元雜劇中。豫讓吞炭。我友吳瞿庵有藏本。不伏老則劉鳳叔新得明富春堂刊本。附裝在金貂記傳奇之前。金貂記非足本。而不伏老則四折完全也。樂郊私語云。海鹽少年都善歌樂府。皆出於澉川楊氏。當康惠公梓存時。節俠風流。善音律。與武林阿里海涯之子雲石交善。雲石翩翩公子。無論所製樂府散套。駿逸爲當行之冠。即歌聲高引。可徹雲漢。而康惠獨得其傳。今雜劇中有豫讓吞炭霍光鬼諫敬德不伏老。皆康惠自製。以寓祖父之意。第去其著作名姓耳。其後長公國才。次公少中。復與鮮于去矜交好。去矜亦樂府擅場。以故楊氏家僮千指。無有不善南北歌調者。由是州人往往得其家法。以能歌名於浙右云。

風雲會。元羅本撰。本字貫中。武林人。古名家雜劇元人雜劇選。均有此本。而流傳甚少。雍熙樂府中載其訪普一折。近日聞吳瞿庵言。江寧圖書館藏有此本。

馬陵道。貨郎旦。漁樵記。皆元人撰。姓名未詳。見於元曲選中。臧氏所採百種。雖有明初人著作在內。則此三種。或爲明初人所撰。亦未可定。

十面埋伏•元人撰。姓名未詳。原本久佚。今所存者。祇十面一折。相沿誤作千金記。九宮大成亦未訂正。考千金記中並無此折。而雍熙樂府中載其曲文。分爲二套。一題作十面埋伏。一題作九里山十面埋伏。皆用仙呂宮。殆一套也。茲譜中之點絳唇至鵲踏枝及奇生草諸曲。皆其第一套。村裏迓鼓至柳葉兒。及賺煞諸曲。皆其第二套也。

幽閨記。元施惠撰。惠字君美。錄鬼簿謂其詩酒之暇。惟以塡詞度曲爲事。有古今趣話。編成一集。而不言及此本。然明人皆以此本爲惠作。藝苑巵言曰。琵琶記之下。拜月亭是元人施君美撰。亦佳。元朗謂勝琵琶。則大謬也。中間雖有一二佳曲。然無詞家大學問。一短也。既無風情。又無裨風敎。二短也。歌演終場。不能使人墮淚。三短也。靜志居詩話云。元朗評施君美幽閨。出高則誠琵琶之上。王元美目爲好奇之過。晉叔笑曰。是烏知所謂幽閨者哉。按幽閨中走雨拜月諸折。脫胎漢卿雜劇之處。頗多佳句。餘則絕無勝處。元美之言。詢是篤論。何臧兩家。皆蹈好奇之過也。

琵琶記。明高明撰。明字則誠。永嘉平陽人。至正五年張士堅榜中第。授處州錄事。辟丞相掾。方谷眞叛。省臣以溫人知海濱事。擇以自從。與幕府論事不合。谷眞就撫。欲留置幕下。即日解官。旅寓鄞之櫟社。撰琵琶記。太祖聞其名。召之。以老病辭還。卒於家。著有柔克齋集二十卷。瑞安縣志及顧俠君元詩選所載略同。又明姚福青溪暇筆云。元末永嘉高明。避世鄞之櫟社。以詞曲自娛。見劉後村有死後是非誰管得。滿村聽唱蔡中郎之句。因編琵琶記。用雪伯喈之恥。國朝遣使徵辟不就。旣卒有以其記進者。上覽畢曰。五經四書在民間。如五穀不可缺。此記如珍羞美味。富貴家其可無耶。其見推許如此。是作琵琶者。爲高明無疑。藝苑巵言謂南曲高拭則誠。遂掩前後。蔣仲舒堯山堂外紀云。作琵琶者乃高拭則誠。靜志居詩話引之。並云涵虛子曲譜有高拭而無高明。則蔣氏之說或有所據。按元刊張小山北曲聯樂府三卷。前有海粟馮子振燕山高拭題詞。是卽涵虛子曲譜中之高拭。而太平樂府卷一。載有殿前歡小令一支。作者高栻。栻拭筆畫微歧。要屬一人。其人與小山友善。當生於元之中葉。而非撰琵琶之高明。不容混爲一人也。毛德音評琵琶記。引大圓索隱云。高東嘉名則誠。元末人。與王四相友善。王四亦當時知名士。後以顯達改操。遂棄其妻周氏。而坦腹於時相不花氏家。東嘉欲挽救不可得。乃作此書諷之。而托名蔡邕者。以王四少賤。嘗爲人傭菜。趙五娘者。以姓傳自趙至周而適五也。牛丞相者。以不花家居牛渚也。記以琵琶名。以有四王字也。所謂張大公者。東嘉自寓也。又眞細錄云。明祖黨删元人詞曲。偶見琵琶記而異之。後廉知其爲王四而作。遂執王四付之法曹。而曲藻云。高則誠琵琶記。欲以譏當時一士大夫。而托名蔡伯喈。不知其說。偶閱說郛所載唐人小說。牛相國僧孺之子繁。與同人蔡生邂逅文字交。尋同舉進士。才蔡生。欲以女弟適之。時蔡已有妻趙矣。力辭不得。後牛氏與趙處。能卑順自將。蔡仕至節度副使。其姓事相同如此。則誠何不直舉其人。而顧誣衊至此耶。兩說各異。按王四之說。或近穿鑿。說郛所載。姓字偶同。惟青溪暇筆云。此記本之劉後村詩句。庶幾近之。

荊釵記。明甯獻王權撰。王爲太祖第十六子。洪武二十四年就封大甯。永樂元年改封南昌。晚慕沖舉。自號臞仙。涵虛子。及丹邱先生。爲其別號。其所撰雜劇十二種及此記。舊本均題丹邱先生。故鬱藍生曲品。黃文暘曲目。均誤作元人柯丹邱撰。紫桃軒雜綴云。玉蓮。王梅溪先生十朋之女。孫汝權。宋進士。先生之友。敦尙風誼先生劾史浩八罪。汝權實慫恿之。史氏所最切齒。遂妄作荊釵傳奇。故謬其事以蠛之耳。以此記爲宋史浩作。最屬無稽。或若宋人有記此事之小說。寗王本之作傳奇耳。藝苑巵言謂荊釵近俗而時動人。按此記橅仿琵琶。而詞章不及琵琶遠甚。惟音律尙合。且以貴胄之著作。故得盛行於世耳。

殺狗記。明徐㽦撰。㽦字仲由。淳安人。洪武初徵秀才。至藩省辭歸。著有巢松集。靜志居詩話云。識曲者目荊劉殺拜爲元四大傳奇。殺狗記則仲由所撰也。其言曰吾詩文未足品藻。惟傳奇詞曲。不多讓古人。蓋自知之審矣。葉兒樂府滿庭芳云。烏紗裹頭。清霜籬落。黃葉林邱。淵明彭澤辭官後。不事王侯。愛的是靑山舊友。喜的是綠酒新蒭。相迤逗。金酒在手。爛醉菊花秋。比於張小山馬東籬。亦未多遜。按今所傳殺狗曲詞。鄙俚不堪。意者經後人改竄。非仲由原本歟。

白兎記。明初人撰。姓名未詳。曲詞亦劣。惟麻地一折稍完善。

牧羊記。明人撰。姓名未詳。觀其文字及套數體式。殆亦明初人所著作。原本久佚。近余從許受白處假得抄本。凡二十五折。乃伶工所傳寫者。非足本也。惟歌場所流傳之數折。已俱在其中。

金印記。明蘇復之撰。字里未詳。此記又名合縱記。

連環記。明王濟撰。濟字雨舟。浙之烏鎮人。官橫州通判。此記原本已佚。僅存歌場所流傳之數折。

千金記。明沈采撰。采字練川。里居未詳。

鳴鳳記。明王世貞撰。世貞字元美。又號弇州山人。太倉人。嘉靖二十六年進士。授刑部主事。遷員外郎郎中。楊椒山下吏。時進湯藥。其妻訟夫冤。爲代草疏。既死。復棺檢之。嚴嵩大恨。吏部兩擬提學。皆不用。用爲青州兵備副使。父忬。以灤河失事。嵩構之。論死繫獄。世貞解官奔赴。與弟日匍匐嵩門求貸。又囚服跽道。遮諸貴人乞救。人皆畏嵩不敢言。忬竟死西市。隆慶元年。兄弟伏闕訟父冤。大學士徐階左右之。復忬官。事見明史本傳。又曲考云。弇州史料中楊忠愍公傳。略與傳奇不合。相傳此記爲弇州門人作。惟斬楊一折。是弇州自塡詞。初成時。命優人演之。邀縣令同觀。令變色起謝。欲亟去。弇州徐出邸抄示之曰。嵩父子已敗矣。乃終宴。

浣沙記。明梁辰魚撰。辰魚字伯龍。崑山人。靜志居詩話云。伯龍雅擅詞曲。所撰江東白苧。妙絕一時。時邑人魏良輔。能喉轉音聲。始變弋陽海鹽爲崑腔。伯龍塡浣紗記付之。王元美詩云。吳閶白面冶游兒。爭唱梁郎雪艷詞。是已。傳奇別家曲本。弋陽子弟。可以改調歌之。惟浣紗不能。故是詞家老手。蝸亭雜訂云。梁伯龍風流自賞。修髯美姿容。身長八尺。爲一時詞家所宗。艷歌清引。傳播戚里。歌兒舞女。不見伯龍。自以爲不祥也。其教人度曲。設大案西向坐。序列左右。遞傳疊和。所作浣紗記。至傳海外。浣紗初出。梁游青浦。時屠隆爲令。以上客禮之。卽命優人演其新劇爲壽。每遇佳句。輒浮大白。梁亦豪飲自快。演至出獵。「郎打圍折」有所謂擺開擺開擺擺開者。屠厲聲曰。此惡語。當受罰。蓋已預儲汚水以灌梁。梁氣索。强盡之。嘔吐委頓。次日不別竟去。

四聲猿。明徐渭撰。渭字文長。浙之山陰人。是劇一本四折。而每折一事。不相連屬。曰漁陽弄。「郎罵曹」曰翠鄉夢。曰代父從軍。曰求凰得鳳。列朝詩集云。胡少保宗憲督師浙江。招幕府筦書記。督府勢嚴重。文武將吏。莫敢仰視。文長戴敝烏巾。衣白布澣衣。非時闖直門入。長揖就坐。奮袖縱談。幕中有急需。召之不至。夜深開戟門以待。偵者還報。徐秀才方泥飲大醉。叫呶不。可致也。少保聞之稱善。文長知兵好奇計。少保餌王徐諸虜。用間鉤致。首與密議。是時上方崇禱事。急青詞。當國者謂文長文能當上意。聘致之。文長知其與少保有郤。弗應少保下請室。文長懼及發狂。後坐罪論死繫獄。張宮諭元忭力救之。乃解。

繡襦記。明薛近兗撰。字里未詳。傳奇彙考云。鄭虛舟作玉玦。舊院人惡之。共醜金薛近兗。求作此記。以雪其事。曲品云。玉玦出而曲中無宿客。及此記出而客復來。詞之足以感人如此。沈景倩顧曲雜談云。鬆毛掙「郎蓮花」一折。乞兒家常口頭語。鎔鑄渾成。不見斧鑿痕跡。可與古詩孔雀東南飛唧唧復唧唧並驪。余以爲此必元人筆。非化治間人所能辦也。後問沈寧庵吏部。謂果曾於元雜劇中見之。恨其時不曾問得出自何詞耳。

義俠記。明沈璟撰。璟字伯英。號寧庵。世稱詞隱先生。吳江人。萬歷間進士。官至光祿寺正卿。曲品云。吾友方諸生曰。松陵詞法而具讓詞致。臨川妙詞情而越詞檢。善夫可謂定品矣。詞隱嘗曰。寧律協而詞不工。讀之不成句而謳之始叶。臨川聞之笑曰。彼惡知曲意哉。予意所至。不妨抝折天下人嗓子。此可覩兩賢之志趣矣。予謂二公譬如狂捐。天壤間應有兩項人物。倘能守詞隱之矩矱。而運以臨川之才情。豈非合之兩美乎。斯論至爲不易。

望湖亭。亦沈璟撰。原本已佚。今歌場所流行者。僅照鏡一折。而其江兒水川撥棹二曲。爲俗伶所增。非原本也。尙有題詩合巹激怒于歸四折。見醉怡情中。

一種情。亦沈璟撰。原本已佚。今歌場所流行者。僅冥勘一折。尙有拾釵一折。其曲文見納書楹曲譜。寧庵所撰傳奇。載之新傳奇品及曲品曲海目者。共有二十一種。之多而今所存者。僅義俠一種。爲汲古閣所刋。得以存留。此外則望湖亭。一種情。翠屏山三種。存其數折於歌場。寧庵精於曲律。著有南曲譜二十卷。爲世所宗。

牡丹亭。亦名還魂記。明湯顯祖撰。顯祖字義仍。號若士。臨川人。萬歷癸未進士。除南太常博士。稍遷祠部郎。抗疏劾政府。謫廣東徐聞典史。後遷遂昌縣知事。投劾歸。列朝詩集云。義仍窮老蹭蹬。所居玉茗堂。文史狼藉。賓朋雜坐。雞塒豕圈。按跡庭戶。蕭閒詠歌。俯仰自得。爲郎時。排擊執政。禍且不測。詒書友人曰。乘興偶發一疏。不知當事何以處我。晚年師旴江而友紫柏。翛然有度世之思。胸中塊壘。陶寫未盡。則發而爲詞曲。四夢之書。雖復流連風懷。激蕩物態。要於洗滌情塵。銷歸空有。則義仍之所存。略可見矣。姚士粦見只編云。湯海若先生妙於音律。酷嗜元人院本。自言篋中收藏。多世不常有。已至千種。有太和正音譜所不載。比問其各本佳處。一一能口誦之。靜志居詩話云。義仍塡詞。妙絕一時。牡丹亭曲。尤極情摯。世或相傳云。刺曇陽子而作。然太倉相君。實先令家樂演之。且云吾老年人。近頗爲此曲惆悵。相君雖盛德有容。必不家演刺己之作。按睽車志載士人寓川衢佛寺。有女子與合。其後發棺復生。遁去。達書於父母。父以涉怪忌見之。又齊東野語言嘉熙間。有宰宜興者。縣齋前紅梅一樹。極美麗華粲。令一夕酒散。花下見一紅裳女子。自此恍然若有所遇。有老卒頗知其事。白曰。昔聞某知縣之女有殊色。及笄未適人而殂。其家遠在湖湘。因槀葬於此樹。梅以識之。遂發之。其棺正蟠絡老梅根下。兩和微蝕。一竅如錢。若蛇鼠出入者。啟而視之。顏貌如玉。妝飾衣衾。略不少損。眞國色也。令一見爲之心醉。舁至密室。加以茵藉。而四體亦和柔。非尋常僵屍之比。於是日與之接。既而氣息惙然。瘦苶不可治。文書其家憂之。乃乘間穴壁取焚之。令遂屬疾而死。合此二事。與牡丹亭始末胥符。知四夢皆有所本。牡丹亭亦非憑空結撰。而刺曇陽子之說。不攻自破矣。至曇陽子之事跡。吳江沈瓚近事叢殘載之最詳。曰。曇陽仙。太倉王相公之次女也。產時無血。少許聘徐少參廷裸子。方相公在朝時。當乙亥丙子間。徐子卒於家。信未至。女已先知。取白衣服之。父母問其故。曰。徐氏子某日死矣。書至大驗。因謂父母曰。女欲學道求仙。不復從人間事矣。父母聽之。每日有雲衣鶴駕諸仙。從窗檻入與聚談。倏忽不見。能書蟲魚禽鳥諸篆文。相公有所疑。從之質問。女爲開示。出人意表。公大信服。亦稱爲師。江陵公問之。公述其概。江陵公曰。果爾不特爲仙。且近佛矣。公恐在京日久。宮中聞之。或有宣召。乃遣與母先歸。而次年丁丑。公忤江陵。亦歸。女漸能出陽神。隨意所往。又有一蛇在旁。仙所至。蛇必與俱。呼爲護龍。一日至郡城南濠陸某家。請可收度爲弟子。其人市井無可取。後迄無成。又一日遣人持一緘送弇州公。云吾公可學道。弇州公欣然師事之。久而及門漸衆。且欲翀舉以去。父曰。汝爲女子。須留蛻以解人疑。至庚辰重陽日化去。送者萬人。拄劍瞑目而逝。年二十餘耳。龕隨鬆鍵。迎至城隅。立庵尊奉之。號曇陽庵。蓋自謂蕭梁時曇鸞菩薩後身也。又先剪一髭以殉徐之葬。故自稱左髻曇陽子。弇州公爲之立傳。此曇陽子一生之始末也。又曰。太倉王學憲鼎爵。於瓜洲娶一婢。名曰瓜秀。學憲卒。其家人某托他人名。轉娶爲己妾。深藏於鄉莊邃屋中。久之漸播於外。恐主知之。乃轉鬻於人。遂爲娼於浙中。有狂生某與狎。問知其鄉里。又能言相公家事。異之。曰。子莫非卽往年所稱曇陽乎。謬應之曰。是也。于是狂生揚言於人。自稱爲王壻。且爲詩歌以彰之。遂使貞仙蒙汚。可恨哉。此曇陽子重生之說也。然則牡丹亭刺曇陽而作。殆亦輕薄者所搆成之說。決非海若本意也。

紫釵記。亦湯顯祖撰。義仍先撰紫記。篇以敍霍小玉事。後乃增改而成此本。曲品云。先生作酒色財氣四犯。有所諷刺。乃作紫簫以掩之。僅存半本而罷。按紫簫因有全本。惟紫釵行而紫簫幾廢。曲品之言。未爲的也。

南柯記。邯鄲夢。亦皆湯顯祖撰。義仍晚年。懺綺情而耽仙佛。翛然有出世之思。故作此二本。南柯之情盡。邯鄲之生寤。洵足發人深省。一洗尋常詞曲家綺語矣。

南西廂。明李日華撰。字里未詳。紫桃軒雜綴云。昔人謂谷永字子雲。實作劇秦美新。而以累楊雄。宋方士顏洞賓。以採戰邪術昵妓女白牡丹。而以累純陽。憶余筮仕江州理官。上官中有向余索西廂記者。蓋以世行李日華西廂本也。余既辨明。付之一笑。據此則撰是記者。非紫桃軒之李君實。而爲別一李日華矣。君實亦名日華。嘉興人。萬歷壬辰進士。官至太僕寺卿。精書法繪事。雜綴以外。著有六硯齋及味水軒筆記。

紅梅記。明周朝俊撰。朝俊字稊玉。吳縣人。此記全本三十折。有玉茗堂評本。今人所知者。惟脫穽鬼辨算命三折耳。

紅拂記。明張鳳翼撰。鳳翼字伯起。長洲人。列朝詩集云。伯起與其弟獻翼幼于。燕翼叔貽。並有才名。吳人語曰。前有四王。後有三張。尤西堂題北紅拂記云。唐人小說傳衛公紅拂虬髯客故事。吾吳張伯起新婚。伴房一月。而成紅拂記。風流自喜。浙人淩初成更爲北劇。按淩之北劇。卽虬髯公見盛明雜劇中。祝髮記。亦張鳳翼撰。顧曲雜談云。伯起少年作紅拂記。演習之者徧國中。後以丙戊上太夫人壽。作祝髮記。則母已八旬。而身已耳順矣。其繼之者。則有竊符灌園扊扅虎符。共刻函爲陽春六集。盛傳於世。可以止矣。暮年值播事奏功。大將楚人李應祥者。求作傳奇。以侈其勳。潤筆稍溢。不免過於張大。似多此一段蛇足。其曲今亦不行。按陽春六集。今已不見流傳。此記全文。余曾見有富春堂刻本。紅拂灌園。見汲古閣六十種中。

雙紅記。明人撰。姓名未詳。顧曲雜談云。梁伯龍有紅線紅綃二雜劇。頗稱諧穩。今被俗優合爲一大本南曲。遂成惡趣。殆卽此記歟。全本久佚。今所存者。僅歌場流行之數折耳。

獅吼記。明汪廷訥撰。廷訥字昌期。一字無如。休寧人。官鹽運使。著有廣陵月雜劇。及獅吼種玉等傳奇十種。

金雀記。明人撰。姓名未詳。

金鎖記。明葉憲祖撰。憲祖字美度。號六桐。又號檞園居士。餘姚人。萬歷己未進士。官工部郎中。以私議魏忠賢生祠事削籍。著有易水寒等雜劇九種。及鸞鎞記等傳奇五種。此本或云袁于令作。或云六桐初稿。

于令改定之。按六桐爲黃梨洲之外舅。梨洲所撰墓志云。生平至處在塡詞。一時玉茗太乙。人所膾炙。而粉篋黛器。高張絕絃。其佳者亦是搜牢元人成句。公古澹本色。街談巷語。亦化神奇。得元人之髓。如鸞鐃借賈島以發二十年公車之苦。固有明第一手。吳石渠袁令昭皆詞家巨手。石渠院本。求公訿訶。然後敢出。令昭則擲園弟子也。花晨月夕。徵歌按拍。一詞脫稿。即令伶人習之。刻日呈技。使人猶見唐宋士大夫之風流。據此。則斯記殆是于令初稿。而六桐改定之耳。

雙珠記。明沈鯨撰。鯨號涅川。平湖人。著有此記。及分鞋鮫綃靑瑣四種傳奇。輟耕錄載。千夫長李某妻郭氏。死仙人渡溪水中。本末甚詳。與此記悉合。

玉簪記。明高濂撰。濂字深甫。號瑞南。錢塘人。著有此記及節孝記二種傳奇。古今女史云。宋女貞觀尼陳妙常。姿色出衆。詩文俊雅。工音律。張于湖授臨江令。宿觀中。見妙常。以詞調之。妙常亦以詞拒之。後與于湖故人潘法成通。潘密告于湖。以計斷爲夫婦。然則此記所載。皆事實也。

驚鴻記。明吳世美撰。世美字叔華。烏程人。按吟詩脫靴一劇。相沿作彩毫記。而彩毫中實無是折。考大成宮譜載其羨君家逸氣淸標一曲。作驚鴻記。當有所本。驚鴻係記楊梅二妃相妬之事。見新傳奇品。原本久佚。

八義記。明徐叔回撰。名里未詳。

焚香記。明王玉峯撰。佚其名。

紅梨記。明徐復祚撰。復祚字陽初。常熟人。工部尚書栻之孫。此記事蹟。本之元人紅梨花雜劇。

宵光劍。亦徐復祚撰。復祚所著者。尚有梧桐雨傳奇。及一文錢雜劇。柳南隨筆云。予所居徐市。徐大司空聚族處也。明季其族有二人並擅高貲。一豪奢。一吝嗇。吝者爲諸生。啓新其族人。陽初作一文錢傳奇以誚之。所謂盧止員外者。指啓新也。

躍鯉記。明陳羆齋撰。名里未詳。歌塲流行之蘆林一折。乃絃索調。不出於此記。

草廬記。明人撰。姓名未詳。此記曲品曲海等書俱未著錄。近見明富春堂刋本。專記武侯事蹟。而花蕩一折在其中。乃知俗作西川圖之不足據。

尋親記。明人撰。姓名未詳。

釵釧記。明月榭主人撰。姓字未詳。湖海搜奇云。萊州閻瀾與柳某善。有腹婚之約。及誕。閻得男曰自珍。柳得女曰鸞英。遂結夙契。柳登進士。仕至布政。而閻止歲貢。得教職以死。家貧不能娶。柳欲背盟。鸞英泣告其母曰。他適之事。有死而已。乃密懇鄰嫗往告自珍曰。妾有私蓄。請以某日至後圃持歸。姻事可成。遲則爲他人先矣。自珍與其師之子劉江劉海言之。江海乃設酒賀自珍。醉之於學舍。如期詣柳氏。鸞英以物付之。小婢識非自珍。曰。此劉氏子也。鸞英詈曰。狗奴詐吾財。速還則已。否則告官。江海恐事洩。遂殺鸞英及婢。遁去。自珍夜半酒醒。悔失約。黑夜直入圃中。踐血尸而蹶。臭之腥氣。懼而歸。衣履已沾血。達曙。柳氏知女被殺。而不得主名。官爲遍詢。鄰媪首女前約。拘自珍至。且得血衣。遂不容置辯論死。會御史許公出巡。至郡。夢一無首女子泣曰。妾鸞英。爲賊劉江劉海所殺。反坐吾夫。幸公平反此獄。明旦訊自珍。具述江海留飲事。爲捕二兇。一訊而服。遂釋自珍。且爲女建坊以表之。叙釧傳奇所由作也。

燕子箋。明阮大鋮撰。大鋮號圓海。懷寧人。官至兵部尚書。王漁洋秦淮雜詩。新歌細字寫冰紈。小部君王帶笑看。千載秦淮嗚咽水。不應仍恨孔都官。自注云。宏光時。阮司馬以吳綾作朱絲闌書燕子箋諸劇進宮中。西陂類稿云。侯朝宗。與貴池吳應箕宜興陳貞慧善。阮大鋮者。故魏奄義兒。屏居金陵。謀復用。諸名士共爲檄。檄大鋮罪。應箕貞慧實主之。大鋮愧且恚。然度無可如何。詗知朝宗與二人相厚。私念得交侯生。因侯生以交二人。事當已。乃屬其客交歡朝宗。朝宗覺之。謝客不與通。而大鋮家故有一伶部。以聲伎擅名。能歌燕子箋。會諸名士以試事集金陵。朝宗置酒高會。趣徵阮伶。大鋮心竊喜。立遣伶往。而使奴詗之。方度曲。四座互稱善。奴走告。大鋮心益喜。已而抗論天下事。語稍及大鋮。遂戟手罵詈不絕口。大鋮聞之。乃大怒。而恨三人者尤刺骨。按大鋮所著傳奇。尚有牟尼合忠孝環桃花笑井中盟獅子賺春燈謎雙金榜數種。而以燕子箋爲最著。或云圓海作此本。以刺倪鴻寶。

瘵妬羹。明吳炳撰。炳字石渠。宜興人。其所著傳奇。有此本及畫中人綠牡丹西園記情郵記五種。合刊之名曰槊花五記。聞見卮言云。馮千秋。浙中名士。崇禎乙亥拔貢。頗以詩文擅名。家素封。因無子。買妾維揚。得小青。以妻妬置之別室。似亦處之得當。不意小青才雋而年夭。時人競作傳奇詩歌以贊歎之。而吳石渠之療妬羹。朱價人之風流院。易千秋爲馮致虛。以千秋之才。因小青而反沒。不亦寃哉。書影云。昔在秣陵。見支小白如增以所刻小青傳徧貽同人。鍾陵支長卿語余曰。實無其人。家小白戲爲之耳。後王勝時語余。小青之夫馮某。尚在虎林。則實有其人矣。或云小青本無其人。其邑中譚生造傳及詩爲戲。或曰。小青者。離情字也。或言姓鍾。合成鍾情也。予意當時或有其人。以夫在故諱其姓字。其詩文或亦有一二流傳者。衆爲之緣飾之耳。

西樓記。國朝袁于令撰。于令原名韞玉。又名晉。字令昭。號籜庵。吳縣人。官至荆州府知府。著有雙鶯傳雜劇。及西樓記玉符記珍珠衫鷫鸘裘諸傳奇。筠廊偶筆云。籜庵以西樓負盛名。與人談及。輒有喜色。一日出飲歸。肩輿過一大姓門。其家燕賓。方演霸王夜宴。輿人曰。如此良夜。何不唱繡戶傳嬌語。「西樓錯夢語」乃演千金記耶。袁狂喜幾墮輿。按籜庵係明舉人。因事斥革。王師入蘇。迎降表文。爲籜庵所撰。遂得官知縣。洊陞知府。在官時終日以圍棋度曲自娛。長官惡其不治事。諷之曰。聞爾署中終日祇聞棋聲笛聲曲聲。有諸乎。袁曰。然。竊聞明公府中。亦終日祇有三種聲音。長官詰以何聲。袁曰。是算盤聲天平聲板子聲耳。長官大恚。遂劾之落職。相傳穆素徽本姓木。名白美。貌中人。而韶語特工。于鵑卽令昭自比。而趙伯將胥表。當時亦各有所指也。錯夢或云係馮夢龍所補。夢龍字子猶。亦吳人。明末官壽寧縣知縣。未幾卽歸。歸而值乙酉之變。遂殉節焉。所居曰墨憨齋。曾取古今傳奇。彙集而删改之。且更易名目刊行。名曰墨憨齋定本。余曾在海王肆見其十種合刋本。曰新灌園。酒家傭。女丈夫。量江記。精忠旗。雙雄記。萬事足。夢磊記。灑雪堂。楚江情。其楚江情一種。卽此記之改本。又玉茗之牡丹亭。墨憨亦有改本。名之曰風流夢。今歌塲所流行之叫畫一折。與玉茗原文詞句不同。卽用墨憨改作也。

一捧雪。國朝李玉撰。玉字元玉。吳縣人。所居曰一笠庵。著有傳奇數十種。及北詞廣正譜十四卷。明末中副貢。甲申後。絕意仕進。專以度曲自娛。與吳梅村友善。梅村所撰北詞廣正譜序。記之甚詳。相傳王弇州之父忬。藏有淸明上河圖。嚴世蕃知而索之。忬不忍與。而又畏其勢。乃倩人爲贋本以獻。旣而裱工洩其事。嚴聞之大怒。遂以事陷忬於罪。一捧雪傳奇。實本此事。特隱忬之名耳。然此事爲史所不載。弇州諸紀載。亦絕未題及此圖。殆傳聞之誤歟。一說元玉係申相國家人。爲申公子所抑。不得應試。故其一捧雪極爲奴婢吐氣。而開首卽云裘馬豪華。恥爭呼貴家子。意固有在也。按梅村謂其困於有司。晚幾得之而中副車。是元玉固久困塲屋者。曾爲家人不得應試之說。實不足據矣。

人獸關。永團圓。占花魁。皆李玉撰。此三種與一捧雪合稱一人永占。元玉所著傳奇。以此四種爲最著名。但今所見者。皆爲墨憨齋定本。蓋馮子猶改本也。豈李氏原本當日未經刋行歟。

麒麟閣。風雲會。肩山秀。亦皆李玉撰。麒麟閣風雲會。皆世鮮傳本。惟歌場中存其數折。如三擋及送京是也。「訪普係出元雜劇之風雲會。送京係出國初傳奇之風雲會。撰人時代迥別。不容混而爲一也。」肩山秀上海書肆有活字本。但易其名曰女才子矣。玉所撰傳奇見之記載者。共三十三種。以上七種之外。尙有太平錢。淸忠譜。萬里緣。存其數折於歌場。其餘俱亡佚矣。

千鍾祿。國初人撰。姓名未詳。新傳奇品載有葉稚斐撰之遜國疑。註云卽鐵冠圖。按鐵冠圖乃記明末之事。與遜國疑之名不相蒙。而此本記建文出亡之事。或者別名遜國疑。爲稚斐所撰歟。稚斐字美章。吳縣人。所著傳奇有琥珀匙等八種。俱已就佚。惟納書楹中載有琥珀匙之山盟立關二折。其詞旨淸新。亦頗與此本相近。

蓮花寶筏。國朝朱佐朝撰。佐朝字良卿。吳縣人。北餞一折。俗俱標作慈悲願。惟納書楹作蓮花寶筏。當有所本。茲從之。

吉慶圖。艷雲亭。漁家樂。亦均朱佐朝撰。佐朝所撰傳奇。載之曲海等書者共三十種。而流傳至今者甚少。余僅見抄本之艷雲亭。歌場所流行者。此數種之外。亦僅有九蓮燈乾坤嘯二種。

虎囊彈。國朝邱園撰。園字雪嶼。常熟人。尤展成題其小像云。君善顧曲。梨園樂府。吾和而歌。紅牙畫鼓。其所著傳奇共九種。今惟此種及黨人碑。歌場中傳有數折耳。聞魏鐵珊太守言。此本係敘水滸中趙員外事。智深殺人。趙遣之入五臺山爲僧。因此趙遂繫獄。趙之妻爲金二女。求金營救其夫。金爲請於縣令。時適有彈丸神手在側。令謂金曰。若能受三彈。當允爾請釋爾婿。金立受三彈而無傷。令遂釋趙。故有虎囊彈之名。其中智深主劇。僅山亭一折耳。

十五貫。國朝朱素臣撰。以字行。吳縣人。素臣所撰傳奇。載之曲海等書者。共十八種。而流傳者甚少。余近見其聚寶盆之抄本。歌場所流行者。僅此本及翡翠園耳。此本又名雙熊夢。曲考云。蘇州知府况鍾。字伯律。南昌靖安人。始由小吏事呂尚書震。呂薦其才。授禮部主事。進郎中。宣廟即位。大臣奏蘇州等九大郡。繁劇難治。遂擢鍾等九人爲知府。皆授璽書以行。公至蘇。廉察官吏。去太甚者四五人。嚴禁狡猾。而惠愛窮弱。執勢家侈恣不法者。立杖殺之。吏民大驚。奉令惟謹。又表除京米二十餘萬。儒生孤寒。多有所給。于是爭獻詩頌。鄒亮獻詩。鍾獨稱賞。欲薦其才於朝。會有匿名書數亮過失。揭於府治大門。鍾得書笑曰。彼欲阻吾薦。正速成亮名耳。遂奏亮才學可用。召試有驗。授吏刑二部司務。其勇於爲義如此。歲滿去。吏民叩闕請留者八萬人。爲歌曰。况太守。民父母。早歸來。慰童叟。又曰。况青天。朝命宣。早歸來。在明年。文貞公贈以詩云。十年不愧趙清獻。七邑重迎張益州。又數年。鍾卒。吏民多垂泣送柩歸。其政績。具見張修撰洪所撰傳及楊穆西墅雜記。今所演雙熊夢。雜採稗官小說。而况青天實本於此。賓白詞曲。俱極當行。

風箏誤。國朝李漁撰。漁字笠翁。蘭溪人。僑居錢塘。其所著傳奇共十六種。而其十種最爲盛行。十種者。此本及奈何天比目魚蜃中樓憐香伴愼鸞交凰求鳳巧團圓玉搔頭意中緣是也。笠翁所著閒情偶寄。其論曲之數卷。均極精到。

醉菩提。國朝張大復撰。大復字星期。號寒山子。吳縣人。其所著傳奇。見之曲海等書者。共二十三種。今所流傳者。僅此本及如是觀之數折。而如是觀之刺字等折。俗俱誤作精忠記。

兒孫福。國朝朱雲從撰。雲從字際飛。吳縣人。其所著傳奇。見之曲海者共十二種。今俱不傳。

雙官誥。國朝陳二白撰。二白字于令。長洲人。其所著傳奇。尚有稱人心彩衣歡二種。今俱不傳。

鈞天樂。國朝尤侗撰。侗字同人。一字展成。號西堂。長洲人。官翰林院檢討。此本自序云。丁酉之秋。薄游太末。阻兵未得歸。逆旅無聊。漫塡詞爲傳奇。率日一齣。閱月而竣。題曰鈞天樂。家有梨園。歸則授使演焉。明年科場弊發。有無名子編爲萬金記者。制府以聞。詔命進覽。其人匿弗出。臬司某。大索江南諸伶雜治之。適山陰姜侍御還朝過吳。函徵余劇。同人宴之申氏堂中。樂既作。觀者如堵。靡不咋舌。而邏者亦雜其中。疑其事類。馳白臬司。臬司檄捕優人。拷掠誣服。既得主名。將窮其獄。且徵賄焉。會有從中解之者。而予已入都。事得寢。己亥大計。臬司以貪墨亡。命置極曲。籍其家。聞者快之。和州志云。宋杜默下第夜歸。就項羽廟宿。以其文質神前。痛哭大呼曰。千古如大王不能得天下。有才如杜默而見放於有司。豈非命哉。神像淚出。泥界於面。吳江沈自徵著霸亭秋雜劇以演其實。知展成訴廟一折。實本之霸亭秋。但易其名耳。一說展成此本。影射葉小鸞。楊墨卿指其總角交湯傳楹也。西堂尙有讀離騷弔琵琶桃花源黑白衞淸平調諸雜劇。讀離騷曾進御覽。命教坊裝演供奉。西堂曲腋自序云。此自先帝表忠微意。非洞簫玉笛之比也。王阮亭最喜黑白衞攜至如皋付冒辟疆家伶親爲顧曲。其題展成新樂府云。南院西風御水流。殿前無復按梁州。飄零法曲人間徧。誰付當年菊部頭。蓋指此也。

爛柯山。國初人撰。姓名未詳。知新錄云。覆水事乃姜太公少壻馬氏。已離矣。見太公封齊。拜求合。公取覆水云云。故戰國姚賈對秦王曰。太公望齊之逐夫。今以覆水爲朱買臣事。非也。黃梨洲張南垣傳云。南垣名漣。精於壘石。而好滑稽。吳梅村新朝起用。士紳餞之。演爛柯山傳奇。至呼張石匠。伶人以漣在座。改爲李木匠。梅村以扇确几曰。有竅。閧堂一笑。漣不答。及演至買臣妻認夫。買臣怒云。切莫題起朱字。漣亦以扇确几曰。無竅。滿堂爲之愕眙。梅村不以爲忤。然則此本或明人所撰。亦未可知。

虎口餘生。國朝遺民外史撰。姓名未詳。按曲考云。曹銀臺子淸撰表忠記。載明季忠烈及卑汙諸臣。極詳備。塡詞五十餘齣。游戲皆示勸懲。以邊長白大綬爲終始。開場卽演掘闖賊祖墳事。此事人皆知長白所爲。不知實賈煥成之也。當闖賊猖獗。其兄李自祥改姓張。仍爲米脂縣役。時長白爲令。一但有人赴訴。賣蒜爲兵所搶。當堂窮究。其人匍匐臉前。作哀訴狀。陰以手按令足。令解其意。呼至後堂。屏左右。乃脫帽裂縫。出密旨令拜讀。乃命掘闖賊祖墳之詔。隨揮之出。爲償其價而遺之。然闖賊祖墳實難尋問。密旨又不敢聲張。令憂形於色。門子賈煥。素所親信。乘間請曰。竊見吾主日來形色。似有大憂。曷不見告。或可效犬馬乎。令察辭色懇篤。且舍此無可告。遂詳吐前事。煥曰。今捕快張自祥者。實自成親兄。縣役某某二十人。皆與歃血結盟。賊至卽爲內應。煥亦二十人之一。今欲知彼祖墳。須與自祥結納方可。詰旦令傳自祥入。笑問曰。爾本姓李。何以易張。彼方置辯。煥出謂曰。吾已細陳底裏。不必遮掩。令曳之起曰。時事已不可爲。天意有在。爾輩皆應時豪傑。予身家方賴保全。何必隱諱。遂偕煥結拜。入則弟兄。出則官役。久之。乘間託言素曉堪輿。叩其墓所形勢。自祥邀之同往。盡知其所。越數日。闖賊將犯潼關。令出七千金。付自祥先行投款軍前。並遣其黨十餘人。衛其輜重以去。令乃偕煥並家人。潛往伐墓。墓上有大一株樹。紫籐垂滿。掘至棺。籐根包裹千匝。以巨斧斷之。開棺有小白蛇。頭角已成龍形。遍屍皆生黃毛。枯骨血潤如生。遂并蛇斫碎焚之。揚灰訖。考剖棺之日。適闖賊兵敗河南。煥啓令曰。此處不可久居。今已爲朝廷立此功。何不挂印歸山。令遂棄官。煥亦他適。越數年。長白開居京邸絨線胡同。有老僧求見。長白出。僧跪卽哭。曰。公忘賈煥耶。長白亦泣。一痛而別。不知所終。出在園雜誌。言親得之長白姪桂巖別駕者。吾郡郭于宮觀演表忠記詩云。碧血餘威照管絃。忠臣劇賊兩流傳。笑他江左夷吾輩。一卷陰符燕子牋。據此則虎口餘生又名表忠記。爲曹子清所撰也。傳奇彙考所載。亦略與此同。又傳奇彙考云。鐵冠圖不知何人所作。掠明末事蹟。眞僞錯雜。劇言擊鐘無一人應。惟朱國楨與杜秩亨見駕。又言周后先殉。末以鐵冠道人說明畫圖三幅之故以作收束云云。然則鐵冠圖亦是記明季之事。而別爲一種傳奇。其與虎口餘生相異之處。一以邊大綬爲主。一以鐵冠道人畫圖爲主。後人將兩書中之各劇。混於一處。而統名之曰鐵冠圖。納書楹已沿其誤。余初編兹譜時。亦未及訂正。今見傳奇彙考。始恍然於世俗流傳之詢圖撞鐘分宮三折。爲虎口餘生所不載者。當是鐵冠圖中之劇。其餘如探山營閧捉闖借餉觀圖對刀拜懇別母亂箭守門『殺監郎其下半折』刺虎刑拷夜樂等折。皆見於虎口餘生。不當蒙以鐵冠圖之名也。大成譜將詢圖之大紅袍一曲。標作虎口餘生。亦誤。

長生殿。國朝洪昇撰。昇字昉思。號稗畦。錢塘人。著有四嬋娟雜劇。及迴文錦諸傳奇。是本初名沈香亭。後去李白入李泌輔肅宗中興事。更名舞霓裳。後乃合用唐人小說玉妃歸蓬萊明皇遊月宮諸事。專寫釵盒情緣。名之曰長生殿。蓋經十餘年。三易稿而始成。其審音協律之事。則姑蘇徐靈胎爲之指點。故能恪守韻調。無一句一字之踰越。爲近代曲家第一。在京師塡詞初畢。選名優譜之。大集賓客。是日國忌。爲臺垣所論。與會者凡數人。皆落職。趙秋谷時官贊善。亦能去。秋谷年二十三。典試山西回時。縣車中惟携元人百種一部。日夕諷吟。至都值長生殿初成。因爲點定數折。時人有可憐一曲長生殿。斷送功名到白頭之句。即爲秋谷詠也。

桃花扇。國朝孔尚任撰。尚任字季重。號東塘。曲阜人。先著有小忽雷傳奇。既乃成此本。其自序云。族兄方訓。崇禎末爲南部曹。得聞宏光遺事甚悉。證以諸家稗記。無弗同者。香君面血濺扇。楊龍友以畫筆點成桃花。亦係龍友言於方訓者。遂本此以撰傳奇。於朝政得失。文人聚散。皆確考時地。全無假借。按此本語語徵實。即纖細科諢。亦皆有所本。如香君諱名香扇墜。見板橋雜記。藍田叔寄居媚香樓。見南都雜事記。王鐸書燕子箋。見阮亭詩註。以傳奇而可作信史讀。洵爲空前絕後之作也。相傳當時進入內府。聖祖最喜此曲。內庭宴集。非此不奏。演至設朝選優諸折。聖祖歎曰。宏光宏光。雖欲不亡。其可得乎。往往爲之能酒云。長安之演桃花扇者。歲無虛日。而笙歌靡麗之中。有掩袂獨坐者。則故臣遺老也。

雷峯塔。國初人撰。姓名未詳。新安方成培有改本刊行。詞旨實勝原作。茲譜所錄者。即依方氏改本也。

蝴蝶夢。國初人撰。姓名未詳。按明刊本山水鄰四大癡傳奇。色癡爲莊子扇墳其妻劈棺事。乃雜劇而非此本。此本文詞蹇劣。幾不可通。茲譜所錄數折。余爲點竄其大半。方覺文從字順耳。

滿床笏。國初龔芝麓門客撰。姓名未詳。相傳爲壽顧橫波而作。又名十醋記。橫波。芝麓姬也。此本中之龔敬。以影射芝麓。而盛道其妻妾才智練達。皆爲橫波煊染之筆墨耳。

白羅衫。國朝人撰。姓名未詳。

吟風閣。國朝楊潮觀撰。潮觀字笠湖。無錫人。與袁子才同時。曾任汴省秋闈分校。夢香君爲侯朝宗後裔薦卷與隨園駢書辯論。詳見小倉山房文集。是本共三十二折。而每折一事。蓋亦雜劇體裁也。曲考云。吟風閣雜劇中。有寇萊公罷宴一折。淋漓慷慨。音能感人。阮大中丞巡撫浙江。偶演此劇。中丞痛哭。時亦爲之罷宴。蓋中丞亦幼貧。太夫人實教之。阮貴。太夫人已下世。故觸之生悲耳。余按此本各折各有寄託。通體多佳篇。首特著小序。仿詩序之體。讀者可以見其旨矣。

金不換。國朝人撰。姓名未詳。

四絃秋。國朝蔣士銓撰。士銓字清容。一字心餘。鉛山人。官翰林院編修。所著九種曲。盛行於世。九種者。此本及香祖樓空谷香臨川夢桂林霜雪中人一片石第二碑冬青樹是也。然余所藏清容外集。尚有采石磯采樵圖廬山會三種。共十二種。又曲考載有忉利天一種。余未之見。清容塡詞亦學玉茗。而能謹守曲律。不稍踰越。洵爲近代曲家所難得。宜其享盛名也。

紅樓夢。國朝仲雲澗撰。雲澗蘇州人。佚其名。別號紅豆村樵。爲曾賓谷之弟子。此本始於原情。終於勘夢。分爲上下兩卷。上卷三十二折。記紅樓夢中事。下卷二十四折。則記續夢中事也。按譜敍黛事爲傳奇者有數本。而以此本及荆石山民之散套。陳厚甫之傳奇爲最盛行。荆石厚甫。於曲律皆門外漢。其所作不能被之管絃。三種中合律者。惟此本而已。

修簫譜。國朝舒位撰。位字立人。號鐵雲。大興人。寄居杭州。此本共四折。每折一事。蓋仿四聲猿體例也。鐵雲能吹笛鼓琴。度曲不失分寸。所作樂府院本脫稿。老伶皆可按簡而歌。不煩點竄。見陳文述所撰鐵雲傳。

茂陵絃。國朝黄憲清撰。憲清字韻珊。海鹽人。其所著傳奇名曰倚晴樓七種。此本及帝女花春令原鴛鴦鏡淩波影桃谿雪居官鑑是也。其詞學清容。而穠纖柔靡。遠不及清容矣。

詞曲掌故雜錄

曲雖小道。亦詞章之一種。況乎自元初以逮今日。六百餘年。作者如林。其遺聞軼事。與夫人品之賢愚高下。固亦論世知人者所樂聞焉。爰雜記其尤著者於左。

曲本於詞。而詞之唱法。久已失傳。所略可考見者。惟張玉田詞源上卷所載之諸論。『即前章所引各節』玉田名炎。字叔夏。爲循王俊之裔。循王之後。有張鎡。字功甫。紫桃軒雜綴稱其豪侈有清尚。嘗來海鹽。作園亭自恣。令歌兒衍曲。務爲新聲。所謂海鹽腔也。功甫有孫名檉。見慧雲寺記石刻。而詞源云。先人曉暢音律。曾賦瑞鶴仙詞捲簾人睡起云云。此詞乃張樞所作。樞字斗南。號雲窗。與檉當爲弟兄行。有壺中天詞一闋。自注云。月夕登繪幅樓賦。考繪幅樓在南湖之北園。乃功甫所居。則斗南或亦功甫之孫。而玉田爲功甫之曾孫也。海鹽腔既創自功甫。則當玉田之世。其新聲已與明初之南曲『即魏良輔未創水磨腔之前』無異。從此可證南曲確由宋詞變遷而成。而玉田所論詞之唱法。不可謂其與曲無涉矣。玉田身値宋亡。以故國王孫。遺時不偶。遂隱居山林。寓意歌詞。所著山中白雲詞八卷。備寫身世盛衰之感。

而又世代精研音律。故其著作實能空前絕後。永爲詞家圭臬也。

金代詞曲家若董解元關漢卿之類。行事皆不甚見於載籍。其有名於世者。惟元遺山。遺山名好問。太原人系出拓拔魏。七歲能詩。十四從陵川郝晉卿學。淹貫經傳百家。中興定五年第。游擢左司員外郎。金亡不仕。爲文有繩尺。詩高古沈鬱。歌謠慷慨挾幽幷之氣。晚年尤以著作自任。著野史百餘萬言。凡金源君臣遺言往行。采摭殆盡。纂修金史多本之。所著曲雖不多。而甚超妙。其驟雨打新荷小令云。綠葉陰濃。偏池塘水閣。偏趁涼多海榴初綻。妖豔噴香羅。老燕攜雛弄語。有高柳鳴蟬相和。驟雨過。珍珠亂糝。打偏新荷。「么」人生有幾。念良辰美景。一夢初過。窮通前定。何用苦張羅。命友邀賓翫賞。對芳樽淺酌低歌。且酩酊。任他兩輪日月。來往如梭。讀此亦可見其志趣矣。

元王白文所撰白仁甫天籟集序云。元白爲中州世契。兩家子弟。每舉長慶故事。以詩文相往還。仁甫爲寓齋之仲子。於遺山爲通家姪。甫七歲。遭壬辰之難。寓齋以事遠適。明年春。京師變起。遺山挈以北行。自是不茹葷。人問其故。曰俟見吾親則如初。嘗罹疫。遺山晝夜抱持。凡六日。於臂上得汗而愈。後數年。寓齋北歸。以詩謝遺山云。顧我眞如喪家狗。賴君曾護落巢兒。無何。父子卜居滹陽。仁甫學問博洽。號後進之翹楚。然以幼經喪亂。倉皇失母。便有滿目山川之歎。逮亡國後。恒鬱鬱不樂。以故放浪形骸。期於適意。中統初。開府史公將薦之於朝。再三遜謝。棲遲衡門。視榮利蔑如也。觀此序則元之友誼。白之孝行。胥不可及。白所著梧桐雨諸雜劇。久膾炙人口。然其行誼之高尚。尤足貴也。

劉文正。名秉忠。邢臺人。幼時爲節度使令史以養其親。常鬱鬱不樂。一日投筆歎曰。丈夫不遇於世。當隱居求志耳。即棄去隱武安山中。既而爲僧於天寧寺。元世祖在潛邸。聞其博學多才。召入見應對稱旨。遂留藩邸。上書數千言。陳選賢興學勸農薄賦崇孔愼刑諸大計。爲世祖所嘉納。中統初。世祖問以治天下之大經。養民之良法。秉忠條列以聞。時秉忠雖居帝左右。猶不改舊服。至元元年。翰林學士王鶚奏秉忠忠勤勞績。宜崇顯秩。即日拜光祿大夫。位太保。參預中書省事。若築中都城。「即今之京城」建宗廟。建國號。定官制。皆自秉忠發之。推薦人物。後悉爲名臣。秉忠雖位極人臣。而齋居蔬食。不異平昔。自號藏春散人。每以吟詠自適。其詩蕭散閒淡。而其曲亦致佳。三段子小令云。念行藏有命。煙水無涯。嗟去雁。羨歸鴉。半生身累影。一事鬢成華。東山客。西蜀道。且回家。「么」壺中日月。洞裏煙霞。春不老。景長佳。功名眉上鎖。富貴眼前花。三杯酒。一覺睡。一甌茶。處華膴之地。而襟期如此冲遠。尤爲難得也。

兩字一韻之句。曰短柱格。西廂中如忽聽一聲猛驚。自古配女相夫。本宮始終不同等句。不過一曲中偶作此體一句而已。獨虞學士集之折桂令。詠蜀漢事云。鸞輿三顧草廬。漢祚難扶。日暮桑榆。深渡南瀘。長驅西蜀。力拒東吳。美乎周瑜妙術。悲夫關羽云殂。天數盈虛。造物乘除。問汝何如。笑賦歸歟。通篇用短柱格。語妙天成。虞字伯生。友孝性成。二親遭亂。僑寓下邑。左右承順無違。弟槃卒。教育其孤。無異已子。兄采筦庫虧數千緡。盡力營貸代償之。山林之士。知古學者。必折節下之。權門赫奕。未嘗有所附麗。家素貧。歸老後益窘。有南昌富民奉鈔五百錠。求銘其父墓。堅不許。其高潔如此。

草萋萋。日遲遲。王孫士女春游戲。宮殿風微鳥雀飛。池塘沙暖鴛鴦睡。正值著養花天氣。「么」芰荷香。露華涼。若耶溪上蓮舟放。岸上雖家白面郎。舟中越水紅羅唱。逞嬌羞模樣。「么」楚天秋。好追游。龍山風物全依舊。破帽多情卻戀頭。白衣有意能攜酒。好風光重九。「么」雪漫漫。擁藍關。長安遠客心偏憚。淪玉甌中雪水寒。銷金帳裏羊羔鏇。這兩般任揀。此姚牧庵詠四時景之撥不斷曲也。清麗可法。牧庵名燧。以古文名家。當時孝子順孫。欲發揮先德。必求其文以傳信。顧非其人莫作。作亦詞無溢美。時高麗瀋陽王父子。連姻帝室。傾貲結朝臣。獨求牧庵詩文不可得。至奉旨乃與之。王以幣帛金玉名畫五十篋爲謝。牧庵立即分散屬官。下逮吏胥。已一無所取。人問其故。牧庵曰。彼小國。惟重貨利。我特輕之。使知天朝別有所重。其器識過人如此。

明邱文莊。名濬。字仲深。自幼嗜學。至老不輟。嘗補眞德秀大學衍義。上之孝宗。以理學稱。性廉介。所居邸第極湫隘。四十年不易。著有五倫舉鼎投筆諸傳奇。理學家塡詞者。此外不多覯焉。

楊升庵。名愼。字用修。爲翰林學士。犯顏力諍。再受廷杖不死。乃謫戍窮荒。著作極富。而其詞曲亦膾炙人口。詠秋懷散套中之耍孩兒云。昨宵夢裏分明見。醒來時枕剩衾單。淒涼煩惱怎生言。轉教咱鬢上霜添。

贅長房縮不就相思地。女媧氏補不完離恨天。空嗟怨。別淚銅壺共滴。愁腸蘭焰同煎。蓋戍所懷內之作也。其夫人亦善詞曲。羅江怨云。空亭月影斜。東方既白。金雞驚散枕邊雙。長亭十里唱陽關也。相思相見。相見何年月。淚流枕上血。秋穿心上結。鴛鴦被冷雕鞍熱。『前腔』青山隱隱遮。行人去急，羊腸鳥道馬蹄怯。鱗鴻不至空相憶也。惱人正是。正是寒冬節。長空孤鳥滅。平蕪遠樹接。倚樓人冷欄干熱。則其懷外之作也。升庵著有洞天元記太和記諸雜劇。及陶情樂府等。盛行一時。

明人大都能作曲。如夏桂洲王陽明。均非詞章家。然南宮詞紀中載有二公之套數。夏之划鍬兒云。竹牀茶竈堪娛老。詩盟酒社任逍遙。青山對傾倒。歲月儘饒。葛巾布袍。田翁野老。朝夕相從。笑談不了。雖不甚工。亦頗隱慨。王之宦海茫茫套頗多本色語。忒忒令云。平白地生出禍苗。逆天理那循公道。因此上把功名委棄如蒿草。本待要竭忠盡孝。只恐怕狡兎死。走狗烹。做了韓信的下梢。嘉慶子云。算留侯其實高。把一身名節自保。隨著赤松子學道。也免得赴雲陽市曹。園林好云。脫下了團花戰袍。解下了龍泉寶刀。卸下了朝簪烏帽。布袍上繫麻絛。把漁鼓簡兒敲。桂洲初爲嚴嵩所忌。退歸林下。既復起用。終爲嵩所陷。以垂暮之年。衣冠西市。誠不若葛巾布袍之爲得矣，陽明勳業學問。炳在史書。每曲有兎死狗烹之慮。殆作於討平叛藩。忌者紛起時也。讀之可知其能見機而作。得明哲保身之義矣。

王渼陂康對山。皆北人而善詞曲。王之杜甫游春。康之中山狼雜劇。皆有所指斥。以洩私憤。二人並以附阿劉瑾。致遭廢棄。人不足取。詞則頗工。吾吳祝希哲唐子畏。善作南曲。工於綺語。而唐之黃鶯兒閨思八首頗佳。又文衡山之山坡羊秋興一支。亦極清新。均見南宮詞紀。然則吾鄉當時文人無不善曲也。

明末詞人。頗多高節。如馮子猶。李元玉。前章已言之。而更有見危受命。昭然忠義。乃竟湮沒不彰者。若吳石渠。石渠爲萬曆間進士。崇禎末官江西提學副使。永明王即位。擢兵部右侍郎。戶部尚書。兼東閣大學士。王奔靖州。命炳扈太子以行。遇大兵執送衡州。不食自盡於湘山寺。乾隆間賜謚節愍。見宜興志。新傳奇品載吳石渠之詞。如道子寫生。鬚眉畢現。人人知有粲花五種之詞章佳妙。而不知其致身大節。堪與史瞿並傳。余故特爲表彰之。

國初文人之作傳奇者。若吳梅村。尤展成。其詞久已膾炙人口。無待再論。茲述其行誼卓絕者數人。以資讀者之景仰。如龍舟會雜劇。王船山撰。船山學問氣節。與亭林相伯仲。世所共知。乃有餘力爲詞曲。其第四折中云。莫說你妝閣女流。便俺士大夫誇文章節義的。『得勝』王命右丞稱觴在凝碧池。源少卿拜舞在白華殿。破船兒沒舵隨風轉。棘藤鉤逢人便待牽。羞天花顏面愁人見。叩頭蟲腰支軟似棉。堪憐。翻飛巷陌烏衣燕。依然富貴揚州跨鶴仙。嬉笑怒罵。直使當時改節諸人。置身無地。又萬古愁歌曲。歸元恭撰。元恭名莊。熙甫之曾孫。明諸生。甲申後。野服終身。或作僧裝。與亭林友善。有歸奇顧怪之目。全椒山題此本云。萬古愁曲子。瑰瑋恣肆。於古之聖賢君相。無不詆訶。而獨痛哭流涕於桑海之際。蓋離騷天問一種手筆。世祖章皇帝大賞此曲。命樂工每膳。歌以侑酒。以遺民之歌哭。播之興朝之鐘呂。不可謂非異事也。又有揚州夢讀離騷兩雜劇。及雙報應傳奇。皆稽留山撰。留山名永仁。又號抱犢山農。無錫人。康熙間游閩督范文貞公幕。耿精忠叛。執文貞。並脅留山降。不屈。在獄中以炭畫壁作詩。與文貞遙相唱和。及文貞遇害。遂自經死。以上數種。曲固可傳。而人尤足重。龍舟會刊入船山遺書中。萬古愁則涵芬樓秘笈及峭帆樓叢書中均有之。抱犢山農之三種。我友吳瞿庵藏有雙報應揚州夢。惟讀離騷余未之見耳。

康乾之際。文人以筆墨餘閒。著作傳奇者。指不勝屈。如查東山繼佐。著有續西廂雜劇。及鳴鴻度傳奇。蓮子居詞話云。東山以名孝康。負盛譽。性耽音律。聲伎登場。且色皆以些爲名。有柔些者。尤妙絕。汪蛟門製春風裊娜以贈曰。看先生老矣。兀自風流。圍翠袖。昵紅樓。羨香山攜得小蠻樊素。玉簫金管。到處遨遊。舞愛前溪。歌憐子夜。記曲孃還數阿柔。戲能更教彈絕調。氍毹端坐撥箜篌。新製南唐院本。衣帽巾幗。抵多少優孟春秋。拖六幅。掩雙鉤。英雄齎態。兒女嬌羞。燈下紅兒。眞堪銷恨。花前碧玉。耐可忘憂。是鄉足老。任悠悠世事。爛羊作尉。屠狗封侯。下半卽指新製鳴鴻度等樂府也。

又萬紅友樹。爲吳石渠之甥。著有珊瑚球等雜劇。風流棒等傳奇各八本。宜興志本傳云。吳大司馬興祚。總督兩廣。愛其才。延之幕。一切奏議。皆出其手。暇則製曲爲新聲。甫脫稿。大司馬卽令家伶捧笙璈按拍高歌以侑觴。惜其雜劇。當時未經刊行。傳奇之流傳至今者。亦僅有風流棒空青石念八翻三種矣。又查初白愼行。以詩詞名。而著有陰陽判傳奇。毛大可奇齡。爲經學家。而著有放偷記買嫁記雜劇。桂未谷馥精小學。而著有後四聲猿雜劇。以上數本。余僅見後四聲猿。爲吾吳鄒芸巢侍講所藏本。

國朝文人。精音律而善度曲者。於記載中得二人。一爲王夢樓侍讀文治。嘗買僮敎之度曲。行無遠近。必以自隨。與葉廣明最爲友善。廣明著納書楹曲譜。多所商榷。並爲製序文以行世。一爲鈕匪石布衣樹玉。廣明之藝。獨匪石得其傳。時有金德輝者。劇弟子也。頗解書。以書質匪石。一夕。匪石令其歌。刌而律之。以爲未可。金不服。匪石爲言曲中竅要。金大歎服。遂從匪石學歌。三年藝成。高宗南巡。奏樂迎駕。大爲稱旨。匪石更屛人授以哀秘之音。事詳龔定盦集。是二人者。一爲廣明之友。一爲廣明之弟子。則我朝之善度曲者。尤當推廣明第一也。又徐靈胎精於醫理。亦善度曲。著有樂府傳聲一書。度曲家奉爲圭臬焉。

國朝伶人之可傳者。德輝而外。爲陳明智。陳我邑葑門外用直鎭人。爲淨色。居常演劇村里。無由至士大夫前。故城中人罕知之。一日。城中之寒香部。演劇於巨家。偶缺淨色。依成例。責司衣笥者別徵一人。而是日城中名部之淨色。胥弗暇。司笥者汗面奔走。陳適在城。有相識者。爲薦於司笥者。司笥者急不暇擇。引與俱至演劇家。羣優見陳形眇小。言復吶吶。皆竊議其不稱。陳默坐弗與辯。旣而客齊開宴。首席選劇。則千金記也。於是羣優環叩陳曰。爾能演西楚霸王否。第以實告。不能。則吾等當共籲主人。諷客易他劇。陳乃起曰。固常演之。卽解所攜之布囊。出絮束於腹。已大數圍。更著底厚數寸之靴。軀頓增高。攬鏡蘸粉墨鈎面。而面轉大。既而兜鍪繡鎧。橫矟以出。振臂登場。龍跳虎躍。聳喉高歌。聲出鉦鼓鐃角上。梁塵簌簌墮。座客咸屏息靜聽。俟其既竟。乃鬨堂笑語。嗟歎以爲絕技。於是闔部置酒爲陳壽。請其舍村部而就寒香。陳乃得至士大夫前。以其來自角直。稱之曰角直大面。值聖祖南巡。江蘇織造以寒香諸部承應行宮。甚見嘉奬。命每部各選一二人赴京。敎習上林法部。陳特充首選。越二十年。以年老乞骸骨南旋。賜七品冠服。瀕行。請建普濟堂於虎邱之半塘。上允其請。且預給普濟羣黎扁額。載之以歸。大吏薦紳皆助之輸鏹施田者恐後。陳用是更有善人之名。於時鬚髮皓白。而舉止方雅。殊不類優人也。見菊莊新話。余謂陳與金。事頗相類。而金得遇匪石以成名。猶厲遭逢之辛。陳之倔起村部。以享盛名。更爲不易。且其晚年樂善。惠及窮黎。其行事更有足多者。豈可以優而湮沒之。

論詞藻四聲及襯字

昔人謂塡詞之道。文既不可。俗又不可。要自有一種妙處。在人妙悟領解。未可言傳。夫妙處既不可以言傳。則作曲之方法。學者將從何處求之。曰惟有多讀古人名曲而已。特是人古之作。浩如煙海。若者可以取法。若者不足仿效。在初學難以辨別。故茲就古曲之妙處略述之。

王實夫西廂。『即北西廂』才華富贍。北曲巨製。其疊四本以成一部。已開傳奇之先聲。且其詞藻。亦都有近於南詞之處。如驚艷折之寄生草云。蘭麝香仍在。佩環聲漸遠。東風搖曳垂楊綫。游絲牽惹桃花片。

珠簾掩映。芙蓉面。你道是河中開府相公家。我道是南海水月觀音現。寺警折之八聲甘州云。懨懨瘦損。
早是傷神。那值殘春。羅衣寬褪。能消幾度黃昏。風裊篆煙不捲簾。雨折梨花深閉門。無語凭欄干。目斷行
雲。混江龍云。落紅成陣。風飄萬點正愁人。池塘夢曉。闌檻生春。蝶粉輕沾飛絮雪。燕泥香惹落花塵。繫春
心情短柳絲長。隔花陰人遠天涯近。香消了六朝金粉。清減了三楚精神。皆詞旨纏綿。風光旖旎。置之南
曲中。洵是妙詞。無按之元劇尚本色語。卻非當行文字。至驚艷折之元和令云。顛不剌見了萬千。似這般
可喜娘的龐兒罕曾見。則著人眼花撩亂口難言。魂靈兒飛在半天。他那裏儘人調戲嚲著香肩。只將花
笑撚。借廂折小梁州云。可喜娘的龐兒淺淡妝。穿一套縞素衣裳。鶻伶淥老不尋常。偷睛望。眼挫裏抹張
郎。賴婚折之江兒水云。佳人自來多命薄。秀才們從來懦。悶殺沒頭鵝。撇下賠錢貨。下場頭那答兒發付
我。前候折之勝葫蘆云。你個饞窮酸俫沒意兒。賣弄你有家私。莫不是圖謀你東西來到此。先生的錢物
與紅娘做賞賜。是我愛你的金貲。此等白描語句。轉爲元時出色當行之作。關漢卿之續西廂四折。不用
詞藻專事白描。正是元人本色處。金聖歎大肆譏評。實則金氏於此乃門外漢也。且其所評王西廂。頗多
强作解事更改原文之處。如借廂折小梁州第二支云。怎捨得你疊被鋪牀。金改爲我不教你疊被鋪牀。
又耍孩兒三煞云。你撇下半天風韻。我捨得萬種思量。金改爲你亦掉下半天風韻。我也颩去萬種思量。
酬韻折聖藥王云。方信道惺惺的自古惜惺惺。金改爲便是惺惺惜惺惺。請宴折醉春風云。受用些寶鼎

香濃。金改爲你好寶鼎香濃。又上小樓云。請字兒不曾出聲。去字兒連忙答應。金改爲我不曾出聲。他連忙答應。諸如此類。皆意爲更易。使原本雋永之詞。旨變爲率直。實西廂之大厄也。

關白馬鄭四家。爲北曲之泰斗。關漢卿作雜劇。共有六十餘種。而今日所得見者。僅元曲選及士禮居藏元曲中。所存之玉鏡臺謝天香金綫池竇娥寃魯齋郎救風塵蝴蝶夢望江亭單刀會拜月亭調風月西蜀夢十二種。今日劇場所通行之訓子刀會。即係單刀會雜劇之後二折。其新水令駐馬聽二支。感慨蒼涼。允爲傑作。拜月亭中尤多佳曲。其楔子之賞花時云。捲地狂風吹塞沙。映日疎林啼暮鴉。滿滿的捧流霞。相留得半霎。咫尺隔天涯。第一折之油葫蘆云。分明催人辭故國。行一步一歎息。兩行愁淚臉邊垂。一點雨間一行悽惶淚。一陣風對一聲長吁氣。百忙裏一步一撒。索與他一步一提。這一對綉鞋兒分不得幫和底。稠緊緊。黏答答。帶著淤泥。第三折倘秀才云。你休著個濫名兒將俗來引惹。敢待是你個小鬼頭春心兒動也。我與你寬打周遭向父親說。我又不風魔。不癡呆。要則甚迭。叨叨令云。原來你深深的花底兒將身遮。搽搽的背後把鞋捻。澁澁的輕把我裙兒拽。熅熅的羞得我腮兒熱。直恁的撞破我也麼哥。撞破我也麼哥。我一星星都只索從頭兒說。諸如此類。可知幽閨記中之佳句。全自此脫胎。白仁甫所作雜劇。今所傳者。有梧桐雨牆頭馬上二種。梧桐雨第一折之油葫蘆云。報接駕的宮娥且慢行。親自聽。上瑤階那步近前楹。悄悄蹙蹙款把紗窗映。撲撲簌簌風颭珠簾影。我恰待行。打個嚶掙。怪玉籠中鸚鵡知人性。不住的語偏明。醉中天云。龍麝焚金鼎。花蕚插銀瓶。小小金盆種五生。供養著鵲橋會丹靑幡。把一個米來大蜘蛛抱定。攙奪盡六宮寵幸。更待怎生般智巧心靈。醉扶歸云。暗想那織女分牛郎命。雖不老是長生。他阻隔銀河信杳冥。經年度歲成孤另。你試向天宮打聽。他決害了些相思病。是長生殿之密誓折。襲其意處不少。至其第二折之粉蝶兒云。天淡雲閒。列長空數行征雁。御園中夏景初殘。柳添黃。荷減翠。秋蓮脫瓣。坐近幽闌。噴淸香玉簪花綻。驚變折竟全然抄襲矣。馬東籬之雜劇。今所傳者爲漢宮秋薦福碑岳陽樓黃粱夢靑衫淚陳摶高臥任風子七種。其漢宮秋第一折點絳唇云。車碾殘花。玉人月下。吹簫罷。未遇宮娃。是幾度添白髮。混江龍云。料必他珠簾不掛。望昭陽一步一天涯。疑了些無風竹影。恨了些有月窗紗。他每見絃管聲中巡玉輦。恰便似斗牛星畔盼浮槎。是誰人偷彈一曲。寫出嗟呀。莫便要忙傳聖旨。報與他家。我則怕乍蒙恩把不定心兒怕。驚起了宮槐宿鳥。庭樹棲鴉。第三折新水令云。錦貂裘生改盡漢宮妝。我則索看昭君畫圖模樣。舊恩金勒短。新恨玉鞭長。本是對金殿鴛鴦。分飛翼怎承望。皆詞旨姸麗。與實夫西廂相頡頏。而任風子第一折之天下樂云。可正是晝戟門排見醉仙。則我這家緣。不少了你吃共穿。生下這魔合羅般好兒天可憐。花謝了花再開。月缺了月再圓。咱人老何曾再少年。哪吒令云。非任屠自專。大河裏有船。相知每共言。囊橐裏有錢。哎。這婆娘不賢。頭直上有天。任屠非自誇。你親見。做屠戶的這些衙衙。其語本色極矣。至陳摶高臥之三煞云。身安靜宇蟬初蛻。夢繞南華蝶正飛。臥一榻清風。看一輪明月。蓋一片白雲。枕一塊石頭。直睡的陵遷谷變。石爛松枯。斗轉星移。長則是把元守一。窮妙理。造乎機。二煞云。雞蟲得失何須計。鵬鷃逍遙各自知。看蟻陣蜂衙。龍爭虎鬥。燕去鴻來。兎走烏飛。浮生似爭穴聚蟻。光陰似過隙白駒。世人似舞甕醯雞。便博得一官半職。何足算。不堪題。則又超逸雋永。不亞於秋思散套也。余謂元人作曲最尙口吻相肖。漢宮秋乃元帝昭君之口吻。故用妍麗之詞。任風子乃屠戶口吻。故絕不作才語。陳摶高臥乃隱士之口吻。故用超逸之語。然則不作才語處。固是本色。即作才語處。仍是本色也。鄭德輝之雜劇。今所存者。有倩女離魂王粲登樓㑳梅香周公攝政四種。倩女離魂第一折之點絳脣云。捱徹涼宵。颯然驚覺。紗窗曉。落葉蕭蕭。滿地無人掃。村裏迓鼓云。則他這渭城朝雨。洛陽殘照。雖不唱陽關曲本。今日來祖送長安年少。兀的不取次棄舍。等閑拋掉。因而零落。恰楚澤深。秦關香。泰華高。歎人生離多會少。柳葉兒云。見淅零零滿江干樓閣。我各剌剌坐車兒懶過溪橋。他矻蹬蹬馬蹄兒倦上皇州道。我一望望傷懷抱。他一步步待回鑣。早一程程水遠山遙。第二折之禿廝兒云。你覷遠浦孤鶩落霞。枯籐老樹昏鴉。聽長笛一聲何處發。歌款乃。櫓咿啞。聖藥王云。近蓼洼。纜釣槎。有折蒲衰柳老蒹葭。傍水凹。折藕芽。見烟籠寒水月籠紗。茅舍兩三家。王粲登樓第三折之紅繡鞋云。淚眼盼秋水長天遠際。歸心似落霞孤鶩齊飛。則我這襄陽倦客苦思歸。我這裏凭欄望。母親那裏倚門悲。爭奈我身貧歸未得。普天樂云。楚水秋山疊翠。對無窮景色。總是傷悲。好教我動旅懷。難成醉。枉了也壯志如虹英雄輩。都做助江天景物凄其。氣呵。做了江風淅淅。愁呵。做了江聲瀝瀝。淚呵。彈做了江雨霏霏。傚梅香第一折寄生草云。他曲未終。腸先斷。俺耳纔聞。愁越增。一程程捱入相思境。一聲聲總是相思令。一星星盡訴相思病。不爭向琴操中單訴著你飄零。可不道窗兒外更有個人孤另。皆絕妙好詞也。

關白馬鄭之外。元劇作者如林。未堪枚舉。如王伯成宮天挺喬夢符高文秀李文蔚戴善甫紀君祥楊顯之李壽卿武漢臣王仲文岳伯川石子章李直夫吳昌齡石君寶金志甫秦簡夫鄭廷玉朱凱羅貫中等。其雜劇甚多。而佚者十之八九。見於元曲選古名家雜劇及士禮居藏元曲中者。十之一二而已。今日所演之訪普。即羅貫中風雲會中之第二折。掃秦即金志甫東窗事犯之第三折。西遊記則吳昌齡所撰。昊天塔則朱凱所撰。『據黃文曲目』其詞皆雄健樸茂。的是元人本色。王伯成貶夜郎之第一折點絳唇云。鶴夢翶翔。坦然獨向。蓬山上。引九曲滄浪。助我杯中況。混江龍云。忽地裏眼皮開放。似一竿風外酒旗忙。不向那竹溪翠影。則戀著花市清香。我舞袖拂開三島路。醉魂飛上五雲鄉。三杯兩盞。澆灌吟懷。簞食瓢飲。洗滌愁腸。我比顏回隱跡。只爭個無深巷。歎人生碌碌。羨人世蒼蒼。第二折叨叨令云。鳳城有似溪橋渡。落紅亂點莎茵綠。淡煙深鎖垂楊樹。因此上玉驄錯認西湖路。委實的勒不住也麽哥。勒不住也麽哥。便以跳龍門及第思歸去。宮天挺七里灘第一折混江龍云。自從夏桀將禹喪。獨夫殷紂滅成湯。丕顯立弔民伐罪。丕承立守緒成康。搖池上筵開穆滿。湘流中滐殺昭王。自開基起運。立國安邦。坐籌幃幄。竭力邊疆。百十萬陣。三五千塲。滿身矢簇。遍體金瘡。尸橫草野。鴉啄人腸。未曾立兩行墨蹟在史書中。却早臥一邱新土在芒山上。咱看這富貴如蝸牛角半痕涎沫。功名似飛螢尾一點光芒。皆勁切雄壯。堪爲絕唱。不亞關白馬鄭也。

元曲選中有王子一谷子敬賈仲名楊文奎諸人之作。其人皆明初人。而所作之曲。類皆清麗芊綿。有元人遺風。如王子一悞入桃源第一折之點絳唇云。嘯傲烟霞。寸心休把名牽掛。晤裏年華。青鏡添白髮。混江龍云。山間林下。伴藥罏經卷老生涯。眼不見車塵馬足。夢不到蟻陣蜂衙。閒來時靜掃白雲尋瑞草。悶來時自鋤明月種梅花。不想去上書北闕。不想去待漏東華。似這等鵾鵬掩翅。都只爲狼虎磨牙。怕的是斬身鋼劍。愁的是碎腦金瓜。怎學他屈原湘水。怎學他賈誼長沙。情願做歸湖范蠡。情願做噀酒欒巴。攜閒客登山采藥。喚村童汲水烹茶。學聖賢洗滌了是非心。共漁樵講論會興亡話。羨殺那知禍福塞翁失馬。堪笑他問公私晉惠聞蛙。第二折之端正好云。風力緊。羽衣輕。露華濕烏巾重。我本爲厭紅塵跳出樊籠。只待要撥開雲霧登邱隴。身世外無擒縱。滾繡球云。香滲滲落松花把山路迷。密匝匝長苔痕將野徑封。靜巉巉鎖煙霞古厓深洞。高聳聳接星河峭壁巑峰。鬧炒炒棲鴉噪暮天。悲切切玄猿嘯晚風。絮叨叨鷓鴣啼轉行不動。磣磕磕踞虎豹跨上虬龍。白茫茫徧覷山下雲深處。黃滾滾咫尺人間路不通。眼睜睜難辨西東。賈仲名蕭淑蘭第一折之八聲甘州云。傷春病染。鬱悶沈沈。鬼病懨懨。相思郎漸。碧窗睡濆稠粘。幾縷柔絲空繫情。滿院楊花不捲簾。髻軃楚雲鬆。懶對妝奩。油葫蘆云。這些時斗帳春寒起未忺。睡不甜。任敎曉日厭重檐。將他模樣兒心坎上頻頻墊。名字兒口角頭時時念。想他性格兒沈。語言兒謙。繡床無意閒拳占。懶把綵絨撏。皆語俊詞麗。且貫用纖廉險韻。游刃有餘。的未易才也是時科舉之制未行。故文人心力。萃之於曲。乃能有此傑作。迨其後則南曲漸盛。而北曲日衰矣。

琵琶爲南曲之鼻祖。其賞荷折之梁州新郎。賞秋折之念奴嬌序。剪髮折之山坡羊諸曲。皆膾炙人口。無待贅陳。荊劉殺拜。號稱四大傳奇。然實際惟幽閨記『即傳奇之拜月亭』較勝。其中走雨拜月諸折。不少佳句。但皆脫胎於關漢卿拜月亭雜劇。非創作也。荊釵模仿琵琶。而辭句遠遜。今日所唱。有徑後人改易之處。其辭意遠勝原本。如憶母折之喜遷鶯。原本作從別家鄉。期逼春闈。催赴科場。鵬程展翅。蟾宮折桂。幸喜名標金榜。旅邸憶念。孤鸞幽室。萱花高堂。魚雁杳。信音稀。使人日夜思想。今改作春光去矣云云。『見本譜聲集』不惟詞句清麗。且與以下過曲同韻。而原本平仄失調處。亦俱改正。此正作家之筆。惜無人能舉其名矣。劉即白兎記。殺則殺狗記。此二種。曲文最爲惡劣。不解其何以享盛名。茲譜僅選麻地及雪救。爲較完善之作耳。

明人傳奇。佳者頗多。梁伯龍之浣紗尚矣。其餘如鄭虛舟之玉玦。陸天池之明珠。張伯起之紅拂祝髮。徐復祚之紅梨。皆詞句修潔。音律協合。而湯若士之四夢。尤膾炙人口。茲譜於四夢浣紗紅梨之劇。選錄特多。紅拂祝髮亦可見一斑。獨玉玦明珠未經錄及。蓋久已無人歌唱矣。玉玦曲詞典雅工麗。可誦可歌。茲錄其入院折一套。排歌云。好鳥調歌。殘花雨香。鞦韆麗日門牆。可憐飛燕倚新妝。半捲珠簾春恨長。(合花源畔。玉洞旁。免教仙犬吠劉郎。瓊樓啟。翠幰張。不知何處是他鄉。寄生草云。河陽縣。栽花客。錦官城題柱郎。山公立志多豪放。張良舉足分劉項。蘇秦唾手爲卿相。這相逢不似楚襄王。怕思歸學了陶元亮。排歌云。薄扇廻風。輕塵繞梁。凝雲暗激清商。樂中歌曲斷人腸。鶯囀春林繡陌長。(合前)醉扶歸云。獺髓添微絳。梅瓣貼宮妝。檀屑餐來玉體香。踹金蓮上。漫說道臨卬夜亡。索把章台傍。排歌云。佩轉鸞裙。釵低鳳梁。曲終初破霓裳。煖絲無力自悠揚。轉更郎當舞袖長。(合前)明珠爲天池少作。兒子餘助成之。曲成集精音律者。逐腔改定。盡善而後出之。茲錄其俠隱折一套。粉蝶兒云。早歸來不將身陷。把嫦娥偷下林嵐。恰正無聊。猛相看愁心頓減。管教伊愁上添歡。悄低低怕有人窺瞰。醉春風云。則爲你藍橋夜燈月盟。漢宮秋雲雨擔。小心兒荒山迢遞來尋俺。引動俺鐵石心腸。改抹郤雄英雄概。都做了偷香俏膽。迎仙客曲。打聽的神仙客在茅嵩。買靈丹探幽嶮。把香醪相和染。又寫下鳳詔鸞緘。把筆尖兒弄出刀頭險。石榴花云。風流擔子倩誰擔。把如花少女假妝男。說尙書夫婦的並斬。賜佳人寬典藥酒身殲。猛拚生向陵官贖取屍骸殮。仗蘇張一味言甜。把明珠美玉同時賺。則俺這瞞天大謊有誰參。上小樓云。輕開瓠犀牙頷。略把青羊乳點。管取氣轉丹田。魄返泥丸。喚醒花酣。待日落山銜。人到茅菴。請君看驗舊龐兒可曾消減。么鶼鶼云。銷注了婚姻薄。塡平了相思坎。重勻粉面。重掃眉尖。重效鶼鶼。你今夜捲疏簾。月纖纖。江梅冉冉。則兀的三春佳景一背兒都占煞。尾云。當日在茅山。仙子親留俺。無奈他塵緣撥賺。冷落了雲巖。回頭猿鶴也羞慚。爲君受了多少磨劃。尋師去覓丹方。好戀世空勞白髮添。此去心無忝。一任他春波拍拍。煙島尖尖。

國初傳奇。名作如林。若吳石渠。蔣心餘。皆學玉茗者。石渠諸作。以療妒羹爲最勝。其題曲一折。筆墨酷似牡丹亭。蔣之香祖樓空谷香。言情之作亦佳。至長生殿之北曲。直入元人堂奧。雖關白馬鄭。無以過之。而尤西堂之鈞天樂。楊笠湖之吟風閣。其詞皆戛戛獨造。追蹤元曲。茲譜所錄訴廟『見金集』罷宴『見聲集』可見一斑。至吳梅村所作諸曲。才思詞藻。兼擅其長。而世人轉鮮道及。豈因其詩文之名甚盛。曲轉爲詩文所掩歟。其秣陵春之泣顏回云。蘚壁盡南朝。淚盡湘川遺廟。江山餘恨。長空黯淡芳草。鶯花似舊識興亡。斷碣先人表。過夷門梁孝臺空。入西洛陸機年少。臨春閣之石榴花云。當日個憑高西望白蘋洲。金彈打斑鳩。驀地裏聽烏飛黃鵠斷磯頭。銅雀鎖諸謀。情思悠悠。深宮開邵磨崖手。鎮無聊花月吟謳。埋沒咱能文會武君玉后。明敎讓女伴覓封侯。聖藥王云。山幾重。雲幾重。玉簫吹斷落飛瓊。花影紅。燭影紅。杜鵑啼血蘸殘紅。淸露滴梧桐。結尾云。俺二十年嶺外都知統。依舊把兒子征袍手自縫。畢竟婦人家難決雌雄。則願你決雌雄的放出個男兒勇。逋天台之點絳唇云。萬里思家。靑袍布襪西風乍。落木寒鴉。

一道哀湍下。天下樂云。好教我把酒掀髯仰面嗟。你差也波差。怎的做天公這等裝聾啞。文書房停簽押。帝王科沒勘查。難道是儘意兒糊塗罷。賺煞云。則想那山繞故宮寒。潮向空城打。杜鵑血揀南枝直下。偏是俺立盡西風搔白髮。只落得哭向天涯。傷心地付與啼鴉。難道我的眼盼不到石頭車駕。我的淚灑不止修陵松檟。只是年年秋月聽悲笳。新水令云。歎西風峭緊暮林彫。把江山幾番吹老。偏是你黃花逢臥病。斗酒讀離騷。那舊壘新巢。斜陽外知多少。沈醉東風云。這一帶半天嵩少。那一搭兩點金焦。好風吹夢落廣陵潮。聽鐘聲敲破匡廬曉。你看都是些淡煙衰草。則怕你故國鶯花總寂寥。若回去呵可憐煞斷鴻縹緲。讀此等句。眞欲拔劍斫地。凄楚幽怨極矣。雖蘭成之哀江南。杜陵之賦秋思。無以過也。

以上所舉古人名曲。略引端倪。學者自於各原著中求之可矣。

作曲之四聲。有時甚寬。有時甚嚴。寬處平仄可以通用。嚴處上去不可更易。寬者可以不論。嚴者如北詞正宮端正好末句。必要仄仄平平去。故羅貫中用瑞靄空中降。洪昉思用半路遭魔障。醉太平末句。必要平平去上。故吳昌齡用教人害損。黑漆弩末句。必要去仄仄平平上仄。故白無咎用任也有安排我處。馮海粟用是不費青蚨買處。定沒個身心穩處等語。此類句法。大致在一曲之末。北詞廣正譜特加注明。南曲中亦有。上去不可移之處。如商調集賢賓之首句。必要用平平去上平去平。故陳大聲散套用西風桂子香正幽。袁籜菴西樓用愁魔病鬼朝露捐。洪昉思長生殿用秋空夜永碧『作平』漢淸。又仙呂長拍之第六句。必須四字全用上聲。故明人散套用楚水洶湧。四才子用馬首遠引。長生殿用兩截寡侶。非如此則不諧叶也。

入聲在北曲中分派作平上去三聲。則作平之字。不可作仄。作上去之字。不可代平。至於南曲。入聲字雖作仄聲。而不妨以之代平。欽定曲譜所注作平之字。皆以入作平也。仙呂醉扶歸之首二句。宜用仄平仄仄平平仄平平平仄仄仄平平。江流記云。望得望得肝腸斷。哭得哭得淚珠乾。首句之兩得字。次句之兩哭得字。皆前作平而後作仄。此惟用入聲字。方可將兩字疊作四字。而能諧叶。若用平上去聲字。便不可疊用。如南西廂之小姐小姐多丰采君瑞君瑞濟川才。乃學江流而不自知其誤者。不足爲法也。

北曲用韻。四聲可以通押。至南曲則平上去三聲之字。可以通押。而入聲字不宜與平上去三聲字通押。古人於南曲之用入聲韻者。往往通體用入聲韻。如尋親記之遺役。雙珠記之與珠。長生殿之收京等折。用入聲韻者。不參用平上去一韻。最爲合作。玉茗四夢。往往於平上去韻之間。參雜入聲韻一二字。則其入聲字必依北曲之歌法歌之。方可叶韻。殊不足以爲法也。然入聲字亦有可與三聲通押者。即家麻車蛇二韻是也。蓋家麻車蛇二韻三聲之字。急讀之皆成入聲。而無須轉音。故入聲字與三聲字通押。亦無不叶之慮也。

南北曲有所謂務頭者。余初見之於北宮詞紀凡例。引周德清論云。要知某調某句某字是務頭。可施俊語於其上。註云如小令寄生草長醉後一闋內。虹霓志陶潛是是務頭。紅繡鞋歎孔子一闋內。功名不掛口句是務頭。嗣見桃花扇傳歌折賓白。旦唱雨絲風片淨云。又不是了絲字是務頭。要在嗓子內唱。既又見閒情偶寄云。凡一曲中最易動聽之處。是爲務頭。將數說尋繹再四。迄不得務頭二字之解。徧詢度曲家。亦無知者。及見吾友吳瞿菴始謂務頭者。卽平上去三音相聯。而陰陽不同之處。如陽去陰上相連。或陽上陰去相連。或陽平陰上相連。或陰平陽上相連。皆是務頭。準此說則寄生草末句但知音盡說陶潛是。盡說陶三字。爲陽去陰上陽平相連。紅繡鞋之功名不掛口句。名不二字。爲陽平陰上相連。皂羅袍之雨絲風片句。雨絲二字。爲陽上陰平相連。故皆爲務頭。至周氏云要知某調某句某字是務頭可施俊語者。謂每一調中。必須有某句某字是務頭。並當施以俊語。蓋務頭大都在調之末句。或其中間吃緊之處。於此必須用俊語。不可輕率。可施之可字。當作宜字解。至雨絲風片之絲字。隸支時韻。唱時聲宜從齒縫出。不可張口出聲。故云要在嗓子內唱。實與務頭無涉。孔氏不解務頭二字之義。而將雨絲爲務頭。與絲字不可出聲唱。二事誤併作一事。遂使學者益滋疑惑。余謂北詞廣正譜所註上去不可移易之處。與南曲譜所註某某二字上去妙。某某二字去上妙。凡此皆宜用務頭之處。於此施以俊語則詞采音節。兼擅其長。誦之是佳句。唱之亦是妙音。李氏所謂最易動聽者此也。

曲之有襯字。旣使文義條鬯。且令歌時有疏密清新之致。但必須加於板式緊密之處。且須加於句首。或句之中間。至句末三字之內。與板式疏落之處。決不可妄加襯字。又襯字每處至多不宜過三字。且宜用虛字。不宜用實字。如長生殿密誓折之山桃紅云。「俺這裏」作拋錦字。暫鴛香輻「趁」碧落無雲滓。新涼暮颸。「踹上這」橋影參差。「俯映著」河光淨泚。「更喜殺」新月纖。華露滋。「低繞著」烏鵲雙飛翅也。「陡覺的」銀漢秋生別樣姿。天上留佳會。年年在斯。「卻笑他」人世情緣頃刻時。以上偏寫之字。如俺這裏踹上這等。皆襯字也。皆用之句首。又每處不過三字。允為合作。但古人所用襯字。亦有錯誤之處。如紅拂記靖渡折錦纏道之第五句云。我自有屠龍劍釣鰲鉤射雕寶弓共十三字。殊不知此句本係上三下四之七字句。與第六句作對偶。幽閨記之鞋直上冠兒至底。諸餘沒半星不美二句。不用襯字。可以證之。至荊釵記之「講甚麽」晉陶潛認作劉郎。「卻不道」誓柏舟甘效共姜。則講甚麽三字已是襯字。張伯起不知。而襯上加襯。幸係贈板慢曲。猶可勉强歌之。否則使歌者趕板不及矣。其祝髮記渡江折之那外六塵內六根中間六識句。病與前同。特其襯上加襯。僅一那字。為稍勝耳。是記亦伯起所作。宜其同一誤也。又金雀記覓花折玉胞肚之第五句云。如今教我對花無語墮花鈿。此句係上四下三之七字句。琵琶記作相看到此「不由人」淚珠流。後人誤於人字下增一不字。而將相看到此字誤作一句。金雀亦沿其誤。作十一字句。遂使製譜者。不得不遷就。而以如今教我四字作襯。有乖襯不過三之制限。諸如此類。皆作曲者於正襯未分明之過也。

上所言襯不過三。且襯字必加於板密之處。此就南曲言之。若北曲。則襯字毫無限制。蓋北曲之板無一定。襯字多。儘可於襯字加上板。非若南曲。不許點板於襯字也。

正音學會校本